人生如旅——蒋加宁散文集

蒋加宁 著

中国出版集团 　现代出版社

图书在版编目（CIP）数据

人生如旅 ：蒋加宁散文集 / 蒋加宁著. -- 北京 ：
现代出版社，2021.4
ISBN 978-7-5143-9159-6

Ⅰ．①人… Ⅱ．①蒋… Ⅲ．①散文集－中国－当代
Ⅳ．①I267

中国版本图书馆 CIP 数据核字 (2021) 第 085545 号

人生如旅 ：蒋加宁散文集

著　　者	蒋加宁	
责任编辑	刘全银	
出版发行	现代出版社	
地　　址	北京市安定门外安华里 504 号	
邮政编码	100011	
电　　话	010-64267325 64245264（传真）	
网　　址	www.1980xd.com	
电子邮箱	xiandai@vip.sina.com	
印　　刷	北京厚诚则铭印刷科技有限公司	
开　　本	880mm×1230mm 1/16	
印　　张	15.5	
版　　次	2021 年 4 月第 1 版　 2021 年 4 月第 1 次印刷	
书　　号	ISBN 978-7-5143-9159-6	
定　　价	50.00 元	

作者简介

　　蒋加宁，1950 年生，本科学历。浙江广播电视大学玉环学院中文讲师，中国未来研究会教育分会研究员，《科技资讯》杂志社特约编辑，浙江省远程教育协会、台州市远程教育协会会员，从事大学中文教学 28 年。

　　《从奇异的云到灼人的火》一文曾在《发现杂志》中国管理科学研究院学术委员会的论文评比中荣获优秀论文一等奖（证书号 ZH0701033），《公刘诗歌艺术初探》（编号 222）一文在中国人才研究会教育专业人才委员会举办的论文评比中荣获优秀论文三等奖，《略论语文教材中小说的艺术分类》一文在《光明日报》教育版举办的论文评比中获优秀论文，入选《中国当代教育思想文献》一书。并在《中学语文》《语文学习》《光明日报》《科技资讯》和原杭大《语文战线》等省级以上报刊发表论文 30 多篇。出版《品味人生》散文集一本，书号 ISBN 978-7-5108-6809-2。

代　序

静守岁月

　　"静守己心，笑谈浮华。"整整三个月的疫情宅家，始终有种强烈的自控力在竭力地控制自己的情绪，克制自己的欲望。这无疑是一段难得的自持。虽然它并无达到"心若沉浮，浅笑安然"那种境界，但它却能粲然地让我静静地守候岁月，含笑地绽放自己心灵的纯净。

　　人们都说庚子年并不和洽、畅顺，一场疫情足以让国人如惊弓之鸟，举国上下人心惶惶。

　　在宅家中能否静守岁月的安好，这确实检验着每一个人在这段特殊日子里的修为，也在考验着每一颗不安的灵魂。

　　从庚子年的正月初一开始，整整百余天中，我几乎每天都是在循规蹈矩中度过：除日常生活外，坚持半小时收视新闻，一小时锻炼（书房移至顶层阁楼，阁楼前面有 80 平方米的平台），七至八小时看书、写作。其间累了、困了，泡一杯清茶，目不转睛地看着杯中的茶叶，由叶卷而缓缓柔柔舒展的样子，任袅袅的茶香，芳芬着每个安静的角落，慢慢地抿上一口，细细地品味，微微的苦味中却略带点甘甜，其中的真味确有一种醉人之感。在尽享茶香时，还可为自己放一首娓娓幽幽的音乐，在淡淡的茶香里沉醉在音乐的优雅之中，同时还能聆听到匆匆而过的时光嘀嗒之声。其间，一份执念，一抹淡然，一缕恬静，相映成趣。此刻，让一颗素心，静默成一株浅淡相宜的素莲，不喧不嚣，只是静静地守着属于自己的时光。带着如堕烟海的记忆，伫立于时光的岸边，一面关注着国人生命深处的风起云涌，一面追寻人生中经年落花的往事，竭尽为写作收集提供源源不断的素材。

尤其是当一个人沉浸在看书、写作的迷恋之中，你会蓦然发现生命的年轮，千回百转，缘聚缘散。那些珍藏如陈年美酒的心事，用独处时的寂静来做肃然的诠释；用馨香的文字来雕刻成文成诗。内心有种不言的欢愉溢于纸上，浅笔落处总有一种如氤氲不尽的心理薄雾与自然清香，终究将平静的时光，沉淀成一抹悠闲的神韵，凝结成千姿百态的人生。让人们在似水流年中静静品味，慢慢体察。

当所有的喧嚣，渐渐地归于寂静，当自己偎依于古稀之年的时刻，在纸头的落墨处，渐思渐悟，静静地与时光对坐，享拥一个人与岁月的安然。收回目光，不再去羡慕滚滚红尘，也不再去羡慕所有的世俗繁华，更不去争名逐利，钩心斗角。如风云之淡，只是孜孜不停地撰写。撰写那些自然的清丽；撰写那人生中的本真；撰写那人情世态的变故；撰写那变革中的沧海桑田……

花开花谢间，云卷云舒中，时光的脚步轻轻地挪移。百余天的时光稍纵即逝，然而，纤细如沙漏的百日岁月，终将使我轻松而又艰难地完成了40多篇、10多万字散文的续写。连同原来的那些散文，恰好成全了第二本散文集的架构。此中，只是轻轻地将人生中一切的喜乐悲欢浓缩在字字如铅的文字中。为自己，为作品中的所有人寻觅一抹阳光、一处清幽；携带一份淡泊，在作品的山水中，在岁月的葱茏处，在生活的恬淡清欢里，融进了凝香的光阴，融进了自己的幽思，使自己连同作品，如流年一样地静守安然。

笔者书房前的平台上，盆栽着两棵广柑，枝叶繁茂，伞状直径约2米，恰好在这百余日的宅家中亲历了它的花开花谢。其间，每当阳光明媚，总是情不自禁，走出书房躬身趋前。领略其叶绿花白的韵姿，闻闻花的清香。当亲闻着这扑鼻的醇芳，内心总会荡漾起丝丝浅浅的喜悦。

其实书房与盆栽广柑只有十多米之距，仅是一扇玻璃推门相隔，当我近距离地观赏着这洁白剔透的柑花，蓦然回眸书房里堆满的各类书籍及一沓厚厚的书稿，一种坚定的自我慰藉之心便油然而生。顷刻间，仿佛自己既在细细聆听着柑花的诉说，又在微笑着与不懈的自己深情地细语，以致张开双臂与曾经的自己热切相拥，因我真切地见到了几颗先行花谢后柑果小小的雏形。心想，这不就是一种收获的希望吗？

春回废苑还春草，生活依然是按着自然的规律前行着。这场牵动着举国亿万同胞之心的疫情虽不能说全胜，但危难总算已然度过。当人们泛起往日的微笑向大自然采撷一抹阳光时，我心何尝不欣喜？

窗外，有轻轻的风，淡淡的云，瞬息多变的苍穹。而我，只求以字字珠玑，馨香热语，坚守一路的安然与静寞，执笔独偶，用文字雕刻清浅的时光与人生的百味，展现出千姿百态的人生，此心足矣！

目　录

● 名胜景物篇

　　大自然的广袤营造了奇丽的景色；铸就了奇绝的河光山色；孕育了奇葩斗妍的美丽花朵。这奇光异彩的瑰丽世界纷纷向人类敞开胸怀，欢迎邀约人们去做客、去交心、去畅谈……

　　于是山水、名胜、清风、明月成了人们交融的对象。大自然也毫不吝啬地将其千种风情、万种灵韵寄情人间，洒向热爱自然、拥抱自然的人们……

秋色诱人

秋，是清朗和易的；

秋，是静美飘逸的；

秋，是洒脱俊秀的……

尽管绵绵的秋雨，萧萧的秋风，会诱发人突然间弹出淡淡的忧伤，尤其是对多思善感的文人或多愁善感的女子来说更是易发秋的情怀。但无论如何，也无论何种力量都无法阻挡秋的如期，也无法关住秋色的诱人。

不是吗？当第一片落叶开始，人们就已经期许着与金秋的相见。可是呢？

初秋却似含羞的少女，总是犹抱琵琶半遮面，姗姗而来，还往往是"随风潜入夜"，悄然无声地从夏末，趁着暮色，裹着层云，连同微风细雨一并落入夜的深邃之中，然后慢慢地渗出，或轻轻地洒落在秋水里，拨弄着微微的秋韵；或轻盈地飘落在山野间，装点着淡淡的秋色；或带点柔柔的微风拂面而来，一脉心绪，随风轻轻地摇进秋的思绪里。静坐小院，浅笑聆听鸟儿的清歌，树叶也就此渐渐地由深绿变成浅浅的黄色。

此时的秋韵是清朗和易的，碧空如洗，天高云淡，白云点点，雁阵整装待发，即将南飞。

大自然向人们发出了秋的邀约，从而拉开了秋的序幕……

而每当步入仲秋时节，秋意却一反优雅之状态，像芳心骚动的少妇，畅想而又不敢恣肆，欲动而又不敢狂热，只能是"寂寞梧桐深院锁清秋"，别是一般滋味在心头。

庭院深深真的能锁住清秋吗？

回答是否定的，仲秋的步履势必纷至沓来。

秋色终将由淡转而变黄、变红、变深，由原来的点点滴滴、斑斑驳驳，逐一地演变成整片、整片的，旷野、山川、河流渐渐一波波地被淹没在秋色之中。

"月影沉秋水,风声落暮山。"水映月影,风起山林,秋色暮景昭昭而展。"新霜染枫叶,皎月借芦花。"枫叶经霜而变红,芦花之白映衬的明月更为皎洁,秋之夜景,隐隐可视。"楚天千里清秋,水随天去秋无际",这是辛弃疾精心创设的,尽让人们去感受清秋之广远辽阔,无边无际。而毛泽东的"一年一度秋风劲,不似春光,胜似春光,寥廓江天万里霜",则更是营造了一个恢宏开阔的秋色之艺术意象。如果允许我们暂时抛开全词意义深远的壮志豪情,仅就引用之句,足以让我们感受到秋的飘逸与和美,以及秋景胜似春光的无限秀色,美不胜收。

仲秋像风尘仆仆的来客,在田野山川间,在果园的花丛中穿梭往来。仲秋的阳光也格外温馨恬静,仲秋的微风也特别和顺轻柔。整个仲秋,蓝天白云,飘洒悠扬。

纤影微动,漫游秋意。聆听秋韵秋声,魅力无限,诱惑重重。

仲秋,毫无吝啬地为深秋的高潮做了厚实的铺垫。

深秋的来临却全然不同,它以大手笔、大气派、大格局的姿态,来得大张旗鼓,来得轰轰烈烈,甚至还带点狂傲不羁的样子。

你瞧,仅在那山野灿烂的入场仪式中,就施展了奢华,表现出一种发自生命本能中的挥霍欲。它可以在一夜之间,在人们的不知不觉之中,就将几乎全部流动着绿汁液体的叶子铸成金币,或纷纷飘落,挥洒自如,掷地有声;或挂满树枝,叮当作响。极目远眺,树树秋色,山山秋景。

然而,表现更为断然的还是仪式之后的深秋高潮。它以其巨大的生命力,热烈奔放,不可阻挡地改变着大自然的一切,不管如何高大的参天之树,都可以在顷刻之间,被劲风吹尽飘落满满一地的落叶,漫山遍野,堆积铺成了一条又一条无尽的黄色地毯。

而在这等豪华与慷慨面前,那清洁工躬身趋前扫成一堆一堆的落叶,点火燃烧。从叶缝中流泻出一股焚香似的烟,袅袅轻绕,飘忽出一种佛家的思绪,让人闻到了一丝涅槃时的特种香味。

其实,秋景,并不只是金黄单调的色彩,只要我们稍做仔细观察,就不难发现金黄中有绿,绿中又有红,红、黄、绿相间交融,错落有致。黄的像金子,红的像玛瑙，绿的像翡翠，各呈风采，各领风骚。那山下若有水平如镜的江面倒映，自然就有香山居士的"一道残阳铺水中，半江瑟瑟半江红"的夕阳照水，波光粼粼之景象，使秋色显得格外绚丽多彩。

深秋，更是大自然馈赠给人类的丰收季节，原野上那一派丰收景象，生机勃发。金黄的稻穗低头含笑，成熟的果子散发出诱人的香味，苹果的红扑扑，梨子的黄澄澄，葡萄的亮晶晶……它们大显其秀各展魅力，纷纷为秋的成熟增光添彩。

就连伫立在山巅的秋阳，也仿佛给深秋有意地渲染一种特别的氛围。宛如一尊威武的战神，抖落战袍上的染血，飞溅在草丛之间，渗透到山下的小溪，泛着数不清的涟漪，不断地流淌，从古流到今，从辽远的过去流向那茫茫的未来。

深秋落木千山，秋波万顷。树树皆秋色，山山唯落晖。秋风起，白云飞，草木黄，雁南归。既令人愉悦，又让人心伤。这或许就是秋韵之中蕴藏着更多的秋绪；也或许在这许许多多的秋韵之中，就能找到你的最爱，引发你的共鸣。

有人喜欢秋的沉淀；

有人喜欢秋的成熟；

有人喜欢秋的硕果累累；

有人喜欢秋的静美；

也有人喜欢秋的悲凉……

在这无边的萧萧落木之下，有人油然而生的秋殇，仔细想想，这也不是一种可贵的伤感之美吗？

然而，在这片片秋叶的飘逸起舞之中，则更多地让人们见到了秋的希望，看到了秋的未来。

周庄的品位

每一个城市都有其各自不同的文化背景，也有其各自不同的风格品位。文化背景需要历史的沉淀，城市的品位通常则是由某些富有特色的人文景观，特色的建筑，特色的街道，而使其颇负盛名；或者是具有一定文化底蕴厚积而成的内涵，使其挺立起来，确立而成。

周庄随着扬名天下，游人的蜂拥而至，写她的文章也越来越多，其中在《时文经典》中，以王剑冰的《绝版的周庄》一文，以酣畅洒脱的笔调浓浓地包裹倾泻了古老的周庄，纯秀典雅的周庄，水乡柔情的周庄，让人沉浸在香气氤氲周庄的梦幻之中，不失为一篇清丽的美文。

笔者今写周庄，企求写出周庄的性格、周庄的格调以及她的风味情趣。

为何要说写出周庄的性格？难道周庄真的有性格吗？其实，很多时候，城市和人一样都有性格，甚至还有性别呢！我们从一种感性归类的解读中，认为中国南方的城市大多是"女性"。如杭州是大家闺秀，而苏州则是小家碧玉；中国的北方城市则大抵是"男性"的，比如北京是威严而慈祥的父亲，而西安、太原、济南、沈阳等，不是"汉子"，便是"大哥"。

那么，请问周庄：你到底归属何种性格呢？你说你在苏州的孕育之下，自然是遗传了小家碧玉之基因。这一点都不假，温情怀柔，含蓄典雅成为自己性格的主旋律。你亭亭玉立于江阴之中，在阳光雨露的沐浴下，容光焕发，明丽多姿，你虽没有"沉鱼落雁，闭月羞花"之容貌，但依然有掩不住招人的妩媚，堪称光彩照人。江南的鱼米之香滋润了你的肌肤，健全挺立了你的体魄。清盈之水柔成了你那明澈的双眸，洞察世人的冷暖。

你含情脉脉，风情万千，又落落大方，彬彬有礼，周身上下透着一种迷人的韵致，且以江南古典秀女的纯洁典雅之态笑纳喜迎八方的游客。只因走向你心怀的人太多太多了，多得让你猝不及防，多得让你周身疲惫。尤其是繁杂游人的浮躁与喧哗打破你习惯上的清静与孤寂，让你有些厌倦，可是你依然是泰然自若，无奈地忍着，默默地承受着。如此谦让柔和的心胸，我尤为赞赏欣慰，以至于我真的很想揽你入怀。然而，我不能，只能远远地看着你的身影，因我实在无力且无缘置身其中。

周庄的格调是水的柔和，小桥的古朴，天籁的平静。周庄几乎被水所包围，周庄的水是平和柔顺的；周庄具备了有容乃大的雅量，能容天下"难容之水"，不管有多大的水量，都能轻松自如地加以排放泄泽，且井然有序。整个周庄仿佛是睡在水上，于是水便成了周庄的床。这床很柔软，柔松得让周庄睡得很沉、很稳、很香。无论人们怎样打扰，都不以为意。

周庄的格调除了水之外，就是颇具特色的石桥。站在桥上远眺，这一座座拱形的石桥悬在水上，一字形展开，直至视线的消失，很像因诉说周庄太多太多后的省略号；石桥的周边布挂着各种藤藤草草，生生息息，在不停地摇荡；水上的小船儿或轻悠荡漾，或娴熟悠然地穿过石桥，还不时地传出悠扬的歌声……小桥、流水、人家，一幅典型的江南水墨画天然自成。

民族特色浓郁的一条条两头尖尖的船儿，刻烙着深深的时代印记，静静地守护着周庄，不断地联络着周庄，让周庄这个蜚声于世的"中国第一水乡"更加活跃便捷，不断地妩媚昌盛。更有那经过精心修整策划打造的绿色景观，让人不时地闻到一股股沁人心脾的芳香，这阵阵的馨香，历经了幽幽深深微风细雨的过滤后显得格外地淳朴湿润，浓浓地包裹了古老而现代的周庄，且色彩和格调都昭露得特别斑驳灿烂。

至于周边的风味情趣，它不时地渗透在周庄人们的诗意栖居里。周庄柔和温顺的水孕育着周庄的情怀，铸就了周庄的格调；而周庄的情怀与格调又深深淡淡地熏陶着周庄人们的无限情趣，洗涤着周庄人们的心灵。

倘若我们心有雅兴，在风和日丽中，在淅淅沥沥的小雨里，在轻风徜徉间去寻访、叩问周庄的小巷，一条条不狭又不宽的小巷，纵横交错宛如网络，深深幽幽若清谷。一块块古老的青砖，一片片黛灰色的青瓦，还有那白亮亮的粉墙，以及不知历经了多少岁月的青了又黄，黄了又青，却始终站立在小院墙头的小草，在微风细雨中不停地摇曳……

　　这一切仿佛都在不停地诉说着周庄这个古城所演绎的各式故事及色调不等的各类情趣佳话。若是这古老的砖瓦尚存有记忆的话，定会说出许许多多鲜明而诡谲的过往人事。我们若是在小巷的路上走着走着，很容易就走进了千百年的历史中去，走进了悠悠的岁月中去。难怪三毛搂着周庄流泪，因她找到了自己心灵的归宿。

　　周庄品位之高雅，名扬天下。周庄之美，在于她的清丽和朴实。周庄的每一个角落都自然而然透出一种古老的气息，以至恰到好处地与现代融合。游人的纷至沓来，正好见证了周庄是成全人类的精神花园。

再见草堂

杜甫草堂位于四川成都西郊的浣花溪畔。这里曾是唐代诗圣杜甫流寓成都时的故居。是一个风雨飘摇时代承载一个伟大灵魂沉吟的处所。它既遗世而立，又旷世流传。

我与此处草堂的缘分，可以说是缘浅缘深。因一生曾三次不远千里踏至草堂，而每次却都有迥然不同的感受。

第一次的一孔之见，是在一九六九年的十二月。只觉得那时的草堂，破败不堪、满目凄凉。而我的内心深处也是一片空白，只觉得草堂不过如此而已。因我那时全然无知。

第二次拙见草堂是在二〇一五年的深秋，一行四人九寨沟自驾游，途经成都。由于心有所仪，只能选择独自一人仅两个小时的匆匆拜见。纵然杜甫草堂早已在心中筑起敬仰的精神圣坛，但毕竟要受时间的制约，只能是走马观花式的瞻仰，所得也只能是管见而已。而作为一个诗人艺术生命的凝结处，作为中国文学史上的一个纠结点，唯有留下太多的遗憾。

因于心不甘，终在二〇一八年的仲秋，与一友人结伴，第三次踏上了再见草堂的行程。

终究如愿以偿，此次有足够的时光，能让我仔仔细细地再见草堂。

慢慢地游、细细地品，似乎别是一般滋味在心头。

几经修缮，形成现行的正门、大廨、诗史堂、柴门、工部祠排列在一条中轴线上的结构格局，占地约三百亩。《狂夫》中所提的"万里桥西一草堂，百花潭水即沧浪"便指成都草堂。

其实，杜甫草堂则更像是一处曲折深幽的园林。走进大门，仿佛既走进了历史，又走进了绿色的世界。首先让人惊诧的是一排排高大挺拔、青翠欲滴的竹子。名曰苦竹、金竹、笼竹、绵竹等，相映成趣，形成一个清幽怡人竹的世界。每当清风拂过，竹影摇曳，似乎就像在频频点头，喜迎笑送所有的文人或客族。

这绿色世界中，另一引人注目的就是葱茏阴郁的楠树，此种树木乃是四川特有的乔木，它粗壮古朴，高挺苍拔。据说杜甫对其怀有特别的情感。当年草堂择址，就曾因江边有棵百多年的古楠木而择之。杜甫还曾在诗中多次赞美这棵楠木，繁茂枝叶像巨大的盖伞，让过往行人在树下避暑歇凉，遮风挡雨。为体现草堂主人的喜好，明清年间的人们就在草堂内种植了大量的竹子及占地近百亩的楠木树群。如今分布于庭园各处的楠木依然是郁郁葱葱，远眺森森然苍茫一片。

青绿的翠竹、粗壮挺拔的楠树，还有那零星点缀、醇香扑鼻的桂花以及含苞待放的茶花为这绿色世界添光增色，为游人奉上一份厚礼，使人有种冰清玉洁、沁人心脾之感。

大廊中的杜甫雕像，神态凝重，眺望远方，大有一种对民间疾苦的关注和担忧之情。两棵百年的罗汉松，静默地守护着草堂，既浓阴蔽日，又增添了许多幽静和神秘色彩。

茅屋曰"草堂"，草堂因主人而成名。这是诗圣生命的一段历程，它恰逢一个风雨飘摇的时代。然而，一个灵魂的歌吟却在此喷涌。

草堂绿色竹木遍地，流水清澈萦绕，朴素而又不失典雅，甬道曲折，尽可徜徉，更何况是在这仲秋细雨绵绵，黄叶铺地的时节？随着落叶堆积，焚烧时从叶缝中流泻出袅袅轻烟，飘忽出一种儒家的思绪，让人清闻出一丝涅槃时的醇香。此时此刻，草堂在诉说什么呢？

"君不见，青海头，古来白骨无人收。新鬼烦冤旧鬼哭，天阴雨湿声啾啾。"一生颠沛流离的杜甫却为时代悲愤，为百姓悲悯，为山河悲鸣。从而，草堂似乎在隐隐地诉说着中国盛唐以后的兴衰历史。从《春夜喜雨》到《江畔独步寻花》，从"三吏""三别"到《茅屋为秋风所破歌》……一代诗圣再现了一个时代，也正是这种再现，呈现出草堂的价值所在。这无疑是杜甫的辉煌，更是杜甫的不朽！

草堂的诗史堂，沉积着杜甫一生博大精深的诗作，而尤让后人感怀的当为反映战乱中百姓疾苦的诗篇。它如大海激浪，长河照物，映现出一代河山的历史风云以及生灵涂炭的不堪状貌。如鼓似钟，回荡在中华的历史长空，绵亘不绝。

这位生逢乱世，一生颠沛流离，却始终念念不忘家国情怀的老人，尽管最后悲凄地病死在一条流亡的破船上，但岁月与人民却永远地将他铭记下来，历史终究成全统一了杜甫一生幸与不幸的二律悖反。摇摇欲坠中的唐王朝虽则抛弃了杜甫，而历史却在这战乱的动荡中造就了另一个杜甫。百姓则永远记着这位忧国忧民的杜甫。历史总是把一份生命的朴素，让人咀嚼得百味丛生。我想，这恰好应了中国的一句老话：谁把百姓装在心里，百姓也就永远把他揣在心中。

工部祠是草堂的五重主体建筑的最后一重。这里曾是被严武表荐为检校工部员外郎的见证。祠内更有三尊雕像令人觉得蹊跷，杜甫居中，东西两侧分别是南宋的陆游和北宋的黄庭坚。三个不同时代的文学名人，神情各异地屹立于工部祠内，若要问其缘何？一副楹联告诉了人们答案："荒江结屋公千古，异代升堂宋两贤。"可见，杜公不管人品人格或文学诗情对陆黄二人的影响之深。

至于杜老先生曾多次在诗作中提到的"柴门"，简单而不失古朴与狂野气息，每当有人推动大门，还会发出"吱呀"的声音。这声音似乎有点苍凉，很容易令人想起被历史尘埃淹没的那个时代和这位诗圣流离悲凉的生活。这柴门目睹过多少至诚至爱的友谊和欲断寸肠的伤心别离。如今，它又是那么让人回肠荡气。

正当我们即将告别折返，一阵轻风袭来，传来了一声声悠扬的琴音。循声而望，只见一老者在抚琴，花白的枯发在风中飘动，脸上满写着沧桑，枯瘦的双手轻掠着琴弦，不时地发出深沉苍凉之声。这不是杜老当年提到的那位李龟年吗？那时杰出的音乐艺术家，如今却成了"疏布缠枯骨"的形骸。是记忆错乱抑或双目模糊？远处还不时地传来唱词："当时天上清歌，今日沿街鼓板，唱不尽兴亡梦幻，弹不尽悲伤感叹，凄凉满眼对江山……"

是啊！不堪承受的"安史之乱"，让整个盛唐土崩瓦解，也把杜甫击得遍体鳞伤。

　　好在"草堂留后世，诗圣著千秋"，这是朱德当年参观草堂后留下的一副楹联。我想，正像朱老总所说的：岁月还会把诗圣老人的精神一代一代地传下去。而对每一位来此凭吊或瞻仰的文人客者而言，这里该是一面镜子，也是一份鞭策，更是一份激励……

聆听历史的静默之音

去年的金秋，我邀约了几位朋友一同去领略大西北的肃穆庄严的文化风景。

第一站的陕西黄陵县桥山黄帝陵，就让人感受到浓重的肃穆庄严的文化氛围。号称"天下第一陵"的黄帝陵最引人注目的就是古木森森，苍翠如碧海。置身其中，一种肃敬之心油然而生。因行色匆匆，桥山的"八景"已无暇顾及，原想见证一下"站在沮水边仰视，只见山势拱起，宛如一座桥"的由来之说，也被那满山遍野郁郁葱葱的古柏碧海深深吸引而忘却。

在这占地1300亩的陵园内，有古柏8万多棵，其间，树龄在千岁以上者占多数。那轩辕庙内，有一棵距今已有5000年历史的古柏，相传为轩辕黄帝亲手所植。此柏高58市尺，下围31市尺，并在不断地增大。茂密的树叶宛如巨大的绿色伞子，树枝像虬龙在空中盘绕。每每吐勃出嫩叶新枝，焕发出盎然生机，从而被称为"柏树之王"，又有"世界柏树之父"的美誉。黄帝陵真是奇中有奇，一棵"柏树之父"已经够神奇了，偏偏又派生出一棵奇妙魁伟的"挂甲树"，又称"将军柏"。相传汉武帝率领大军北征匈奴，班师还朝途经黄陵，登山行祭祀大礼，随手将铠甲挂在树上。从此，这棵柏树就留下了斑斑铠甲的络纹。每逢清明节，此树的斑痕中还会流出树汁，结成串串晶莹的树球，像挂满珍珠似的。这棵2000多年的古柏似乎是汉武帝谒陵的历史见证。

历史的传说，无须去做更多的考证，然而，毋庸置疑的是，这全国最大的古柏群却见证了一种极其珍贵的特殊文物，并由此而渗透出一种特别的文化内涵，成荫翠柏，四季常青且经久不衰，这不正是我们民族之魂的象征吗？神奇的古柏群承载了太多太多的历史渊源，连《诗·小雅·天保》中也云"如松柏之茂、无不尔或承"。这一"承"字，此乃青青相承不衰落也。古柏群的这种象征意义既有其自身意象的丰富内涵，更深深内连着我们民族炎黄子孙朴实而深切的民族情怀。而这一切又仿佛都是由古柏在诉说着悠悠历史的静默之音。

倘若我们陷入用心聆听民族之魂的象征和悠悠民族文化的见证之中，身置广袤的大西北，自然就会想起维牵着亿万中华儿女心灵的秦兵马俑。

是的，苍茫的黄土高坡上，曾有过多少的皮鞭和血刃刀剑的挥舞，但终有那么一天，他们却很是无奈地默默地将一个历史的复句续写下来，并用自己的鲜血悄然地抹上明显的色泽。

遐想中突然间，仿佛有人在大声地惊呼："这秦兵马俑不正是历史某一个篇章的再现吗？"

人们在震惊后漠然而视。"不过就是一些没有生命的陶制殉品而已，却引发了那么多人，不远千里万里，纷至沓来。"这轻松的议论，固然也勾起了我在内心重重地叩问：我们的到来，是观视艺术的创举，还是瞻仰灵魂？是欣赏工程的浩大，还是静默聆听历史的诉说？

事实已经帮我们做出了抉择。

不是吗？一旦身临其境，当你面对这2000多年前的艺术陶制品，"那种再现历史瞬间的磅礴气势，那种为后人叹为观止的创举，那种摄人心魄的艺术表现力"，让人除了仅有的大音希声的激动外，所剩的只有静默的权利。因为你已经被那一种潜在的巨大冲击波抑制阻塞了自己的胸襟与咽喉，你只有别无选择地聆听历史的静默诉说。

宽大的一号俑坑，纵38路、横3路排列而成的陶俑，神情各异，淡然从容。尽管欣赏者居高临下做些如此这般无谓的比画评说，他们只是微微地低着头，始终沉默着。似乎在告诉人们：或许他们已经习惯了，或许他们觉得自己无话可说了，或许他们以为历史已经把所有的一切阐述得清晰无遗了……

可是只要你稍做细心观察，又不难发现，这些各种不同的面部表情似乎又想说些什么。我不禁想问：你们是甘愿匍匐献身呢还是实属无奈？但我却从淡漠木然的神情中，更多窥视到他们的悲戚，因这是残酷征战的劳累和长期离乡背井的凄苦所致，尽管过去了漫长的岁月，还是无法消退遗留的痕迹。

面对他们（秦陶俑），我仿佛觉得自己是在阅读历史沧桑中某个篇章中的句子，然而，这句子没有任何滑稽的调侃，也没有任何故作的深刻，只是那么沉甸甸地呈现在世人面前。而句子的作者早已悄然离去，句子的读者一切仍在继续或开始。

当历史的面纱一旦被揭开，还原其本真时，却是那样撕心裂肺、痛人心骨。就在离秦俑坑不远处，骊山下的秦皇陵，陵区曾挖掘出数座殉墓，里面葬的全是30岁以下的殉杀青年男女：有身首异处的，有毒箭穿骨的，有四肢劈裂的……令人惨不忍睹。据考证资料显示，所杀殉者全是秦的宗室和大臣。用鲜活的生命来陪葬还要讲究血统和地位，这真是一段残忍得以血书写的历史。秦的暴政者视生命为泥土，已经到了登峰造极和无以复加的程度。

对此，人们的思绪怎不复杂而纷乱？它既是那么伟大又是那么残忍，历史的这个句子，怎么如此令人不忍卒读呢？

我当时多想再仔细地聆听这段历史的静默之音。倘有可能，还想和那些战袍俑、武士俑们细细地交流，问问他们征战几许？家住何方？听听他们内心世界的真实诉求是什么？……

我清楚地知道，他们是陶制而成的秦兵马俑，但我还是愚顽固执地认为他们是有生命的，至少是曾经有过生命的。

印象玉环湖绿道

玉环湖绿道给新生的玉环市又增添了一道亮丽的风景线，它不时地招引本地及周边地区游人的青睐和向往。随着游客的纷至沓来，绿道的内涵意义及价值取向在不同的条件状态下表现得越发深远、广泛。

玉环湖绿道位于漩门湾的玉环湖畔，与玉环湖相倚相拥绵亘蜿蜒 7.8 千米，与颇有名气的国家级玉环湿地公园隔岸相望。其间，玉环湖如一条长长的白色玉带紧缠着南北两岸的湿地公园和绿道。从而，湿地公园、玉环湖、绿道组成了一幅俊秀惊艳、色彩迷人的风景长卷。

因喜欢秋的成熟与持重，清晨八时，我独自一人冒着深秋清月铺地的凉气踏上了绿道。从东面的新塘步入，最为醒目，也是最先进入视线的竟是一条红蓝并行相错的人行道。绿道不仅色彩绚丽、醒目，更是绵绵延长，直至终点。极目远眺，它时而裸露出笔直的全貌，任人观赏享受；时而躲进花木丛中，仿佛有意不让人们窥视；时而又探出头来，笑纳游人，并乐此不疲地默默接纳来自四面八方游客的眷顾……

其实绿道不只是一种景观，更是一种精神，它应是有生命的。尤其是当绿道与玉环湖结合在一起时，这种生命的景象更是生机盎然、灵气鲜活。游人一旦进入角色，波光粼粼的玉环湖和俊秀的绿道马上将您带入两者的争相辉映之中，让人目不暇接。

站在观景亭上瞭望玉环湖，一眼望不到尽头的湖面显得格外平静，只有水雾在晨曦中萦绕向上、升腾。偶尔有几只海鸥或白鹭敏捷地冲向湖面，拍击湖水溅起了微微涟漪，湖边上零星的芦苇在微风中轻轻地摇摆……这一个个特写镜头，构建了玉环湖一道道特有的风景。向西极目，薄雾环绕中隐约可见那雄伟壮观的乐清湾跨海大桥，影影绰绰，时见时隐，给人以一种神秘色彩。收目湖心，只见几叶扁舟如一朵朵闲云随着轻盈的风波悠悠缓缓，或徜徉或徘徊。忽然间，一舟上传出了清悠悦耳的笛声，顺着笛声，朦胧地发现舟上坐着一对长者伴侣，他们仿佛在述说自己辗转一生，淡淡如水的历程；或倾诉尽享晚年清悠岁月安好的惬意。此时此刻，一湖、一舟、二人尽情地荡悠……不一会儿，只见两艘快艇疾驰如飞，直奔而来，艇上有人在高歌，有人在摄影。显然这是一种迥然不同的景象，不难想象他们是充满着朝气的年青一代。在他们的身上，我们仿佛见到了初升的阳光，清亮而勃发。这大概就是玉环人那种勇立潮头，敢为人先精神力量的缩影或象征吧！这似乎有点勉强的联想，才突然让人感受到我们玉环天生的胆魄和气势，雄浑和冲劲。才让国人在辽阔的版图上那么醒目地找到玉环这个小小的圈点……

观景亭的东侧，几组铜质铸像颇引人注目：你瞧那位"海韵之母"（暂取名）端庄明艳、慈和安详，微微抬头凝视远方，眉宇间不时地露出一种欢快的微笑。只见她头戴斗笠，卷着裤腿，光着脚板，手提竹篮，背上背着安详酣睡的婴儿，这一连串的典型化创作正是代表了海岛女性勤劳俭朴的特质和坚强的意志。我们甚至还可以从"海韵之母"中窥视到海岛女性的博大、温和与慈祥。

诚然，那位"海岛灵童"（暂取名）好生面熟，让人似曾相识，他翘坐在大海螺上，裸露着全身，低头凝视，若有所思。让人清晰地感受到海岛灵童那种活泼可爱、乖巧伶俐、矫健而富有生气的秉性，给人以颇多的遐想……

弯弯曲曲，不断延伸的绿道上簇拥的绿化草木，被深秋染成了黄绿相间、色彩斑斓的壮丽画卷。当凉风吹得落叶飘悲，叶子渐趋萧疏，整个绿道的秋林就显露出它们所特有的秀逸。这正像罗兰所说的"那是一份不需任何点缀的洒脱与不在意俗世繁华的孤傲"。是啊，一朵凋零的花，一片飘落的叶，都是写进光阴里的回忆。坐定在一缕秋风里，品赏着时光把记忆镌刻在将要衰败的叶脉上，这难道不是一种美吗？或许这样的美更显深刻，更值得留恋，更不该忘却！

况且，在这深秋里，尽管落叶堆积，但在绿道的任何角落却都能隐隐地闻到花木渗出的缕缕清香，更何况这衰落的枯叶不时地传递出一种潜在的再生力量，透露出一种新的希望。像真正懂得赏花之人何时不能赏花那样，即使在色黯香消时，花依然美在其中，只是不同的心境赏不同的花韵而已。

面对如此壮丽的秋景，难免笔者在玉环湖绿道的观照中突发遐想。

印象中的玉环湖曾经是大自然造物的鬼斧神工遗下乐清湾的万顷碧波，这平静的湖面曾经是波涛汹涌，澎湃咆哮，翻腾着，击荡着，狂暴异常地涌入漩门天险，创造了"亚洲第一漩涡"的壮观奇景。

印象中的玉环湖绿道两岸高楼林立，宽阔绵长的玉环湖蜿蜒而贯，给南岸的新城和北岸的楚门滨江骤增了通灵之气，更使两岸临风飒爽。漩门湾一桥、二桥的凌云横跨，乐清湾跨海大桥的高悬而卧，无疑增加了都市的氛围，起到了点缀效应，站立桥头一种自豪感油然而生。这里虽没有"不尽长江滚滚来"的气势，也没有大都市的繁华，但它足以让人心旷神怡。不是吗？一种都市的气息正在不断地形成，都市的步履正在这里从容有序地延伸……

印象中如今的绿道，其实是绿在环境，绿在周边，而周边环境之绿却成全了绿道。又因绿道承载了盛名，承载了时代，承载了历史，后人尤其是玉环的后人更应不负其名，铭记于心。"绿水青山，就是金山银山"，绿道之绿，绿在玉环，绿在这座美丽的海岛花园城市。

印象中的玉环该是人人自豪的海岛花园城市，一个个雄伟响亮的名字：乐清湾、漩门湾、海上"玉环"，东海明珠……充盈着一个个浪漫的传奇色彩，但在每一个名字的背后，都曾演绎过玉环岛上人民的勤劳勇敢，发愤图强的生动故事，如今玉环的市民以更加的努力来充盈传奇故事的内涵，给故事的传奇性做更多的现实性的注释。

绿道西面的出口，连接的是一条双向三车道的马路，宽阔、绵长、明畅、翘秀，不断地延伸……至此游人顿然发现这不正是玉环无限憧憬未来的象征吗？

悲秋之美

悲秋，是秋之所见万物凋零，触景生情产生的伤感。

如果说春天用尽了所有秀色花朵和枝叶的茂繁，舒展着向人类致敬，那么，秋天则是倾其全部的果实和凋败的落叶向大地感恩。如果说春天的景色是艳丽、灿烂、娇美，让人怜惜；那么，秋天的景色是磅礴、成熟、悲壮，让人震撼。

其实，秋天是一个意味深长的季节，秋的景色是全方位、多层次的。它既有浓郁纷呈的色彩，又有浅浅淡淡的清丽；既有天高云淡，风和日丽，又有云遮月蔽，悲风凄雨；既有百草凋萎前的芬芳，又有丰盈硕果的馨香。

而这一切的秋景秋韵都是穿越生命的感受而形成的一种形态。当大地渐近萧瑟，生命趋于凋敝，但人们的感知能否安顿，能否畅怀，能否和顺，这就是我们在流光中的一段自持。人可以欢愉秋，也可以伤悲秋。但在所有的秋喜秋愁之后，我们的心被这秋色秋景涤荡得宁静宽广，净化得淡泊致远，这才是我们赏秋各种意象拂过心灵所留下的真正韵味。

有人不禁要问：既是悲秋，何有美之言？古希腊的先哲亚里士多德给我们做了绝妙的回答："美是整体性的，并不是那些我们生活中明亮的快乐的部分是美，那些忧郁的难过的东西也是美。"

当形形色色的秋悲呈现在我们的面前时，人们能不为之慨然动容吗？

草木从早春的鲜嫩，经受了夏的勃发历练到秋的丰厚成熟，紧接着的逆转，草木凋败得迫不及待。逝水带走的不只是荷叶，还有流光。触景生情，人生的匆匆之感最容易在秋天激发，这就是人们传统所说的"悲秋"。

对于如此的悲秋，人们既有从自然景物之悲中追寻到美的遗迹，也可以在人的感受之悲如忧伤悲凄中折射出美的神韵。同样，寻找、感观悲秋之美既可以在现实的自然中得到，也可以在古之先贤的诗词中领略。

楚辞赋家的宋玉为悲秋之美开了先河："悲哉，秋之为气也！萧瑟兮草木摇落而变衰……"生命的仓促，韶华之凋落，自宋玉而起，一路悲歌，绵亘千古。

直至杜甫追访宋玉故宅时续上的那声叹息："摇落深知宋玉悲，风流儒雅亦吾师。怅望千秋一洒泪，萧条异代不同时。"面对悲秋，遥想宋玉之悲，不禁洒下一行热泪。如此的悲秋与情深壮美相连，使人产生了深沉而强烈的同情共感，极易引发人们去感受更深层次的悲秋之美。因这种同情共感在内心产生振荡之后，使人的内心世界发生变化，往往能催人奋发向上，提升人的精神境界，产生美的愉悦。

女词人李清照为悲秋之美的神韵做了鲜活而浓烈的畅想，使悲秋的主旋律更为深沉辽远，神采悠扬。

"薄雾浓云愁永昼，瑞脑销金兽。佳节又重阳，玉枕纱厨，半夜凉初透。东篱把酒黄昏后，有暗香盈袖。莫道不销魂，帘卷西风，人比黄花瘦。"

上阕为悲秋做了厚实的铺垫，白天薄雾浓云笼罩，夜间不仅玉枕、帏帐透着寒意，那份轻寒还渗进词人的心里。薄雾、浓云、瑞脑、金兽、玉枕、纱厨等意象无不暗示词人内心思念丈夫的愁苦和孤寂落寞之情。虽为景语，却句句含情。

下阕写词人在重阳佳节，把酒独酌，离愁别恨涌上心头，借酒消愁，只能是愁更愁，难怪人比黄花更为消瘦。

此等悲秋之中，词人如此牵挂、思念丈夫，以致日益消瘦。其间的深忧不正体现了愁中之情、悲中之美吗？如此刻骨铭心、情深意浓不正是代表着一种深沉的爱之美吗？词人的袖间隐隐地渗出菊花的清香，早已抹去了"玉枕纱厨"以及透进心里的几分轻寒，转化为一种温热的慰藉，让后人涌起了崇敬之心。故而有人评说，此词"幽细凄清，声情双绝"。

北宋柳永的《八声甘州》却对悲秋之美做出了完整的诠释。"对潇潇暮雨洒江天，一番洗清秋。渐霜风凄紧，关河冷落，残照当楼。"当词人独立于一城头，眼前展现的是潇潇的暮雨，铺天盖地飘洒而下，冲刷着金秋时节。秋风紧裹，秋雨飞扬。一番洗刷荡涤之后，满目寥落清冷，唯有雨后的斜阳残照倾洒城楼，此等的悲秋怎不撩起人的思绪涤荡？

"是处红衰翠减，苒苒物华休。惟有长江水，无语东流。"此刻，红的衰了，翠的减了，花落叶残，词人无语的心伴随着长江的水向东而流，滔滔不绝。

"不忍登高临远，望故乡渺邈，归思难收。"一个漂泊的游子归思之心遥望着邈远的故乡，难以收回。

"叹年来踪迹，何事苦淹留？想佳人妆楼颙望，误几回，天际识归舟。争知我，倚阑杆处，正恁凝愁！"

词人的想象何等丰富。那远方，在思绪的另一端，佳人化妆端坐台楼，远眺归舟，可多次误会错认。难道你不知我此刻和你一样吗？这一端与那一端的楼台，同一个时分却遥遥相对，让清秋的寥落与心中的秋思相辅相成一个"愁"字。这一"愁"字凝结着双方何等的情感！

这样的悲秋，弥漫于苍茫，积蓄于楼头，却沉沉地压在一颗心上，如此悲秋的意境，除了飘逸洒脱外，依然是静美俊秀和壮观辽阔。它酣畅淋漓地将人们带往悲秋之美的极致状态，在欣赏的过程中，转化为积极向上的情感。

诚然，文学中的悲秋之美，多得汗牛充栋。比如：

"画楼月影寒，西风吹罗幕。吹罗幕，往事思量着。"这是五代李存勖悲秋中的追忆之美。

"从来最是悲秋者，况是悲秋客未归。"这是宋代王令悲秋中的忧家之美。

"离愁不管人飘泊，年年孤负黄花约。"这是宋代黄机的游子悲秋归思之美。

"雨意欲晴山鸟乐，寒声初到井梧知。丈夫感慨关时事，不学楚人儿女悲。"这是宋代黄公度悲秋中的忧国忧民之美……

"秋声带叶萧萧落，莫响城头角！浮云遮月不分明，谁挽长江一洗放天青？"这是清代董士锡悲秋遥问中的一种铿锵之美。

诸如此类，我想：这既是文学审美中的悲秋之美，同样，也可理解为是现实中的悲秋之美，只是所处的时代不同而已。

此刻，我又不禁追问：现实中的美究竟是什么？是早上的第一抹温暖的阳光？是轻风里青草上悬挂的晶莹的露水？是雨后挂在天上的彩虹……仅此而已吗？

不……不！当秋的来临，畅想着漫步在每一个清晨和黄昏里；沐浴在每抹熨帖的阳光里；行走在每一处落叶纷飞的林荫道上；置身于淅淅沥沥的细雨中……

沉浸在这等的氛围里，一种悲秋之美油然而生，那载不动、带不走的悲秋，一切似乎都变得那么美好，包括凉爽舒适的天气，包括沉静祥和的心情，包括乐观向上的心态。即使在平平淡淡之中，若多了一份独属秋的凄凉，也不失为美。

正像罗兰所说的："代表秋天的枫树之美，并不仅在那经霜的素红，而更在那临风的飒爽。当叶子逐渐萧疏，秋林里显出它们的秀逸，那是一份不需要任何点缀的洒脱与不在意俗世繁华的孤傲。"

不是吗？每一朵凋零的秋花，每一片飘落的秋叶，都是写进深秋的记忆中，坐定在一缕缕的秋风里，细细地品赏衰败的叶脉被时光镌刻后的秀逸，这是一种更为深刻、更令人留恋、更不该忘却的悲秋之美。

月色朦胧

今晚中秋，一个从远古流传至今而令人期待的夜。

然而，天空中却蜂拥着不知人间情趣的云朵，时而聚集，时而离散。济南大明湖的湖岸上已陆陆续续来了不少的赏月之客。人们频频抬头遥望苍穹，可是云朵却压根儿不为所动，反而越布越密，大有乌云压顶之势。于是乎，有人扼腕，喟叹，深感扫兴；有人干脆驱车折返；有人静坐湖岸耐心以待……

我在一位济南文友的怂恿下，倒没有丝毫的懈气，觉得赏月无非是一种心境。心在月在，心中藏月，自然皓洁。况且自古就有八月十五云遮月之说。云生月隐，神秘迷离，更有一种朦胧之美。

云朵无心地飘忽着，仿佛在冷眼俯瞰这个甚为熟悉且又陌生之地。言其陌生，缘为观赏主人的改换，从而，尽管它是闻名遐迩，但这里确实没有平湖秋月泛舟游览，从堤岸的垂柳间，从丹桂的花枝下穿越时的惬意自如；也不曾是三潭印月那么让人熟知自然，那么叫人期待，那么令人沉醉……

如此遐思遥想，难道是在贬低或轻慢大明湖吗？不！这是一位客旅异地的作者真实内心的流露，恰恰表现了对久负盛名大明湖的敬重。大明湖因由济南众多泉水汇流而成，且处在繁华都市中的天然湖泊，实属罕见；尤其是大明湖畔那个明媚的夏雨荷早已举世闻名。大明湖这一独特之处，并非平湖秋月、三潭印月那种妩媚所能相提并论，因人们早已将"夏雨荷"与"出污泥而不染"紧紧地联系在一起了，将这独特的景观精神物化了。

况且，此处依然是风姿绰约，秀逸如画，已然成为济南市民们赏月的最佳去处。

是夜，尽管云遮月蔽，但足可让人与月，与时隐时现的月影，与被惊醒的水鸟，与水中不知疲倦的游鱼融为一体，令人陶醉。

我们站在眺望台上依栏俯水，依稀可见湖面微微的波光，在看不见的鱼儿打滚时，或一阵微风的吹拂下掀起的粼粼涟漪，平静的湖面偶尔隐约可见几只海鸥或白鹭敏捷地拍击起飞，使稀疏的芦苇在不停地摇晃摆动。纵目远眺，朦胧中湖天一色，平静的大明湖洗尽铅华后安详地仰卧在苍穹之下，与朦胧的月色交欢，与坚守相约、矜持自重的人们相拥。

湖的对岸，华灯璀璨，随着高楼上霓虹灯闪烁的光焰与时隐时现的月影交辉融汇一起时，整个大明湖笼罩在一片迷茫的朦胧之中。只有那远处连绵的山影飘忽湖中，还有那高楼的灯光与霓虹灯闪烁的倒影相连成趣，显得轻盈、飘逸、动感，但它们似乎又是空灵、茫然、悠远的。只有那偶尔的三三两两赏月人的淡笑之声和湖中小船上断断续续传出悠扬的笛音才打破了此刻的宁静，从而袅袅地侵入人的秋绪之中。

此时湖岸上所有的树木花草都处在静默之中，只是不时地飘逸出缕缕淡淡的清香。可当人们俯身细看，朦胧中最令人动容的竟是一朵朵即将憔悴不堪、聚落成泥的秋荷与一片片衰败的叶脉，矜持地守护着内心深处的高洁与真实，哪怕在这缠绵揪心的时刻，还不时地释放清辉。

此时的天空依然是云朵不停地飘忽……

当我们移步至拐弯处那位端庄明丽、慈祥平和塑像的身旁时，端详着她抬头、凝视远方的神态，我顿生疑惑，骤然感慨：这位慈母在遥望什么？又在寻找什么？难道她也在这中秋之夜赏月吗？

然而，我茫然迷惑。恍然间，在这朦胧隐约的月光中，我仿佛看见嫦娥正飘飘忽忽、轻轻悠悠地向那圆月奔去；吴刚正捧着浓香的桂花美酒在热切等待。可我转念一想，那是远古的传说。传说是虚幻的，它是幻化后的美艳，她无论如何都无法代替本真，我想回到现实中来。可现实又是什么？现实是去寻找朱自清笔下的"月朦胧，鸟朦胧，帘卷海棠红"吗？不！那也已成过去。

那么究竟要寻找什么呢？我茫然不知所措。

突然间，我想起了远在北京与杭州工作的女儿两家子以及在家的亲人们，她们此刻身在何处？有无赏月？也不知她们那儿是皓月当空呢，还是月色朦胧？

一个客旅异乡的游子，在这中秋佳节的特别日子里，心中不免流淌着悠悠的眷恋、浅浅的牵挂、淡淡的思念。这一切都只是浓缩在久久的遥望之中……

家乡东门的三角桥

家乡玉环市城区的东门，人们称之为"风水宝地"。因它朝南坐北，若稍能站高一点向南眺望，几乎就可以俯视玉环市区的全貌。尤其是东门的后背山极像一张"太师椅"，既有将整个东门紧紧地拥抱在怀中之状，又有让所有的东门人舒舒坦坦地依靠之感。

据说当年县府大楼之所以选择东门后山之山麓，也曾有此"风水"之说，百姓中更有一种神奇的传说：就是这张"太师椅"让一任又一任的县领导稳坐"泰山"。平平安安，康康泰泰，还能不断地得以升迁。

传说归传说，但回到现实，东门并非如传说中如此完美，东门依然有许多的不足和缺憾。比如东门前面的这条东门河像一道不可逾越的屏障，阻隔了数百年，给东门的百姓生活带来了极大的不便。东门前方的玉城中学、城关一中、实验小学、体育馆、田径场等学校和公共场所设施，离东门区域仅一河之隔或近在咫尺，可人们出行却要绕一大圈，得走二三十分钟才能到达。即使居住在隔岸小区的居民想要就近购物，本来东门"好多多"超市近在眼前，可他们也同样因东门河的阻隔得绕圈而行，很是不便。

2016年的某一天，时任玉环县委书记的张加波，不知是特意考察或偶路此处，指点说：此处应造一座桥。地方长官一把手的意图感应力极强，一句话就可以结束数百年的历史。果不然，城建部门当年就在此处造起了一座三角桥。说是三角桥名副其实。因为此桥有三个不同的方向，有三个桥面，即一向是东门人的出口，一向是通往田径场，一向是连接实验小学、城关一中。

三角桥像稳定的立体三角形，稳固安详地坐立于东门河中。

三角桥结束了东门人数百年来绕道而行的历史……

三角桥的建成，虽没有像20世纪50年代的公路通车那样，人们上街放鞭炮、敲锣打鼓，以示庆祝，也没有像高速通车那样让玉环人民大面积地激情澎湃、欢欣鼓舞，但它着实曾让东门人拍手称快，兴奋了一阵子。只不过这种欢快会随着时光岁月的流逝而渐渐地淡忘，或许人们就会慢慢地觉得这是理所当然的。

然而，这种稍纵即逝的喝彩过去后，留给三角桥最多的还是其自身的本能和责任，自身的荣光和骄傲。

这座三角桥既不雄伟壮观，三向叠加总长度不过五十来米，又不恢宏华丽，只是平平淡淡、朴朴素素、自自然然。混凝土的桥墩和桥体，很是普通的石料铺面，喷漆铁艺与塑料物件组合而成的栅栏，上方向内微微突进，显得坚固安全。整座桥的外形给人以一种简洁、平实、大方的感觉。

就是这样一座普普通通的三角桥，它却静静地承载着每天数以千计人次的踩踏，从无半点的懈怠和懦弱，只是默默地给广大市民的生活带来莫大的便捷。

尤其是每天清晨，当一缕缕柔和的阳光洒在三角桥上，三角桥仿佛以它特有的风姿和休息后的平静迎接着首先步入的客人。清晨的来者往往恰好是一群群活泼可爱、朝气勃发的少年儿童。这道亮丽的风景，在和煦阳光的映照下，又恰到好处地反衬了三角桥，给三角桥注入了勃勃的生机和活力。

每当盛夏和初秋的傍晚，三角桥总是热闹非常，每每晚饭过后，都有一波接一波的来访者。原来固定在桥上三个方向的三张长凳，远不能满足人们的需求，从而附近的参与者只能自带凳子聆听人们的诉说，有拉家常的，有说风土人情的，有谈家国情怀的……其间不乏道听途说，也有正儿八经的，所涉内容无所不包。三角桥上充塞储存着无限的信息，几乎成了信息的集散地。

更有那桥下三个不同方向的激活河水的喷水器，每到夜晚，不约而同地从各个方向喷发出水柱，在灯光的掩映下，闪烁着红、绿、黄多种不同的光彩，绚丽亮艳，不时地还散发出粼粼波光。这无疑又给三角桥增添了额外的风采，使三角桥显得更加优雅风致而有灵气。

凡夏秋时节，只要天不下雨，每每都在九点钟后，三角桥才慢慢地恢复平静。

不知是为了追寻宁静中的舒适，还是捕捉三角桥的余韵，抑或寻找三角桥上散落的信息，我总是喜欢在三角桥平静后才独步桥上……

● 人物形象篇

　　有种思念叫牵肠挂肚；有种执着叫至死不渝；有种美艳叫光彩照人；有种坚守叫天荒地老；有种幸福叫无可比拟；有种痛苦叫不堪承受……这一切演绎着五彩缤纷、千姿百态的人生。

　　在芸芸众生中，人们常常会自觉不自觉地抓住这丝丝缕缕的希望，但往往有人会感觉这是在自找苦吃，而有人却感到其乐无穷……

我见到的郑青岳

最近省内新闻媒体有关郑青岳先生动人事迹的报道，时有所见所闻。其主旋律无一不在弘扬当代的"师魂"，赞颂其扎根海岛、壮心不已的教育情怀。尤其是浙江省网信办的作者王平先生的《当代师魂的完美绽放》一文，以崇敬的心怀，酣畅的笔调，精练的言辞写出了郑青岳精益求精的工匠精神及扎根海岛的研究成果，感人至深。这各种形式的弘扬传颂无不成为时代的强音，且形成一种张力，震撼、影响、激励着人们。

然而，在这激越与奋发之余，隐隐约约似乎总感觉缺少点什么。可转念想想也是，表现一个人未必就要面面俱到，或去其枝蔓择其主干，或服务于主题的需求，抑或窥其一斑见其全豹……智者见智，仁者见仁，无可非议。

诚然，一些生活细节实在是郑青岳人生中不可或缺的东西，又将是我们准确认识郑青岳本真不可疏失的内容。故而写作本文，意在弥补某些遗缺。

我与郑青岳先生相识于 1977 年，我们曾同事过一年，还同吃同住在一起。短短的一年，却对我的人生产生了深刻而巨大的影响。那时的他，还是一所乡镇中学高中班的语文民办教师，为了成全自己的角色，他每天凌晨四时准时起床，床边放着一盆凉水，洗脸提神后，马上投入工作或学习，无一天落下。我当时曾问他，是什么动力促使你如此地毫不懈怠？他不假思索地说："人是要有精神的，没有了自我精神也就意味着自我的消亡。"一个二十出头的年轻小伙子，心里装着如此深刻的认识，内心承载着人生如此超常

沉重的主题。我在震惊之余，清晰地窥视到一位青年内心世界的清纯与执着，深刻地感受这是一位不同凡响的智者。

"人是要有精神的。"这并非仅是说说而已的响亮言辞，郑青岳先生用他往后人生几十年苦行僧式的践行，来证明自己言辞的庄严和坚定。

时间对郑青岳来说比什么都重要，他在自己的人生旅途中哪怕是一刻的时光都舍不得奢侈浪费，也从来不曾有过"休闲"二字。

新时期的到来，被禁锢了十年的文艺，如大江决堤般地汹涌而来，大片《红楼梦》的重映，更使人们企足而待。那时的"一票难求"，毫不夸张地说人们排队通宵达旦也在所不辞。可是，当电影院的老同学将票送至他手上，他却婉言谢绝。若以当下的观念来审视，也并不怎样，似乎平常，可在那个年代，人们都觉得不可理解，完全是一种超常的思维，几乎没有任何人能做到这般坚守。

其实惜时如金是他在工作中凝练而成的一种刻骨铭心的习惯。

郑青岳曾经有一把心爱的小提琴，那时的他对小提琴是那么酷爱，"文革"期间没有好的小提琴教程，他曾经向杭州的表弟借了一本好几百页的国外小提琴教程转抄。他拉小提琴一天也不愿间断。在乡下当民办教师时，他每个周六下午回家，都会把小提琴带回。可就是如此形影相吊地陪伴他多年的小提琴，郑青岳在进入师专读书时就毅然决然地将它"束之高阁"，从此不再问津。其原因竟然那么简单："我需要时间。"可想而知，一个人的兴趣爱好一旦占据了内心深处形成坚固结构后，往往是坚不可摧，牢不可破，并非说"束"就"束"那么容易。这需要一种很强的控制力去抑制自己，或有一种坚定的信念在支撑、引领着自己。

郑青岳确实珍惜时间如命，然而将时间用在教科研工作和培养新教师的成长上却从不吝啬。几十年来他一直把课堂作为自己工作的主阵地，把教学研究的根深深地扎在教学实践的沃土之中。他走进教师中，言传身教，授人以渔。

在他担任教科所长期间，短短的几年，使玉环的教科研工作从落后一跃成为先进。在他的培养指导下，仅有四十来万人口的玉环市，被评上省高中物理特级教师的就有4个，比许多地级市还要多。他在两度领衔玉环市名师工作室期间，使两批初中科学教师团队的专业精神和专业能力水平发生了显著的变化。其间，每当有老师带着疑难求教于他，他每每总是以豁达祥和之心态不厌其烦地为之排难，每次解惑后他都会兴奋不已，为之欣慰。凡跟郑老师接触过的人无不深刻地感受到他身上那股很强的亲和力和专业性。因而，很多老师颇有感慨地说："与郑老师交谈就是一种成长，一种进步。"

同样，他把时间用在撰写教科书时，更是慷慨无比。有时为了把一个活动设计得更好，找一幅更满意的图，哪怕花费再多的时间也在所不惜，甚至可以通宵达旦。对教科书中每个细节包括每个用词他都会去反复琢磨，精心推敲，直至感觉上的完美。因在他心中教科书是关乎一代人的成长，容不得有丝毫的瑕疵。而对于每年全国各地邀请的多次讲座，每次都需花费很大的精力与时间，他却乐此不疲，从不推辞。因他认为这是关系到全国教育改革与教学研究的大局，是一项很有意义的工作。

郑青岳由于专注于工作研究和写作的精神生活后，物质上的需求却显得十分简单。简朴清贫对他来说习以为常。他婚后将近八年时间内家里没有购买电视机，他说："八年不看电视并没有让我失去什么，反而给了我更多用于工作的时间。"他的女儿远在北京工作，其妻退休后经常跟随女儿带外孙。郑青岳每每总是一连十几天或个把月过着青菜淡饭的简朴生活。尤其每到周末或假期，他实在舍不得浪费时间，总是一个人闭门著书，有时连续数天连房间门锁的保险都没打开过。其实郑青岳女儿在外企担任高管，早已是经济上的富足家庭。但他却一直没有购置小车，他说玉环城区就那么大，出行很方便，他更不愿意为学车花时间。除了在家里跑步机上跑跑步外，他几乎没有其他的业余爱好，他说："研究就是我的爱好，就是我的生活。"生活上的简朴，精神世界的丰盈，形成他人生之旅的主旋律。并在这精神领地上,一路高扬着人生的淡泊之歌。不难想象一个人在富足之后仍安于平淡,乐于过简朴生活,足见其精神上的高贵。当他沉醉于精神王国的伟大享受中获得了更大的快乐时,物质却无论如何都成不了诱惑。这大概自古以来,一切贤者都是如此。我们在古今中外所有伟大的诗人、哲人、圣人身上都可以得到印证。

郑青岳人格上的高尚纯洁更令人崇敬仰视。无可否定,当下的社会权欲物欲的暗流汹涌如潮。人们追求物质的享受似乎成为一种时尚,奢侈的欲望不断地膨胀,对权力的崇拜与追逐是那么至高无上与毫无遮掩。然而更为可悲的是,一向以淡泊自居的知识分子却也有不少人自觉不自觉地被卷进这股暗流之中。所不同的是,知识分子中有人用漂亮的言辞把自己化装成正人君子后,将自己削尖脑袋不择手段的丑行包裹得严严实实,不让人发觉罢了。然而,郑青岳先生自始至终秉持高洁的人格,洁身自好,视权力和名利淡泊如水。他28岁时组织部门就考虑让他任县教育局副局长,2002年台州市教育局又找他,请他当市教研室主任,他每次都婉言谢绝。省教研室和几所高校曾多次要调任他,每每都被婉拒。他在深表谢忱后,每次都只是淡淡地说:"其实在哪儿工作都一样。"这看似轻轻松松的一句话,远不是非真正淡泊之人所能企及的一种精神境界,更非高谈阔论者所能达到的精神长相。这是郑青岳先生实实在在的人格和精神本真的折射与外泄,是他内正其心,外正其行,超凡脱俗而又超然物外的体现与写照。

在他看来越是艰苦的地方,越能磨炼人的心智,越能激励人的奋发斗志;越是落后的地方,越需要人去改变,越需要一种坚韧的毅力去克服种种困难。这样的淡泊心境,如清澈的泉水融入血液,滋润心灵。

著书立说是郑青岳先生人生的最大追求。他经常说:"作为一名教研员,要引领别人就必须走在别人的前头。"从而不断用"以其昏昏,何以使人昭昭"之理来告诫自己,鞭策自己,砥砺前行。40年来,他一直以坚实的步伐走在教育改革与教育研究的前沿,苦苦地耕耘,不断占领学术高地。

数据是最有力的见证。工作这些年来,他在省级、国家级刊物上发表论文300多篇,100多万文字;出版专著10本,即将出版的2本,300多万字;主编、参编教科书、拓展性课程和教学参考书已出版和即将出版的共58本，光他撰写的部分有400多万字。他的研究成果累计多达800多万文字。天哪，800多万这是一个什么数字概念？若让一个人去认真抄写这么多文字，不知需要耗费多少时间。其间还要选材、立意、筛选、构思、起草、修改等一系列精雕细琢地打磨，不知要花费多少心血和汗水。这800多万个文字符号仿佛像一滴滴闪亮的水珠不停地聚集，凝结成一个剔透的晶体，不断地闪烁光芒；它无疑又是郑青岳先生嵌入自己灵魂，涤荡自己心灵后转化成一种浩然豁达的气势，不断地向人们发出昭示，已然成了指引广大教师前行在教学路上的明灯。

八百万个汉字，字字如铅，掷地有声；句句含情，满怀对祖国的感恩。

郑青岳先生对学术如此专注，使我想起世界科学名人居里夫人，虽然他的贡献不能与居里夫人同日而语，但对科学的研究，对学术的痴迷、执着和矜持却与居里夫人如出一辙，在科学研究上所具的一种特有的活力却惊人相似。

为了解困，他们都曾用冷水来刺激提神自己；

为了研究，他们都曾通宵达旦，夜以继日；

为了人生的价值，他们都曾让辛勤和疲惫改变自己的健康，却都能永葆一种理性意义上的青春韶华；

玛丽将世界级的奖章，送给自己6岁的女儿当玩具，郑青岳将名利和权力拒绝阻隔在自己的心灵之外；

最终，他们都能以超常的坚定，来战胜自我、超越自我。

郑青岳的人生，那活跃的想象力和博大的胸怀如春阳勃发，光彩照人。他把事业的追求和生命的本质凝聚交融在自己的所有收获之中。从点点滴滴、涓涓细流，最后归结为灵魂的清泉，至臻至美地完成了自己人生精神的永恒。

擦肩而过

大千世界，芸芸众生中，擦肩而过的现象随处都有，经常可见可闻。譬如：人与人之间可以擦肩而过，缘分可以擦肩而过，科学研究工作的成功与失败可以擦肩而过，人事中的提拔、晋级、深造可以擦肩而过，人生中的舒适、安逸、痛苦、悲伤甚至是死亡等都可以擦肩而过。它，上可至苍穹太空，下可达五湖四海，远可处茫茫天涯，近可就当下眼前，大可系国家大事，小可连百姓生计，几乎所有的方方面面均可与擦肩而过结缘。

所不同的只是有些擦肩而过滑落指间，杳然无音；有些擦肩而过却驻留人的心田，以至刻骨铭心；有些擦肩而过平平常常，普普通通；有些擦肩而过却轰轰烈烈，惊天动地。

笔者之所以写作此文，就因曾有一种擦肩而过，像一股巨大的张力深深地震撼着我。

央视国际频道《时代楷模》栏目播放了航天员邓清明的感人事迹，在全社会掀起了波澜。他始终牢记党和人民的期望与嘱托，几十年如一日，无悔无怨，把一生的青春无私地奉献给了我国的航天事业。尤其感人的是27年做了三次备份的邓清明，以同样的苦其心志，劳其筋骨，累其精力，三次与太空无缘，擦肩而过，却依然义无反顾地将女儿送进了与自己同样的航天事业。在节目中女儿的一封长信感人肺腑，不知看哭了多少中华儿女，也不知激励了多少炎黄子孙。

一个人为追逐梦想究竟要付出多少年？

邓清明以自己的实际行动做出了响亮的回答！

1998年的1月5日，这是一个历史性的日子，中国人民解放军航天员大队正式成立。邓清明等14名战士成为我国首批航天员。宣誓时的最后一句豪言壮语"英勇无畏、无私奉献、不怕牺牲、甘愿为祖国的载人航天奋斗终生"成为邓清明铭心刻骨的人生标杆，也成为他永作航天人的行动指南。他的一生都在默默地坚守自己的诺言。

邓清明的三次备份，从"神九"开始，历经"神十""神十一"，一次又一次地与太空失之交臂。或许这在常人的眼中无足轻重，无关紧要，可对于航天人的邓清明来说，每一次都是他心理的磨炼，心灵的洗礼净化，呕心沥血的见证。

当落选于"神九"时，邓清明觉得自己离梦想又近了一步，信心满满。可他不曾想到"神十"再次让他落选。此时的邓清明虽然双眼泪光闪烁，但他却依然坚强地说："没有什么能影响我的梦想。"当邓清明止步于"神十"的发射塔前，他已经47岁了。可想而知，一个接近知天命之年的人，承受如此高强度、高难度的训练，谈何容易？这远非光靠一张嘴巴说说就能做到的那么简单，其间的痛苦与磨难程度非常人所能想象。

坚毅的邓清明始终不忘初心，他把自己归零，以最佳的状态接受"神十一"的考验。

然而，命运却再一次与邓清明开了个大玩笑。当"神十一"执行任务的航天员名单公布时，大厅的电视屏上始终没有出现"邓清明"这三个字，等候在大厅里的人们神情紧绷，几乎不约而同地将目光聚焦到邓清明的身上，整个大厅却静得出奇，几乎能听到每个人的心跳和呼吸。当结果呈现的那一刻，现场的很多人都哭了。

此后，当邓清明毅然决然地将女儿送进了与自己同样的航天事业，整个航天界的同人以及他的战友包括所有的知情者都肃然起敬，人们被邓清明这种公而忘私的爱国情怀深深地感动了。

邓清明的"擦肩而过"相比于儿女情长婚恋的擦肩而过，相比于一己私利的晋级、加薪的擦肩而过，相比于生活中的舒适、安逸的擦肩而过，简直是天壤之别，不可同日而语。它们在邓清明实际行动的观照下，显得多么渺小。

面对邓清明的伟岸，而有人在尽享安逸中却斤斤计较，为一点鸡毛蒜皮的小事而闹得不可开交，简直是无地自容。

当邓清明的女儿邓满琪以一种平淡的语调和情怀朗读着自己写给父亲的一封信时，为不到50岁的父亲两鬓白发而忧伤，为父亲奋斗几十年心力交瘁而心痛，为父亲对祖国的航天事业坚毅执着而敬畏。此刻，全场怆然肃静，但人们的内心却像大海的波涛一样不断地翻滚。同情、感慨、崇敬各种情感紧紧地交织，一种庄严静穆的氛围笼罩整个会场。

邓满琪在她自己的信中说："爸爸是我见过最敬业的人，最无私的人。'三十功名尘与土，八千里路云和月。'我们的生活还在继续，你永远是我心目中最伟大的英雄。"并表示自己要步父亲的后尘，踏着父亲的足迹，把自己的青春同样献给祖国的航天事业，最后用一个庄严的军礼以示对自己诺言的见证。此时，会场中以雷鸣般的掌声打破了原先的静谧。

人们随着这飘逝的掌声，再仔细地抬头瞭望苍穹，在祖国的神舟飞船上，有像邓满琪这样的一代又一代的年轻的航天员正昂首遨游于辽远的星空之上，这是祖国的未来，更是祖国的希望。

邓清明与太空的擦肩而过，让国人刻骨铭心，让国人崇拜敬畏，让国人奋发有为。这样的擦肩而过，无疑已转化为一种巨大的精神力量，在不断地激励着国人为梦想而践行，为初心而奋发。

浅浅的欣喜

　　笔者曾经帮助过一个女孩填报高考志愿，留下了深刻的印象。她天生丽质、秀气清艳，很有一种古典之美。一般考生尤其是女生很少有自己的主见，可她却与众不同，不仅颇有主心骨，言语间还略带些风趣与幽默。所以我与这个女孩，在往后的日子里就有了一些交往。

　　今年的金秋，突然间接到她父亲送来的请柬，原来是这位女孩的结婚酒宴，我欣然按约前往。

　　与往常的婚宴一样，酒店门前车水马龙，人来人往，热闹非凡。酒店的门厅中站立着化了妆的新郎新娘，彬彬有礼地喜迎着每位客人的光临。当时被那浓浓的喜庆氛围遮掩，并没有引起我多大的注意。

　　可到了酒宴过半，新郎新娘敬酒的时候，新娘端起浅浅的一杯酒，口称：谢谢蒋老师，您给我填了那么好的志愿。此时，我抬头一看，突然愣了，对眼前的一幕愣得发呆，差点失态嚷出声来。当我调整好窘态后，以浅浅一笑掩饰而过。可这瞬间的失态并未逃过新娘的慧眼，只听见她轻轻地说："蒋老师，我改天告诉您。"

　　半个月后的一个午后，阳光特别明媚清丽。宴尔新婚的她不约而至，刚一进门，就爽朗妩媚地说："蒋老师，那天没有吓着您吧？"几句寒暄后，马上切入正题。愿来她和男友一起前往贵州旅游时不慎摔倒在山谷悬崖，全身多处骨折，脸部更是破相缝了十几针，额上留下了一条长长的蜈蚣状的疤痕。她还说幸好被一棵大树挡着，不然连命也没了。

　　听到此时，我顺便接上一句安慰的套话："大难不死，必有后福。"可话刚一出口，我就马上有些后悔，一来知道自己这种套话是多么苍白无力，人家是受过高等教育的现代女性，还不知道你的俗套？二来新婚宴尔的，什么"死"呀死的，多么不吉利。对方似乎看出我的顾虑，连忙爽心爽气地开玩笑说："多亏我对象找得早，老公不嫌弃，不然我就嫁不出去啦！"

此时，我的内心不时地闪出纳闷：她如此爽朗的笑声是真实的吗？

如果说是掩饰，可它却没有一丝半毫假的迹象。如果说是发自内心的，可如此花季的女子，且又有这等美艳的容貌，突然间，在最显眼处蹦出一条这么怕人的伤痕，不管搁在谁的身上，都无法接受这一残酷的现实。

尤其当我的日光一接触到这蜈蚣状的恐怖疤痕时，我的心被震惊得阵阵刺痛，以至有种莫名的伤感拥塞胸口，让人难以喘息。我呆若木鸡，再也找不到任何的语言来安慰，剩下的唯有沉默……

她见我这副模样，倒像一个俏皮玩味的女孩，用调侃的眼神，一眨一眨地注视着我说："蒋老师，您看我现在不是好好的吗？"她还边摇着我的手臂边说："别难过了，您难过，我会不高兴的。"真有点像大人哄小孩似的，她的言行，似乎动摇了我想象中的那股伤感和悲戚。尤其是她那不时地露出一丝浅浅的欣喜，更增添了我大惑不解的迷雾。

为了彻底打消我的疑惑，她干脆来个釜底抽薪，和盘托出自己的想法：按照常理，我是该像一朵颓败萎谢的花朵，在悲伤中沉沦，在痛苦中煎熬。刚开始的时候，我也曾这样想过，内心也确实无法接受这个现实。可是，后来仔细想想，任何事物都具有两面性，这不好的一面，倒过来就不一定是不好，或许是好，或许会更好。她一连用了好几个"至少"来证明自己当下的如释重负，心无旁骛。

她说："至少我现在能够行动自如，丝毫不会影响工作或学习；至少我现在活着，能和亲人在一起享受天伦之乐；至少我现在没有少了一个朋友，可以和他们共享快乐；至少我有一个称心如意的丈夫，有了一个幸福和满的家；至少我学会了懂得珍惜，珍惜自己的生命，珍惜人生的一切。尤其是我要好好地珍惜，我爱的，和爱我的丈夫！珍惜上苍恩赐我这样一个难得的家。"

最后，她还意味深长、满怀希望地说："何况现在的医疗技术迅速发展，通过修复，完全有望重展我那张漂亮的脸蛋！"

至此，我也终于如释重负，再也不用搜肠刮肚地去寻找安慰她的言辞。相反，还能从她在不幸中反省彻悟的情怀内获得了许多感想：人生中有多少的不可预见，又有多少的不可选择。有多少的祸事在悄悄地降临，有多少的灾难在慢慢地逼近。对于自己的未来，谁都不敢保证，谁也无法保证。

面对灾难或事故造成的后果，人们是毁灭性地惩罚自己，在悲伤中沉沦不能自拔呢？还是擦干眼泪，疗治忧伤，挺起胸膛，重整旗鼓？

面对两者的抉择，无疑是对人生一种更大的考验。

倘若选择前者，其结果只能比灾难或事故的本身更为严重。因肉体的创伤可以疗治，而心灵上的沉沦却是无可救赎。

她，毫不犹豫毅然决然地选择了后者，才让我见到一个经岁月风霜摧残后依然如故的她。一个外表丑陋内心洁净如雪，光艳照人的她。

结束这一场特别的见面时，她的眼角眉梢再次泛起了一丝浅浅的欣喜，而这一丝浅浅的欣喜骤然被定格，成了永不褪色的人生底片。

我想：这是人生中多么难得的浅浅欣喜，又是多么令人羡慕的浅浅欣喜，更是让所有熟知之人欣慰的浅浅欣喜。

飘忽的"白云"

全国十大名山之一的雁荡山，危峰突兀，怪石嶙峋，山外有山，谷中有谷，无峰不奇，无石不怪，自古就有"寰中绝胜"之誉。更有那雁荡的"名角"——灵峰的夜景令人叫绝，让人销魂。白天的合掌峰，每当夜幕降临，她们各自乔装打扮，不约而至，摇身一变，成为甜蜜相拥、窃窃私语的夫妻峰。朦胧的月色给这一对情侣披上了层层薄雾，影影绰绰，似乎隐约可见其春情萌动，娇羞而语，欲将千种风情、万般灵韵寄情于人间。这迷茫的夜幕还巧妙地给灵峰的诸峰修剪出片片倩影："雄鹰敛翅""犀牛望月""相思女"……神情兼备，形象尽致。

就在这奇异的风景中，深藏着一座规模不大不小的白云庵。这里美若仙境，一片葱茏，古木参天，悬嶂蔽日，旁边有一条清澈见底的小溪，终年涓涓而流。溪中的石块布满青苔，极像一颗颗翡翠，绿得耀眼。拱形的石桥悬在溪上，桥的周边布挂着各种藤藤草草。整体观照，一幅小桥流水，精致无比的南国山水画特别醒目。

雁荡山的白云庵于1935年由温州信徒朱卓芳等两位女居士兴建，作为自修道场。后由比丘尼守乐、以平接管。庵内最具特色的是"千手观音"，地方艺术风格浓厚。庵内还珍藏着《大正经》一部。白云庵之庵，本义为圆形草屋，是僧尼礼佛的寺庙。庵堂，即尼姑的居住之地。尼姑为汉地对女性出家人的俗称。

"白云庵"之名，据说取自清人周源的《灵峰寺》一诗中的"开窗望四山，时有白云至"之句。若将白云庵之"白云"仅理解成开窗所见白云而取之，这恐怕对取名者之所想不够全面理解。以笔者的愚拙之见，此名含意深刻，象征旷远。古人常将女性视为水。水者，清也。白云庵之"白云"大有出家女性之纯洁清丽之意，再者女人出家为尼，离乡背井，亦有如白云飘忽不定之感。

当一个女人看破红尘，大彻大悟，最终选择出家，遁入佛门，大慈大悲，无私无欲。面对如此一种大爱，如此一种大情，你能说她们没有白云那样高洁纯清吗？出家人看破红尘，并非悲观厌世，而是抛下红尘中的私念，一心向佛，普度众生。远离红尘，远走灯红酒绿、光怪陆离的喧嚣都市，从而持定恒心，追求心灵之圆满，你能说她们没有白云那样旷远清丽吗？

而雁荡山的白云庵更有其"作别西天云彩"的惆怅和"白云一片去悠悠"的愁思及"暮云收尽溢清寒"的哀伤。

何为做如此的伤感？就因在灵韵销魂的夫妻峰的脚下，演绎了一场让人情难自抑的人生悲剧。

五十多年前，白云庵集居着数名不知来自何方，也不知其姓名的年轻貌美的尼姑，她们一个个身材高挑，天生丽质，实有沉鱼落雁之容，闭月羞花之貌。她们不仅风姿绰约，仪态万方，更是音韵深厚，活色生香，让人们真真切切地感受到众芳之娇贵。因而也不知招引了天下多少的帅男慕名而来窥视，一睹芳容，而她们却始终不屑一顾。其身上严实地包裹着一层冷艳的冰霜，凛然得使那些无聊的追求者不敢靠近。据说当时曾有一高干之子前来游说，要求其还俗，还信誓旦旦要结为伉俪，可她依然无动于衷，将其拒之门外。她们的坚定刚毅正是这种大智之人，不耽于形的体现，为美的极致做出了最佳的诠释。

她们如此心静，如此执着，如此耐得住苦寒，以及心无旁骛的专注精神，深深地感动了周边及知情的所有人。

正当人们纷纷对她们表示崇敬之情，使其稍有浅浅的欣喜之时，一场突如其来的"文革"风暴席卷得她们悲凄至极。她们被强令解散驱逐遣还，于是一下子她们成了飘忽不定的浮云。可怜的人生宛如渺小得无以言状的微尘，只要一阵微风或轻吹一口气，就能让其不知去向，她们根本没有选择自己的权利，只能任人摆布。

后来据说她们有靠打工苦度光阴的；有不堪重负，选择了提前结束生命的；也有在贫病交加的煎熬中苦苦地挣扎的……总之，真实的她们都已经荡然无存了，终究去得彻底而决绝，再也听不到来自红尘深处任何的挽留与劝说。

剩下的只是极其有限的零星记忆，或许不久的时光，这淡淡的记忆也不复存在了。

于是，我凭着这模糊的记忆细细地想：她们当时之所以看破红尘，才选择出家为尼。谁可知这"看破"的平常一词中，却凝聚了多少辛酸与血泪。当她们毅然决然地将滚滚红尘封杀抛弃，看似只有一步之遥，其实中间隔着千山万水，需要多大的勇气和决心。可当她们历尽千辛万苦，好不容易平静下来，清贫自在地相聚，可命运偏偏又要捉弄人。尽管她们的身世神神秘秘，扑朔迷离，但我们从她们白皙的皮肤和细嫩的双手可以判定，她们绝非农家女子或寒门之后。难道这是投胎降生时的错位，为了纠错更正，才如此地折磨她们，惩罚她们？一种悲悯之情油然而生。

正当人们纷纷呐喊，现实对她们的不公，并施以深深的同情与扼腕时，可她们的"娇贵之相"和"悲凄结局"，早已成了不可改变的定数，永远被定格在历史之中。

那时的白云庵，这些亭亭玉立的尼姑，最终如一朵朵洁白无瑕的白云，不断地飘忽，不停地消散……

老爷子的黄昏

我在一次朋友的宴请中偶遇一位长者。他看上去虽然满头银发，满额的皱纹，满脸的老年斑，但就身材和整体的长相而言，当年的他即使算不上风流倜傥、英俊潇洒的美男子，至少也是走在大街上会让女人多瞟一眼的帅哥。尤其是他那双明澈的眼睛明显地告诉人们：他曾是个睿智之人。

饭桌上总是少不了天南地北、古今中外、国事家事的聊天"侃大山"。说着说着，这位长者猝然间长叹了一声，然后略带点怆然忧伤的样子说："现在年轻人跟我们以前大不一样喽。"

我感到老人家似乎有话要说，忙问："老哥为何作此叹息？""嘿，别提了，我的两个不听话的儿子……"话说到这儿，老人幡然发觉自己的失误，连忙刹车，"不说了，家丑不必外扬。"

见此情景，我当然也不能再刨根问底，只是淡淡地说："我们年纪大了，没年轻人灵活，有些事只能想通，看开，快快活活地过好自己的晚年。"

老人见我把自己纳入他的同类，且话也说得在理得体，一下子仿佛拉近了我与他之间的距离，更见我是个知识分子，或许能帮他一点什么忙，就迫不及待地约我到包厢左侧的一个小茶室里坐坐。我欣然跟着他就座茶室，每人泡上一杯茉莉花茶，开始了推心置腹的挚诚交谈。

这位长者人们都习惯称呼其为"老爷子"，这大概是出于对他的尊重吧，那我也只好就此称呼他。

原来这位老爷子也算是一位企业家。尽管用"也算"以表示勉强凑合，离真正意义的"家"可能还有一定的距离，但他毕竟是我国改革开放后的第一代农民企业家。

他的第一个企业是一个号称工艺厂的家庭作坊式的小企业。说是"工艺"，其实只有"工"，哪有"艺"，只不过是做些各式的纸扇而已。说来也怪，就如此十几号人的纯手工操作，四五年下来，竟然积攒了十几万元钱。那时的十几万，无疑是个天文数字，所以他说话时也感到十足的自豪。那时的他，只要能赚钱，凡致富的门道都敢于大胆地尝试，不怕风险，甚至是百无禁忌。于是他又与一朋友合作办起了一小型的机电厂，主要生产电风扇。20 世纪 70 年代，电风扇之类还属畅销商品，所以这家合伙企业又使他赚了一笔钱。正当他风生云起之时，他的人生却发生了瞬间的转折，厂里聘的业务员鬼使神差般卷走他一大笔钱，走得杳无音信，使得他所有的积蓄几乎一无所有，这对他的打击实在是太大。

老爷子说："此后，我对这个社会的谁都不相信。"于是，老爷子诉说最多的就是儿子如何不听话，如此太相信人，还跟人合作搞什么投资，还炒什么股票、期货，还玩什么虚拟经济；小儿子竟然还离起了婚，还要补偿给人家什么青春损失费；等等。说着，说着，老爷子两眼湿润，声音沙哑。临别，老爷子一再嘱托，要我劝劝其儿子。

我既然无可拒绝地答应了老爷子的重托，就欣然约其儿子见面。这一见，让我诧异非常。从其儿子提供的大量信息中，一个固守黄昏的老爷子形象鲜活地挺立起来。

这位本质朴素诚实，憨厚又不乏开拓，思维活跃的老爷子，被诈骗的一棍击得昏聩不清，性格发生了突发性的异变。对谁都不相信，看谁都不顺眼，龟缩一隅，越发孤僻，越发任性。黄昏之年的病态现象不期而至。凡涉"钱"字必躬身亲历，疑心重重，防家人如防贼似的；当年的一条铮铮硬汉，如今却变成如妇人小儿一般动辄嘤嘤啜泣；家人稍有反对，便视为大逆不道，呼天抢地；事事谨慎，时时恐惧，处处设防，仿佛危机四伏，似乎无己之力撑持，将会整座大厦倾倒。尤其难以承受的是，老爷子将自己过去的节俭转化为对儿孙的虐待，只要稍改善一下伙食，就被指斥为败家子；只要添置一件新的衣服或家具之类都被斥为奢侈，唠唠叨叨个不停……

老爷子已完完全全演变成只相信过去，而不相信未来，只重自身的威严，却不屑一顾子女的感受，是个十足的抱残守缺，头脑昏聩，碍手碍脚，既令人烦厌，又让人无奈的"老年病"之典型。

如果我们将老爷子上述的所为理解成，为子女久远的幸福谋虑，那么老爷子另一个出人意料又左右相悖的惊人之举就更难诠释。

老爷子在策划自己不久人世之后事，竟亲自去公墓选择一块边角地，要独立建一座石墓，还责令儿子尽快请名石匠为其刻一石碑记述自己，墓的周边须种上松柏，还郑重其事地嘱咐儿子自己"百年后"（即死后）要将母亲的土冢迁至石墓。这一几乎倾家荡产之举，还能允许我们从道德的角度为老爷子做任何些许的开脱吗？此刻，他的虐人虐己的苦行僧式的节俭，他的家业唯恐败落于后人之手的无穷忧虑，都变得苍白而毫无意义了。

老爷子一面企盼用如此不惜一切的身后隆重礼葬以显示自己身份的尊贵，让后人铭记自己当年创业的辉煌，一面又要维护家业以使后人深感创业之艰辛，这对于一个饱受经济诈骗而一蹶不振的老爷子来说显然是难于兼得，几乎是痴人说梦。明明不能为而为之，只能证明老爷子的黄昏病态现象之严重。

对于老爷子的黄昏病态，两个儿子除了表现出百般无奈外，更多的还是担心、焦虑和忧伤。从这一意义上说，老爷子两儿子虽有厌烦之心，但人性之善，父子亲情之本真依然存在。面对他们的声泪俱下，我没有任何理由表示怀疑。

至于老爷子父子两代人如此之大的认识反差与观念相左，初听几乎有点不可理解，始时，我也曾为之惊讶。其实细想之，完全在情理之中。因他们之间并非普遍意义上，两代人之间的家庭隔阂的社会现象，老爷子是受严重刺激后心理异化而形成的心理障碍。

对此，恐怕专家级的心理医生也难以矫正。所以，我们既不能与之计较，又不能伤其之心，只能是哄着、瞒着，做我们该做的事。

老爷子的黄昏并非孤立的，而是代表着一类老人的黄昏现象。对于这样不幸的黄昏现象，我们是否该给予多点关爱，让老人的黄昏少一点忧伤，多一些美好。

母亲的柔韧之道

母亲，确切地讲离开了我们已有二十一年了。这二十一年来，我始终仿佛觉得母亲并没有走，一直在陪伴着我们兄弟姐妹。尤其是每当我心情不悦，或失落不定，抑或难以定夺时，则更会想起母亲，想在母亲那儿讨点化解的良方。然而，母亲已着实不在了，这使得我更加沮丧。

好在母亲走得非常轻松与坦然。那天傍晚，母亲坐竹椅纳凉回家，躺下不到半个小时，就停止了呼吸，几乎没有任何的痛苦之状，脸色红润，略带微笑，双目紧闭，神情安详。

据乡村的殡敛者说，这种状况极少见到，还说"这是前生修的福气"。可我对"来生"之说并不过多地认同，但我倒认为母亲的此种现象，可能与她生前的心态及柔韧善性或许有着某些方面的关联。但这也仅是一种无从考究的猜想而已。

母亲的一生，有三件事让我终生不忘，且历久弥新。

第一件事就是发生在 1959—1961 年的连续三年自然灾害的困难时期。那时百姓中食不果腹的现象到处都是，我家兄弟姐妹七个，理所当然无法逃离那饥肠辘辘之命运。就在那样的特殊时期，我的母亲却表现出一种母爱的无私与博大，她的生存之道，几乎每天都是喝子女们捞盛后剩下的番薯丝汤，有时连汤也没了，只得以粗糠饼果腹，或就喝点白开水充饥。面对这么多的子女，母亲无论如何都不忍心让他们挨饿，即使到了无食下锅，哪怕是厚着脸皮，也要到芦浦的堂舅家借点来维持生计。

尤其我是兄弟姐妹中最小的一个，又是小学生，所以，特别受宠。母亲经常偷偷地卖掉鸡蛋，换些大米，用碗将米压在锅底焖，盛出这锅底的焖饭后，上面再浇些番薯丝汤，并要我悄悄地先吃下面的焖米饭。可是，久而久之，面对母亲日以消瘦蜡黄的肤色，我的"秘密"也终于被发现。

在家庭会议中，几个兄弟姐妹包括父亲，一致反对母亲如此苛待自己，而过优待于我。母亲一面竭尽全力地做说服工作，一面表面上答应，而私底下巧用柔韧之道，依然我行我素，只是更隐蔽、更巧妙罢了。

首先，母亲做足了表面文章，盛饭时一视同仁，都盛满一碗番薯丝汤饭，而在吃时，母亲只是悄悄地在喝汤，并不断地添汤，吃到最后，收拾碗筷时，母亲很快地把剩下的干番薯丝饭端回，放到第二餐，甚至是第三餐如出一辙地重演。而对我的优待则改在周末，母亲有意将我与大家伙的吃饭时间错开，让我中餐后吃，晚餐先吃。

这样的迷混战术一直到三年困难时期过去，我小学毕业时才结束。我当时对母亲的巧然处置全然不知，更是对无私的母爱恬然安闲，无动于衷。直到三姐出嫁时才告诉我这个秘密。我当即呆若木鸡，后悔痛恨不已。我既痛恨自己的无知，更后悔将如此伟大的母爱却茫然迷惑地视为理所当然。

这样的切肤之痛使我无论如何也都无法原谅自己。

第二件事就是母亲善心之性观照下的柔韧之道。

母亲的善心之性体现在家庭中，以宽厚的柔情，如水般地呵护儿女，在日常生活的时时刻刻之中充满着无限的仁慈、眷顾和博爱。

母亲的善心之性体现在家庭以外的群体中，以慈悲为怀，乐善好施。尤其是有乞讨者经过，母亲都施以果腹，哪怕是在最困难的时刻，也依然如故。

印象最深的一次，在我读小学四年级的一天，下午放学回家，只见四五个乞讨者围坐一桌，原本一家人晚餐的番薯丝饭所剩无几。为此，父亲还对母亲大发雷霆，而母亲只是淡淡地说：晚餐我们喝点汤，睡一觉就会过去，这些人一整天没吃，不知比我们要更难受多少！如果有一天，这样的事我们也遇上，那你们会怎么想？当时，我们这些兄弟姐妹对母亲的做法也有意见。可经母亲这么轻轻地一说，父亲无言以对，儿女们反而倒戈支持母亲。

我的远房家族一大伯的遗孀，没有子女，无依无靠，生活十分艰难，母亲她早就有了恻隐之心，且这样的心念一直紧紧地缠绕着母亲。到了1965年时，我家的生活稍有了转机，几个姐姐都已出嫁，大哥二哥也各立门户，家中只有我和三哥、父母四人。母亲提出要将大伯的遗孀接到家中的想法，父亲感到很是震惊，气得几乎要破口大骂，三哥也表示反对。对此，母亲既不解释，也不争辩，只是淡淡地一笑，此事就此搁置不提。

可是过去两个星期，不知是什么魔法，使父亲来了个一百八十度的转弯，不仅自己同意支持母亲的想法，还做起了三哥的工作。其间也没见什么动静，听到最多的只是母亲说的"有善心必有善报"。

1965年的春节，大伯的遗孀终于走进了我们这个大家庭。

后来长大了，才知道，这是母亲柔韧之道的魅力所致，是母亲私下里苦口婆心地好说歹说，才改变了父亲。

母亲在家庭这个维度空间中，始终坚守着多奉献少苛求，重关爱少自我，凡事合情合理，留有余地空间，平平淡淡，心气和乐，最终赢得了我们这个大家族之众的尊敬和爱戴。

第三件事就是母亲的思念之情。

难以忘却的1985年，我被调到县城工作，携儿带眷地进了城，从此小别了母亲。那时我的父亲已经仙逝了，所以母亲显得格外孤单。

此后，母亲几乎每天都在下午的三时许，端着一张竹椅坐在道坦头（即一高处的平坦上）眺望。开始家人们都感到不解，后来大哥问她为何如此，她说实在是想我和我的孩子们。

我在安顿后的一个周末，匆匆地赶回看望她。见到我后，突然间母亲涕流满面，我说好好的这是干吗？她边流泪边说：也不知为什么总是心里堵得慌，还常做噩梦。

临别时，我告诉母亲，往后只能每周六的下午回来看望她。从此，母亲每周都要不断地打听周六的到来，生怕溜走了这个特别的日子。对于母亲来说，这样的等待是急切和期许的，所以每每此时日一到，母亲总是雷打不动，风雨无阻地早早坐在道坦头眺望等候，直到我的归来。在我的记忆中，有几个星期因事务缠身无法回来，母亲就一直坐到天黑还不肯回家，是我的哥嫂或子侄辈们硬拉着回去。倘若我在星期天还没回来，她就硬催着哥姐们进城打探原委。母亲越是如此，我就越将周末回家看望当作一种无法或缺的天责。只要稍有疏忽或懈怠，我都会深深地自责。

其实那时我已是一个多子女的家庭，经济上不堪重负，所以每次回家只能买个头纱（包头用的薄纱）或买双袜子或带上两个月饼之类的小吃小件，几乎没有一件像样出色的东西，可每次母亲总像小孩子似的兴奋不已。其实母亲早已将这些小小的物品附着于这无尽的思念中，物为神化。

当下，每每回忆以往那种情境，我都会痛心不已。因我的无能，我的粗心，我的不孝以至我的患得患失，偏爱子女的私心模糊了我的心智，阻碍了我对母亲的牵挂。如今，我哪怕有多大的能耐，做何等的补偿都为时已晚，无济于事。

于是我唯有每年的春节都要带上老婆站立在父母墓前，没有任何的言辞，只是内心涌动着一股强烈的愧疚之感，眼眶湿润，静静地、默默地宣泄……

我想：当年母亲的柔韧具有无边的力量。它是一种甘露，湿润着无私的母爱；它是一种仁厚，关爱柔怀着这个大家族的男女老少，它又是一种和美的韵致，使乡亲邻里间和和美美、亲亲热热……

他在岁月深处微笑

　　出身于贫穷、落后、偏僻而又夹杂着愚昧的海岛乡村农家，由于地处僻陋，闭塞、愚弱和贫瘠紧紧交织在一起，无情地扼杀着他的天性，从而暖人的春风难以吹拂到他，和煦的阳光难以照耀到他，令人奢望的文明雨露更难以沐浴到他。

　　七岁的他像刚能举步的小马驹便被上套，开始了牧牛娃的生涯。一年后，他望着同龄的小伙伴们背上书包上学，于是他的内心开始萌动，勾起了对求学的向往，他苦苦地哀求并承诺边读书边放牛，终于感动了父亲。从此，他开始了"小学生+放牛娃"双重身份的人生苦旅。岁月磨砺后的状态与实际年龄太不相称了。小小年纪，却蓬头垢面，浑身全是被牛虻和虫子叮咬的伤疤和疙瘩，更使幼小的额头早已经刻下了两道深深的皱纹，一双开裂红肿的小手显得有点僵硬麻木，天哪，他哪儿像个学龄儿童？但唯一值得庆幸欣慰的是，他在神情上却表现出一种如野草般柔韧耐磨的顽强生命力，见着人总是笑呵呵乐乎乎的。

　　六年的小学很快结束了，等待他的理所当然是辍学。尽管县中老师数次登门劝说动员说他"聪颖难得"，但贫穷不得不令父亲忍痛让其弃学。

　　做了一年的少年农民，他不甘就此告别学生时代，多方打听，寻找适合自己的学习位置，终于在上苍的眷顾下，一所半农半读的学校接纳了他。从此，他发愤地求学，努力地劳作，插秧、耕田、捞番薯，什么农活都得干。于是，他再一次开始了"学生+农民"的另一种双重身份的人生苦旅……

　　此后，有了初中学历，有幸被招为民办教师且获得了"转正"，成为一名正式的人民教师。"文革"后期，因他的老师接受审查而飞来横祸，险些罹难。

　　再此后的此后，他深信大难不死必有后福的古俗，撑起了一支竹篙，轻盈地渡进了岁月的深处，与无常的世事每每握手言和，与变幻的沧桑不断地微笑相拥，心中只装着一个严严实实的梦想，如饥似渴地践行着求学的步履，不管多么艰难，他从不间歇，从不滞步，从不懈怠。

苍天不负有心人，大学文凭他拿到了，"优秀毕业生"的桂冠他摘取了，全国论文竞赛二等奖的殊荣他夺得了。他在省级国家级的刊物上发表论文三十多篇，出版了散文书集一本，因在《光明日报》文学版的论文竞赛中获奖被邀出席在人民大会堂召开的第三届全国教育家大会……

这期间，多少个火烧火燎（注：形容身上热得难受或心中十分焦灼）的夏夜，多少个堕指裂肤（出自唐李华的《吊古战场文》"缯纩无温，堕指裂肤"。形容天气非常寒冷。）的隆冬被他征服，让他度过。每每他总是乐此不疲，笑对自己，此中纵然是苦不堪言，但幡然跨过，往往会别是一般滋味在心头。实有"战地黄花分外香"之感。

他由衷地感谢岁月，让其在纷纷扰扰、层层叠叠的忙碌中，慢下脚步，静下心来，专注地倾听这个世界在岁月的定律里藏着的诗意和真谛，一并在这悠然怡人的静态里，他及时地看见了那些曾经的机会和时间，精准地逮着它，并没让它白白地流逝，于是……

他看见了那个少年的他，仰望着闪烁的星空，遐想着未来，探求着未来，憧憬着未来……汹涌于胸，任由期许之旅驰骋狂奔，迷恋于书本，默默苦练，竭力成全一个少年对于生活的想象和人生的渴望。

他看见了那个青春的他，跋涉在茫茫的人海里，拼命地奔跑，竭力地寻找，让执着和坚定阻断了时光的虚掷和错位，努力克服着初出茅庐的无知和虚妄。因想过尝试过，践行了，且那样义无反顾和酣畅淋漓，不管成也好，败也罢，他都无怨无悔，总算按自然的轨迹，成功地度过青春的履职。

他看见了那个青春被渐渐剥落，自然而匆忙地步入中年的他，生活骤然裸露出平日的真实：家庭的琐事和冗杂的庸常，单位的牵挠勾连，尤其是那场疾病的折磨，形成了生命中生与死的对决……这一切的窘迫和重荷，使人疲惫不堪。他的人生，在茫茫人海中如一叶孤舟，随波逐流，那么无助，又是那样无望。然而，他没有被击倒，他的意志和毅力战胜了一切的困扰、重负和磨难，被一缕阳光激活，让他蜕变成熟。浴火重生后，他更是发愤，每天坚持三小时看书写作。除远出外，力求做到雷打不动，直至今日。

然而，最值得欣喜的还是他看见了一个外表黑斑与皱纹交织，昏黄与粗糙相连，而内心却明净淡然的他，因他已不再奔波了，定格留香，颐养天年了。

俱往矣：所有的少年渴望，青春的遐想奋斗，而立的成长，中年的力挺，老者的清悠，无不印证着迢迢人生总会有风吹雨打、坎坎坷坷、曲曲折折，但更多的还是雨过天晴，阳光明媚。

在这金色的深秋，一阵秋雨过后，闻着这淡淡的花香，醇芳扑鼻，他孜孜地读着自己，细细地聆听着自己，微笑着与那个不懈奋斗的自己深情地细说：他眷恋着自己的眷恋，尊严着自己的尊严，快乐着自己的快乐！他终于可以舒松地张开双臂与曾经的自己热切相拥！

这是岁月馈赠的生命礼物。他在岁月的深处尽情微笑，因为他没有辜负岁月，岁月也不曾辜负他。

我的一位另类朋友

说起另类，涉及面颇广，如为人、穿着、影片、音乐、绘画、圈子，几乎无所不包。我之所以将自己的朋友纳入"另类"范畴，就是因为他与一般的朋友不同，或在我的朋友圈中比较特殊，抑或他自身的为人本来就与众不同。

他叫阿牛，是一位渔民。我是在一亲戚请客的饭桌上认识他的。人家美称我为知识分子，他就一个劲地缠着要加我的微信，而我在一般情况下是不太愿意接纳刚认识者的微信，那天我是被他那特别的外形深深地吸引着，于是两人就如此这般地开始了朋友的生涯。

第一次见面，让人一眼看上去，他就有一副坚如磐石的骨架，牛筋般绷紧的肌肉，黑得发紫光亮且又富有弹性的皮肤，以及那裸露手臂上的累累伤疤……尤其是他的那几句洪钟般雄浑厚实的"开场白"更让人震耳欲聋。"别谈论那些空洞没用的东西了，我们渔民只知道聚餐时就要大块大块地吃鱼吃肉，大碗大碗地喝酒，痛痛快快，不醉不归……"

顷刻之间，一位粗犷、憨厚，略显强悍，棱角分明的海上渔民的形象跃然而出，挺立在人们的眼前。

不言而喻，这一形象是大海铸就的，这是他在冰冷的海水里泡磨，在海浪狂风中滚打，在灼热阳光的炙烤中磨砺了几十年的结果。

他的一生风里来浪里去，可以说几乎都在与狂风海浪的搏击、拼杀中，在大海的追寻和获取中度过。其间，尤其是这"追寻"两个字，给他的腾波踏浪、风雨颠簸的一生增添了无限的乐趣和迷人的魅力。他始终认为自己的人生注定是大海的儿子，自己这份谋生的职业，既是上苍恩赐给他又是祖辈传承于斯。所以无论多么的辛苦，都不可丢弃。如要改行谋求职业，就是对上苍的不忠，对父辈的不孝。因而当政府面对海洋资源的匮乏，要求渔民们转型改产，他却坚决不从，表现出一种莫名的固执。有一次村主任做其工作，他还跟村主任强烈地较起了劲。言辞中流露出让我做大海的背叛者万万不能，哪怕被大海蹂躏肆虐，被大海淹没吞噬，也心甘情愿，绝不反悔的坚毅意志。最后他还指着村主任说：你们逃离大海，就是背叛祖宗，大逆不道。

当我听说阿牛与村主任为此事发生了激烈的争论，也曾努力地劝导过他。但他却依然坚定地表示：我就喜欢大海里的惊涛骇浪。那些嘈嘈杂杂的花花世界，只会让我厌烦，那些风平浪静的安逸舒适的日子就让这些想逃离大海的人去享受吧！我的用武之地就在东海的万顷碧波之中。即使是海洋的资源枯竭，左冲右突都无路可走，我也甘愿在大海的笑声中粉身碎骨。最后他告诉我："若不在大海，我反而连觉也睡不好。"

我终于无言以对……

他对大海的挚爱、痴迷不仅自己如此，还要求自己刚从大学毕业的儿子也要跟着他一起在大海中磨砺拼搏。

他说当年他的父亲就是木帆船上坚毅、顽强、无畏的"船老大"，当他长大成人，父亲也是如此这般要求自己，他欣然地接受了父亲的要求，并继承了父亲的遗愿，做上了钢壳机动船的"老大"。如今他是多么希望自己的儿子也能够像自己一样成为父亲的接班人当上"船老大"。况且，现代的捕捞很讲究科学技术，正好用得上知识。

可是他始料未及的是儿子的心思根本不在海上，也压根儿不想当什么"船老大"。于是儿子对父亲的要求听而不闻、无动于衷。父子二人为此闹起了别扭，父亲越压，儿子就越不愿接受……

那么，是儿子不爱大海吗？是儿子想回避艰苦的拼搏吗？

其实都不是。我在一次与阿牛儿子有意识的聊天中得知：他不愿接受父亲的安排是不甘于在父亲的后面跃奔，他要的是在更大的"海洋"里遨游，想要做比父辈更大的事业。要说儿子对于大海，则是儿子期望借助现代科技的力量，来做更深刻的探索、更全面的认识，以至更完美的征服。

不是吗？我们在阿牛儿子的身上，依然能够见到像他父辈那样的执着和刚毅。那无疑是比老一辈的目光与理想更宏大、更旷远的新崛起的一代。

然而，阿牛却怎么也无法理解儿子的想法。他始终认为儿子的想法是空洞无根的，是不可能实现的。在阿牛的心中，只要你离开大海，就是对大海的背叛，就是对上苍的亵渎。况且一个生长在穷乡僻壤、闭塞落后的海岛儿子能有多少的能耐，所以怎么也不同意儿子离开大海，至少是让儿子在海上磨炼几年后再说。阿牛甚至告诉我说：儿子如果真的不听，就断绝对其经济上的资助，成家、住房都得让他自己解决。

父子两代人的隔阂是任何时代家庭都会遇到的普通的社会现象，但表现在阿牛这位棱角分明的另类死磕派身上，这种隔阂就显得尤为突出与激烈罢了。于是父亲不理儿子，儿子也不叫父亲，就这样一直僵持着。

我想无论是父亲还是儿子，都并不绝对地代表着真理或谬误，代表着先进或保守。两个人各有所长，各有所短，而对事业的挚爱与拼搏则是惊人的一致。其实深究起来，两者都没达到"完美"。只有当两者结合在一起，取其所长，补其所短，才能日臻完美。这正是现实生活中两代人关系的本质概括。这将奋斗与追求所应有的历史连续性与希望之所在紧紧地联系在一起，让人们看到了生活的希望之光。

阿牛这位另类朋友，他的性格并非就是如此简单，我在与他的交往中，在他粗犷性格基点的背面又看到了他细腻热情的另一面。粗中有细，有时细得让你无法推辞，无法逃遁，只得乖乖就范。

不是吗？每当出海捕捞回来，多少总要送点鱼虾之类给朋友，用他的话说给大家尝点鲜。每遇朋友身体不适或生病，凡他知道，总是第一个到场问候。只要遇上朋友间的不愉快与他有关，他都是首先主动向对方表示歉意。每次见到我，总是叔叔叔叔叫个不停（因我比他年长）……凡此种种都与他的外形极不相称，和他平日的言行判若两人。在他身上所表现出的大大咧咧与细细腻腻，正是对立的双方极致地结合。也正是这种粗中兼有细，细中不拒粗的完美相依相存，紧密结合才完成了他的另类形象。

然而，对于阿牛的另类性格，因我们无法身临其境，所以很难通过任何具体的环境、内容、细节以及时间、海域来加以表现，只能带着一种朦胧粗线条的印象加以界定，把一种另类的象征性的意义附丽在一个东海渔民的身上，让我们得到的只是东海渔民粗略地充满艰辛却又迷人的猎获于海上生活的神秘印象。

尤其是当我得知阿牛父子的和解，我便更确切地认定他们的象征意义出于世世代代渔民们奋斗生活的概括和升华。

于是，我也由此在阿牛身上更确切地见到了另类朋友日臻更完善的和美之光。

●人生处世篇

　　在古罗马的神话中，门神雅努斯的头前后各有一张面孔，可以同时看见两个不同的方向。一面明察过去以记取历史的教训，一面展望未来给人以美好的憧憬。然而，雅努斯却唯独无暇顾及最具意义的现在。结果雅努斯最终未能庇护一度繁荣昌盛的罗马帝国，留下的乃是残垣断壁！

　　过去是今天的逝去，明天则是今天的未来。人若无视足下的现在，纵然对逝去了如指掌，对未来洞若观火，可如此的高明于人生何益？倒不如把握好最具现实意义的当下。

沉默是金说

　　"沉默是金"这一格言在我们古老的中国早就曾有过流传，只是没有具体的记载日期罢了，因而，如今普遍认为这是出自18世纪英格兰的一位历史学家和散文家卡莱尔之笔下。它的完整句子是："沉默是金，雄辩是银。"其意思是（在一定的时间）不说话是一种难得的宝贵，比起滔滔不绝的雄辩更富有分量，更显得有教养。

　　此格言的知识产权我们权当是卡莱尔的，可它实有一种出口转内销，颇为有趣的文化现象，完全不像正宗西洋的外来词，倒很有一种哲理的汉语味道。故此，特受一些国人的青睐，被这些年的网络炒得红红火火，使得一些文人墨客，也奋笔疾书如何沉默是金，如此这般的沉默云云。

　　沉默作为人生的一种历练，作为心灵的洗礼，作为人生走向成熟的修为，它的确不失为一种难能可贵的财富，使用得当就像金子一样的宝贵。所以有人认为学会沉默是人生的必修之课。

　　如果当一个人，越来越看淡了许多世事，看清了许多世人，越来越不想多说，越来越变得沉默。那么，你就果真变得更成熟了，那时的你，明亮而不刺眼，柔软却有力量。

　　尤其是对于那些看不透的，想不通的，一时难以放得下的事情，沉默的确是最好的利器，时间也就成了最好的解药。只要有了沉默与时间，一切都将会过去。

　　然而，很多时候，现实往往就有许多许多的人，总是希望将事看透，看个究竟，把事情搞个水落石出，可越是如此，其结果恰恰越是事与愿违。

　　曾有这样一个传说：很久以前，有位国王很想找到一句"让高兴的人听了难过，让难过的人听了高兴"的话，可是他花了很大的心思，却始终无法找到。直至有一天夜里，国王梦见有位智者告诉他说："这一切都会过去的！"国王恍然醒悟，对！就是此话。原来，所有的一切都是瞬间，世事如烟，沧海桑田，没有任何事是永恒不变的。

是啊！如果一个人能够宠辱不惊，闲看庭前花开花落，去留无意，漫随天外云卷云舒；如果一个人端坐一隅，安然浅笑，淡然孤静，既不喧嚣，又不张扬，不亢不卑，沉默以对，这才是真正意义上的成熟。如是，在若干年后，我们再回眸一望，你会幡然发现：原来一切皆成过眼云烟，已得的、未得的，开心的、痛苦的，所有的一切都只不过是人生中短暂的一瞬。

不言而喻，我们若是从上述这一意义来审视观照沉默，那"沉默是金"无疑是至臻至美的哲言。所以"哲学家说：沉默是一种成熟；思想家说：沉默是一种美德；教育家说：沉默是一种智慧；艺术家说：沉默是一种魅力；科学家说：沉默是一种发明"。是的，沉默不管从哪个角度去界定含义，都是一种十分难得的心理素质和可贵的处世之道。然而，不知人们有无注意到一点，不管哪个家去界定"沉默"时，都不能离开"此时无声胜有声"这个前提，也就是在需要沉默的时刻，如果没有这个前提或离开这个前提去大谈沉默，这是一种不幸。当下正是有人借沉默是金之名，去行圆滑世故之实，以求自己的人生道路进退自如，游刃有余。可想而知，一个习惯于沉默的群体或民族则是不幸的，万马齐喑只能是一种悲哀，面对邪恶，能不能沉默？面对正义与非正义之争，能不能沉默？这明显存在着一种界限。沉默不语的场合比比皆是：比如软弱畏惧算不算沉默？不知所措算不算沉默？袖手旁观、麻木不仁、孤芳自赏、闷闷不语等算不算沉默？在不该沉默的时刻，却有人选择了远离呐喊和雄辩的沉默，与其叫沉默不如叫无奈，甚至是怯懦。

最近网上有这样一句话：沉默是一个人最大的哭声。此话或许有些夸张，但颇能引人深思，不管作为一个判断句式或是比喻句，简缩之，即沉默是哭声。那么，为何而哭？从而追溯至沉默的原委，可否做如此理解：一个人之所以沉默，是因为被生活磨去了原有的棱角，对世事所作的一种妥协感到悲而哀之。这是否可以认为与当前颂扬的沉默是一种不同的声音，甚至是背道而驰的？

不知人们可记否，当年由张国荣作曲、许冠杰作词的那首《沉默是金》的歌曲，曾唱红了整个香港，响彻了大江南北。张、许情深意切的配合成为一种不能遗忘的歌声。创作这首歌词，正值香港歌坛史上狂热的歌迷之争，"谭张争霸"白热化的阶段。于彼时推出《沉默是金》对张国荣来说既有借歌明志的意义，又有以沉默来表示更大的呐喊与雄辩，这恰恰说明沉默不仅要有前置条件，有时甚至还会与背景相连。

总之，人生，有时要说话，有时要沉默；既要学会说话，也要学会沉默；既要善于说话，也要善于沉默。该义正词严地呐喊雄辩，就绝不能有丝毫的懈怠；该需要谨言慎行的沉默，就必须努力地克制与忍耐。让说话与沉默两者相辅相成，互为辉映，使人们在前行的道路上进退自如。

人的觉性智慧

每一个生命降临人世间，其实都是带着各自的人生剧本而来的。至于这个剧本的内容，诸如：我们出身于怎样的家庭，父母从事何等的职业，自己会有怎样的童年、青壮年，中年如何，晚年会怎样，一生会遇上怎样一些人，会发生哪些大事，命运如何……剧本几乎都有安排。只是其中的故事情节有平淡无奇，有跌宕起伏，有委婉曲折，也有波澜壮阔……

如此之说，既然命运早已安排定数，那我们唯有听天由命罢了。其实则不然。人生的剧本情节内容依然可以调整改变，这调整剧作的主动权始终掌握在我们自己的手中，其中最重要的筹码就是人的觉性智慧。

然而，遗憾的是，人们更多的则是沉浸在剧本之中，不断地去体验剧本所设置的痛苦与悲伤，此中虽也有偶尔的甜蜜与快乐，但很多时候，大部分的人都是处在不知不觉的状态，以致身陷其中不能自拔。因而，提升人的觉性智慧在人生中占据着极为重要的地位。

那么，人的觉性智慧从何而来，或是怎样形成的呢？其实这是人生中一个颇为复杂艰难的课题。若用最简单明了的言辞直奔主题的话，那就是觉察与觉悟为觉性智慧既奠定了坚实的基础，又成为觉性智慧的左膀右臂。

其实，当我们带着各自的人生剧本降临到这个大千世界那刻起，我们就已经是这个剧本中的演员。所不同的是在成长这个舞台中，有的人很快地跳出自己的角色，有的人却耗尽一生。

比如：在经历了晋级受挫、入职无门、失恋或触犯法律等一些重大事故后，多数人将其归结为命运，于是，不断地接受一个又一个事故。然而，也有一些人却进行反思，不断地思考我为什么会遇到此等的事情？将这个"为什么"刨根问底，一究到底，直至找到完整的答案。其实，这就是觉察。不言而喻，觉察往往是改变的开始。当你一旦跳出角色，就意味着自己已经站在命运剧本之外了，并以一个旁观者的目光去审视原剧本角色的悲悯意义及社会根源，并思索如何着手改变。

诚然，觉察既可向内，也可向外，或向内向外兼而有之。

觉察向内，那就是往我们自己的身心之内去看。这是最简单却最有效的成长途径。不妨设想：当我们在宁静的空间觉察自我，反省自我，每天多次地觉察自己的一举一动，觉察自己微小的动作，觉察心中的欲望，觉察自己细微情绪的升腾起伏……必要时做些记录，然后不断地累积，找出规律，逐一加以分析，看看哪些是应该的，哪些是不该的，做出明智的去留抉择，去粗存精，驱邪留正。形成习惯后，大有好处。这是一条心灵成长的有效之路。

觉察向内另一个更为重要的功能就是认识自己，你若真的能知道自己是谁，然后用一种恒力来判断自己、扶持自己，走自己的路。这个过程就是智慧与真理在我们心中生发的开始。所以有人说觉察是21世纪生存最重要的能力之一。因为社会越进步，科技越发达，越需要理性，越需要自我觉察。

觉察向外，那就是我们将视觉伸向外部环境，当我们从外在的刺激到产生行为之前加入"觉察"后，我们就可以切断那些潜在意识和在成长过程中所形成的无形束缚的绳索，也可切断那些模式化的反应，重新进行选择，让自己在当下，有机会选择真实的鲜活人生。只有更多地掌握外在的信息，才有自由、广泛的选择空间。

现实生活中凡成功的人士，哪一个不是经内外觉察后，有所发现才做出勇敢的选择？"汉堡之父"的雷克洛克在52岁前屡遭挫折，认真觉察并总结了自己的经验教训，经过努力，创办了全球最大的汉堡包速食公司。同样，马云不也是经过反复觉察发现后才选择了阿里巴巴。此类通过觉察后成功的案例不胜枚举。

只有对自己有了更清晰准确的认识后，才能做出更明智的决策。

从而，觉察发展到一定的程度就会产生转变，其结果就是从觉察进入觉悟。也就是说通过不断的觉察，你会越来越清楚自己。清楚你的周围环境，甚至会清楚地认识这个世界。因为这份深入全面的清楚，会使一个人的本性或生命状态发生根本性的转变，或可称为质的飞跃，人会变得豁达、宽阔、淡泊。

　　这里有一点需要说明的是，我们倡导的觉悟与佛教所说的觉悟即"明里本性""圆融通透"有相似之处，却又有本质上的区别：佛教中的觉悟是看透一切为了解脱，是消极的；而我们所说的从觉察到觉悟是为了认识自我，认识环境，认识世界，是为了更加成熟、更大成功，是积极的。其实我们走在从觉察到觉悟这条通灵幽深之路时，只要蓦然回首，就不难发现自己走的正是一条自我与智慧和真理的探索之道。因为寻求真理和认识自我，是两件并行不悖却又都富有重要意义的大事，你在寻求真理的过程中会认识自己；同样，在寻找自我的过程中也会发现真理。其间人的觉性智慧也就自然而然地生发，并不断地累积，以至越来越多，越来越趋向成熟。那时，这种觉性智慧却成了人们的指路明灯，一直照耀着我们前行。

可怕的选择

人一生中往往会经历许多许多的选择。有些选择，即时滑落，稍纵即逝，不留任何痕迹；有些选择，无足轻重，无非是重新再来；而有些选择，会决定人们命运的走向，以至彻底改变自己的人生；也有一些选择，被国人戳着脊梁，成为千夫所指，万人唾弃的孽根……

说到选择的种种现象，使我突然想起了国人同胞耳熟能详的所谓文化名人、娱乐精英。那些风流倜傥的先生，那些风情万种的女士，赫然间掀起了一股移民的热潮，他们中某些人忽悠了国人十年甚至几十年，捞得盆满钵满之后，却义无反顾地选择了出国，毅然决然地走出了国门。这样离开国门迥然有别以往的代表中华人民共和国的出国演出，这是他们要将自己的身子与灵魂全部地永久地带往异国他乡，并要誓死效忠于另一个国家的总统或女王。当他（她）面对那些国家的法官，脱帽呈立正姿势，右手郑重地放在左胸前，并贴于心脏，然后极其庄重地宣誓。我发誓：我彻底地放弃我对以前所属任何国家或主权之公民资格及忠诚。我将忠实和真诚地对某某总统或女王殿下及继承者的效忠……当法律要求时，我愿为捍卫某某而拿起武器……

多么感人的誓言，多么动心的承诺，却来自多么可怕的选择。某些风烛残年的老者，某些身体不全的残疾之人，某些纤纤柔弱的女子，他们却如临深渊，如履薄冰，漂洋过海，来到国外，还要奴颜婢膝地媚骨于外族。真不知他（她）自己是做如何感想？他们的尊严不知萎缩到哪个角落？他们在国内时的扬眉吐气和心花怒放不知到何处寻找？

笔者并不关心政治，也无意冒犯他们，只是就事论事客观地提起，纯属写作的需要，因先生们与女士们颇具典型，富有一定的特色，故而选之，敬请宽宥，请不要对号入座。不过那些先生与女士的选择实在让国人汗颜，指责或唾弃之音不绝于耳也在所难免。

这样的选择，又使我想起以前曾看过一个娱乐节目的另一种选择。虽时间已有数年之隔，详情不曾记得，但内中的人性扭曲太过于触目惊心，故大略的概况至今仍是记忆犹新，历历在目。

主持人邀请了三位年轻貌美的女大学生，分别发给她们每人五张卡片。卡片的正面有马、牛、兔子、猴子和狮子五种动物图案。而卡片的背面是五种动物对应寓意的物象，即五种动物代表的是父母、爱情、朋友、自尊和事业。我只记得牛代表的是父母，马代表的是事业，其余的对应寓意物已不曾记得。

游戏分两个阶段。第一阶段主持人要求她们只看卡片的正面，并宣称：在一个战乱年代，你要逃亡，最终将五种动物全部丢弃。根据需要，排列出这些动物被丢弃的次序。举牌时，前四种动物丢弃的次序，三人各有差异，只有最后丢弃的动物是马，完全相同。尤其是每个女孩分别陈述丢弃的理由时，为何马要留到最后，她们更是一致地说：因马跑得快，可以带着我逃跑。

细想：既然是游戏，根据各自的喜好，不管做如何选择都在情理之中，无可厚非。况且将马留到最后，理由充足，不无道理。

游戏的第二阶段，主持人宣布翻开卡片的背面，根据对应的寓意，让她们做再次的调整选择。举牌时，前四种选择仍各有不同，可最后留下的却惊人一致，全都是事业。此刻，主持人的问题是：当你知道动物背面的内容后，你还是这样选择吗？结果三个女孩没有一丝一毫的犹豫，齐声回答：我，就这样选择！

这掷地有声的回答，它的回音振荡，却是那么凄冷，那么寒心，又是那么可怕！

此时她们的选择绝不是游戏那么简单，她们都是受过高等教育的现代女性，况且在主持人的一再提示下所作的选择，我们还有什么理由以游戏的轻松来加以宽宥？也就是说，在她们的心中，事业是比自尊、爱情、友情，甚至是父母都要重要！

可怕之余，仔细想想，如此的观念和心态，你能说没被扭曲和变形吗？如此的情感，你能说没被异化吗？

对于女性的事业，笔者很是赞同，女性要有自己的事业，因只有经济上的独立，才有真正意义上女性人格的独立。对此，我在《女性解放的嬗变剪影》一文中做过详述。对于那些强烈渴望，彻底摆脱男性的束缚与控制，又能义无反顾地冲破以往在含情脉脉的掩盖下，缺乏价值、缺乏生机、缺乏意义的生活，且勇于在事业上拼搏的女性，我们会毫不犹豫地投以敬佩的目光，从心底里崇敬她们。她们比起那些始终像小鸟依人般地依附男人的女性不知要进步了多少，简直有天壤之别。为此，我在《女性解放的嬗变剪影》一文中对现代女性做了如此的结语：她们像一团火，给生活带来了温暖；她们像一块铁，经得起千锤百炼；她们像一首诗，给人以柔情万种。我想，这就是我对现代女性的最大赞同。

可是，若要将事业置于人的尊严和父母之上，那么，我就无法苟同了。尤其是父母，他们不仅赐予我们血肉之躯，更是用自己的心血和汗水一点一滴地将我们抚养长大。每当我们受到哪怕是一点点的委屈和伤害，他们总是舍弃自己的一切来加以保护；每当我们心情不悦，他们总是彻夜难眠；每当我们身患疾病，他们总是形影不离地厮守旁边，默默地流泪。可以说世间没有任何一种爱，能超越父母对子女的爱。是伟大的父母，用尽自己所有的青春年华，化作最神圣的母爱与父爱，献给了他们的孩子。

然而，这重于泰山的父母之恩，在这三位女大学生面前却如此不堪一击。她们宁可抛弃父母也要选择事业，这是一个多么可怕的选择。三个女孩不约而同的选择，绝不仅仅代表着她们的个体，而是代表着这年青一代的观念，也代表着一个时代的风气。

我们固然可以选择种种理由，比如我们的教育存有误区，我们的舆论导向存有偏差，人性、情感的淡化等社会问题来宽宥她们。但就有血有肉，有情有感的本真的人来说，却无法容忍。人们都说：寸草春晖，连动物也懂得感恩，何况受过高等教育的现代女性？她们敢在众目睽睽之下对我们中华民族的传统美德，如此不以为意，不足为训，足见其自身灵魂的扭曲，一个连自己的父母都可以不在乎以至舍弃的人，还能指望她对社会的其他人存有良心？还能期望她对人类的善心？

同样是女性，同样是大学生。她们相比于《面对面》栏目中的那位 18 岁的小姑娘带着 90 岁的奶奶上大学，勤工俭学、栉风沐雨、节食果腹的动人事迹，简直要无地自容。

诚然，社会是向前发展的，中华民族的传统美德也会不断地得以传承。令人欣喜，让人慰藉的是"这位 18 岁的姑娘"，并非孤军奋战，泱泱华夏，类似于这位小姑娘崇尚美德者时有所闻，常见诸新闻媒体，滴水之恩，涌泉相报者大有人在。这就是民情之曙光，民风希望之所在。

行文至此，笔者想以一则故事的主人公，对"父母之恩，重于泰山"之内涵，做出既简单又闪光的诠释来作结。

一个男人的母亲，妻子和孩子同时落水，因他只能选择去救其中的一个。这个男人毫不犹豫地救起了他的母亲。当有人问他为何不救妻子和孩子，却要救年纪那么大了的母亲，男人回答说："妻子可以再娶，孩子可以再要，而母亲只有一个。"

是啊，母亲只有一个，说得多好。这简简单单的"只有一个"既诠释了父母"恩重如山"的深刻内涵，又抚平了文中三个女孩可怕选择带给人的忧伤，也给情感异化者一个响亮的耳光，更给我们捡回了传统美德的尊严……

贫困的无奈

一个人可以选择自己脚下的道路，却无法选择自己人生中的贫穷与富裕。

很多时候，贫穷对一个人来说往往是很无奈的。

有媒体报道：在 2019 年的最后几天，48 岁的韦先生选择了自杀。

人们不禁要问：这位韦先生为何要在迎接新一年到来的时刻结束自己的生命？或许人们会认为 48 岁的生命，输给了 10 万元的手术费太不值得了，这位韦先生太傻也太不应该。或许你的认为是有一定的道理，可是你有否站在韦先生的角度考虑过问题，即我们平常所说的换位思考。

韦先生常年在外打工，因为身体不适才回家看病，结果被医生诊断为冠心病，大约需手术治疗费 10 万元。

10 万元对于一个打工者来说，当然是一个天文数字。然而，韦先生考虑的可能会更多。但最起码的一点，他害怕花钱会拖累这个贫穷的家，心里实在无法承受。他在选择走自杀这条路之前肯定有过激烈的心理角逐，两难的决断，只是在百般无奈中才走向死亡。诚然，他的死没有浩气沉雄，情怀慷慨，也没有愤激不平之气和曲肠九回之情，他所选择的只是悄然无声地离开。但他行为的结果毕竟表现出对生命的不可捉摸和对自身命运的一种解脱式的抗争。从这一角度，我们不能不为之慨然动容，表示对死者的同情、悲悯和敬畏。

当人们看完这则新闻后，被深深地刺痛，心里有一种说不出的心酸和惆怅。这无疑是常人的心理轨迹。

然而，有人对韦先生在走投无路时刻所表现出的对生命的何其轻，却表示无法理解，并发表了似乎超出常人、高人一筹的见解："穷并不可怕，但穷的是思维。"其潜台词即人穷心也穷，如此的结局只能咎由自取。此见解若从人穷志不能穷这一角度来理解领悟或许能顺理成章，无可非议。社会上也确有些人不思进取，人穷志也穷，游手好闲，造成贫穷。可是你有无想过，当一个人竭尽了全力，一生勤劳俭朴，所过的生活只是一个人生存的最基本的条件，你能说这应由他"心穷"来承担全部的责任吗？思想最终要付诸实践，这实践行动会受社会许许多多的因素制约，况且现实有时是无情的、残酷的，远非是我们光"思维"就能实现那么简单，也远非站在网络的背后敲几下无关紧要的键盘那么轻松。

有人似乎对"无奈"一词颇不赞同，认为这是消极颓废的情感而非积极进取的精神境界。其实很多时候，意识是意识，实际是实际，两者往往是难以统一。不过有一点可以肯定，为什么中国那句"一分钱难倒英雄汉"很俗的话，却一直流传至今经久不衰？这说明此话很贴近现实，很符合实情。

我老家一邻居，其儿子的同学，想帮他的家庭改变目前的经济窘境，但前提是需得购一台30万元的加工设备，这位邻居几乎跑遍了所有的亲戚朋友及邻居，憋气拉下脸皮甚至对不该开口的邻居也张了嘴，实有一种丢失尊严的味道。可即使如此低声下气地做了努力却还是无法凑齐30万元，眼看煮熟的鸭子飞走了，一年至少也有10多万元赚的加工费就这样眼睁睁地成了泡影。你说这算不算无奈？如此的境况，你精神上的积极进取能取而代之吗？你还能像变魔术似的变出30万元来不成？

最近网上有个话题：火车硬座和卧铺相差仅100元，为什么那么多人选择硬座？

这一个"仅"字似乎显得很轻松，意思是区区的100元，为什么不选择舒舒服服的卧铺，却要选择令人疲惫不堪的硬座呢？

其实没体会过人间疾苦的人不知其中之味。100元对有些人来说确实是区区小事，不够喝一杯像样的茶；可殊不知对有些人来说，100元是心血与汗水一分一分挣来的，它是何等的沉重与辛酸！

谁不知道舒服，谁不懂得享受，可是之所以还有那么多的人选择硬座，除少数的俭朴者外，大多还不是贫困使然？

去年底一个周末的晚上，我从大酒店聚餐出来快九点了，一妇人牵着小孩羞涩地说：先生，我们母子至今未吃晚饭，能否给点饭钱？你说一个人都到这个份上，难道你就能忍心加以拒绝？即使她的言辞可能并不全是真实，但至少她是处在无奈贫困的窘境之中。你说这不又是无奈使然吗？

所以，很多时候，贫穷的确很是无奈的。生活并非我们想象中的那么简单，更不是一些高谈阔论者，不切实际的高调评论那样。

贫富悬殊，任何一个国家，包括即使发达的老牌资本主义国家也同样存在，何况乎我们14亿人口的大国？这些年，我国贫困人口大幅度地减少，这是一个不争的事实。但笔者写作此文并非讨论如何走出贫困，而是如何善待贫困，多设身处地想想贫困者的无奈处境，能否伸出点援手，至少不能无端地批评指责贫者的无奈现象。

去年，浙江宁波白鹤派出所曾接待一名特别的捐助者，这是一位衣衫褴褛的流浪汉。他小心翼翼地从塑料袋里掏出整整齐齐的1000元钱交给民警，说是帮他转交给需要帮助的人。民警劝他留一点自己过冬，他拒绝并说我能照顾好自己。走之前为了让民警放心，他还特意说："这钱来路正当，请放心收下。"

这是一幕多么感人的场面。一位贫穷的流浪汉都能懂得将善良传递下去，将关爱洒向人间。我们还有什么理由不能善待贫困，不能理解贫穷者的无奈？

不难想象中国的许多词语如"屋漏偏遭连阴雨""贫病交加""饥寒交迫"，"有钱千里来相会，无钱对面手难牵"等似乎专为贫穷者量身定制的。其实古人在这些词的背后却隐含潜藏着对贫者深深的无限同情。故而，笔者敬请那些"高贵的智者们"收起那些犀利的言辞，去同情、关心那些无奈的人。

类似于韦先生那样用自己的生命为贫困的无奈做了殉葬，我们还有什么理由给他们的灵魂炮制不安呢？

碗净福至

　　《碗净福至》是香港四大才子之一的蔡澜先生出版的一本生活之书。作者以幽默洒脱、酣畅淋漓的笔法写出了世间的美食风味，叙述了风土人情。

　　更为重要的是，作者透过这浸润着烟火油渍气息的文字，向世人传达了一种朴素淡泊的生活理念。我想这才是作者真正所要表达的更深意义之所在。

　　《朱子家训》中有句话，虽直白却颇引人深思："一粥一饭，当思来之不易；半丝半缕，恒念物力维艰。"它的基本意义在于倡导节俭，但它的深层内涵是在于让世人懂得感恩。不言而喻，我们所吃的晶莹剔透的大米和美味佳肴，虽是我们付出劳动所获得的等价报酬，但你有无想到这是上苍恩赐人类赖以生存的物质，有无思考过它的来处之"不易"与"维艰"。如是，我们就会不乏感恩之心。

　　然而，当下的社会，随着经济的繁荣，物质的丰盈富足，人们的心也变大了，眼窝也长高了，尤其是这些年风调雨顺，加上袁隆平先生在水稻品种上的优化，粮食确实丰产了。所以人们对粮食的概念似乎渐渐地淡薄了，甚至有点根本不在乎的样子。白白的米饭说倒就倒，顷刻之间就变成了垃圾。当我眼见有人将小孩吃剩的半碗米饭无可奈何地倒向垃圾桶之刻，我的心在颤抖，心中有种莫名的惆怅与酸痛在涌动、在奔腾，以至呼之欲出。我想倘若我的老母还在，她老人家定会不停地拄着手杖大声疾呼：罪孽啊！这是败家！这是家风的不幸！有时，我还真的想替我九泉之下的老母呵斥一番，可是我不能。一则家和万事兴；二则教育孙辈的事，主要还得靠其父母，做爷爷的不能越俎代庖，只能点到为止。所以我唯有将内心的不平憋回肚子里。而且类似的浪费几乎每家每户都有存在，更何况，他们自身也并没有奢华，比起酒店里的浪费更是小巫见大巫。如此这般，我就更无法找到反对的理由了。

　　说起酒店的浪费，那才叫真正的奢侈，普通的一桌酒席有时浪费的也不下一二百元，高档的酒宴浪费的要好几百元，甚至在千元以上，若将其集中统计，定会让我们这些平庸的小人物震惊得目瞪口呆。一个晚上下来，全国的浪费可解决多少贫困国人的温饱问题？然而，这样的浪费，曾几何时有引起人们的重视？令国人警觉？

有时，我真的很想将这些浪费的美味佳肴带回家，可是我又一次地不能，我怕子女们的"三观不同，不相为谋"；我怕可怜兮兮的样子有失颜面；我怕旁人会以为我在作秀……但是，每当我看到如此奢侈，往往总是不由自主地想起我儿时的食不果腹；想起那个年代每到晚餐，喝点番薯丝汤充饥，而饥肠辘辘使得我啃着筷子尖久久不愿放下的窘态；想起母亲偷偷为我在番薯丝汤中焖一小撮米的尴尬……想着写着，我的内心黯然神伤，悲凄之情油然而生。

这不禁使人想起儿时老师讲述过的一则悲悯的小故事。

北宋年间，汴京（河南开封）有一富家子弟，生活颇为奢靡。他每顿不仅都要吃水饺，还要各种不同的馅料，为此他的父亲还专门为其聘了名厨。

但这少年每次都只吃里面的馅，而将饺子皮吐出。

若干年后金兵入侵，将汴京洗劫一空，那位不经事的少年已成了中年人，此时他家的财产散尽，亲人也在兵荒马乱中失散，早已失去当年的风光。

一路跟随着逃亡的人群，路途艰辛，习惯了锦衣玉食的他，吃完了干粮，也终于倒地起不来了。

就在奄奄一息之际，一个老和尚将他背到寺里，给他熬了一锅面糊，使他获救。他起身辞谢，老和尚却摆摆手说：无须谢我，你方才所食的，原本就是你家的，此时不过是物归原主而已。

中年人感到愕然，随后老和尚指着房后的一堆口袋向他说明了真相。

原来他年少时的奢靡之风众所周知，这老和尚每天早上守在他家门前的河边，将后厨洗碗时倒掉的饺子皮收集起来，用清水洗净后晒干，日积月累，已堆满了整个房间。

如今，恰逢乱世，老和尚用它救济了不少人。中年人听后，顿时伏地痛哭，羞惭不已。

这个小故事似乎在印证蔡澜先生的"碗净福至"的生活理念。人生中往往就是如此，大道至简，知行合一。最深刻的道理往往会蕴含于生活的点滴之中，就如同故事中的人生，在日常的一餐一饭的不经意间，却隐藏着人一生的福报。

诚然，每当我目睹人们的浪费现象，脑海里曾几次蹦出一个问题：我们的国人有多少在大富之后，依然过着俭朴的生活；而又有多少人不管有富未富，始终不遗余力地追求着所谓的品位，过着奢靡的生活。这两极之间为何相差如此遥远？

由此推想：一个人若能对生命心怀敬畏，对食物心怀感恩，时时碗净，处处节俭，必将福至。若以一种淡泊的心态，从容优雅地走完自己这一生，虽为清苦，但它恰恰是一条仁智畅怀的光明之道。

不惑而惑

题中"不惑"指人到四十岁，本是不惑之年，可当下的现代社会有不少的中年人士却无法感悟不惑。相反地处处而惑，时时无法不惑，事事与不惑擦肩而过，迷而惑之。

倘若我们将人的一生压缩成一个时日，那么人到四十岁，日已过午，虽然年富，但未必力强。想想日过正午，接下来的就是太阳西行，那么离日落还有多远呢？还有多少时间可让我们再继续迷惑呢？

如果我们将人生比作一棵树，那么四十年，这棵树正好枝叶繁茂，枝条遍布，生机勃发。而想要让此树继续长高，直至长成参天大树，只要稍懂植物知识者，都会知晓此时必须剪去斜枝余杈，让主干有足够的阳光和水分。那么，人到中年何尝不是如此？

中年这是人生的一个拐点，或者可以说是一个岔道。上有父母，下有儿女。如何安然地度过这个拐点，和和满满地完成人生旅途上的这一角色，名副其实地不惑，的确是非常关键。古人将四十界定为不惑之年，实在是高明得让人不得不服，敬畏不已。四十岁的人生太需要方方面面的不惑了，一个上有老、下有小的家庭，实在需要太多的不惑理性支撑。倘若我们在四十岁这个不惑之年，真正能够感悟不惑，事事能不惑，处处做到不惑。那么，这个家就完全有望成为祥和的家、快乐的家、幸福的家。

然而，遗憾的是，当下社会的浮躁，使不少四十岁左右的中年人无法感悟不惑，让不惑处于迷惘模糊状态，其发展态势令人担忧，让人惑中生惑。

不是吗？一个四十岁的人在自己的人生旅途中却找不到任何的方向和目标，终日浑浑噩噩，作为一个家庭的顶梁柱却无所事事，没有正当的职业，游手好闲，靠啃老来虚度光阴，还经常酒气熏天，浑话连篇。该休息时不休息，夜以继日地追逐自己的所谓兴趣爱好。不该休息时白天却昏昏大睡，做一日和尚，撞一天钟，脚踩西瓜皮，滑到哪里算那里。说农民却不像农民，说职员又不像职员，像一只无头的苍蝇，到处嗡嗡乱窜。一个四十岁的中年，大事做不来，小事不肯做，眼高手低好高骛远，简直就是不三不四、不伦不类。

这一类人虽然为数不多，但负面的影响却深广远大，以致给我们民族传统的"不惑"蒙上耻辱的阴影。

而有些不惑之年的人在欲望的追求上却"大显身手"，尤其对于那些本该不属于中年这个年龄层次的欲望却也在一味苦苦地、拼命盲目地追求。在取舍之间不懂得做任何的选择放弃。什么都想要，什么都要取。金钱想要，名誉想要，地位也想得到。尤其对物质的追求更是变本加厉，甚至是不择手段。更为荒唐的是有人连指望一张彩票，在一夜之间暴富的梦想也敢做。于是乎，六合彩、赌球之类的暴富美梦层出不穷，到处泛滥。

此类惑者与前者最大的区别在于，手中有一定的经济来源。可殊不知欲念太多后既伤神又伤心，对一个家庭来说是一种莫大的伤害。因为欲望越高，往往会跌得越惨；又因为中国先贤的造词"空中楼阁""海市蜃楼""画饼充饥""黄粱美梦"等这些成语正等着他们去尝试与检验呢！

其实，四十不惑倡导学会放弃，并非要你放弃所有的追求，而是需要你有所取舍，有所选择，能像前面所举的比喻树木那样，懂得剪去斜枝余杈，使主干更好地成长。需要明白一个简单的道理：花儿为了结果，就必须放弃自己美丽的花容。四十不惑，事业上所要的是心有所专、业有所精。厚积薄发是一个人尤其是中年者一种至上的境界。

四十不惑，要懂得随和、豁达，学会宽容。和气而不固执己见；开朗而气量宏大；体谅而不予计较。这些都是不惑之年必备的修养。因为固执己见人们会离你远去；气量宏大，人们会不断向你靠拢；宽容别人实际就在宽容自己。这既是一种智慧，又是一种美德。

然而，现实却往往是事与愿违，一些中年者则不以为然，他们嘴巴上不痛不痒地说着如此这般的道理，而实际的所作所为则依然是我行我素。他们始终自我感觉良好，坚持己见，遇事总是斤斤计较，尤其当别人与自己观点相左，意见相悖，或利益冲突时从不肯相让退步。更不能容忍人，甚至时不时地还暴露出粗暴狂野以致恶语相向的丑态陋行。这哪里是不惑？这分明是与不惑背道而驰。它不仅是惑，而且还是大惑！

诚然，不惑之惑远非仅此，笔者只是点到而已。更多的则应由不惑者自审观照，反躬自问可能更会事半功倍。

对于上述种种不惑而惑的现象，我们固然没有任何理由，寻找借口为其做任何有意的开脱。不过客观而论，当下的中年者大多是属独生子女，改革开放初始之时，社会的各种乱象丛生，家庭、学校的教育失衡。况且高中、高校的招生人数占比很低，而使他们丧失了应有的基本和专业的知识。从这一角度来探究审视原委，社会并非没有责任。

中年朋友们，笔者是位古稀之年的老者，我多么希望能回到你们的行列，可是回天无力。但我真诚地恳请你们不要气馁，别轻易地丢弃目标与方向，昂起头向前看，因你们离老年还有很长的一段路，中年以后走向成功者正在前方等着你们。孔老夫子说的"智者不惑，仁者不忧，勇者不惧"三者，只要我们潜心，亡羊补牢，为时不晚。况且，人到中年，已然透彻理解了生命的真谛。四十年的沧桑变迁，使你们的生命显得格外丰富而饱满；四十年的成功经验与失败的教训都会让你们更加从容成熟，使你们在这人生的拐点中有足够的时空，去再次选择属于自己新的起点，从而将自己不惑之年的人生推向应有的极致。至少不能愧对自己可爱的子女，愧对生你养你的父母，愧对自己这个家。

倘若笔者此文尚能引起不惑之年者的一点点反思或警觉，那我就欣而幸哉，乐而安哉！

至于怎样才能做到不惑，那是属于方法或手段上的问题，应另当别论。

沟通与察人

在这芸芸众生中，每一个人无时无刻不在与他人进行必要的沟通与交流，在与人的交往中又何尝不去观察人？然而，社会是纷繁复杂、瞬息万变的，社会中的人又是千姿百态、云谲波诡的。为了能够准确看清周边的人与事，清楚一个人的真伪，洞察他人内心深处潜在的东西，分辨出一个人的情绪变化，等等，这一切的一切都需要人们在沟通与交往中掌握它、把捏它、使用它。这就是沟通与察人所必需的基本技巧与能力。

优质高超的沟通与察人恰如给人一双慧眼、一把度人的尺子。从谈吐中推断对方的诉求，从举止中观察丈量其性格，从细微处洞察其心机。如是，辨人于弹指之间，观人于咫尺之内，察其人而制人，识其言而审其本。同时，有时还可使自己摆脱无所适从的困境，认清环境，择其主动，甚至有时还要避开波涛汹涌的暗流，绕过错综复杂的险礁，让心灵从容地栖居于生命的港湾，任凭风浪起，稳坐钓鱼船。使自己在人生的旅途中进退自如，游刃有余。

与人沟通中，有句话比较经典："见人说人话，见鬼说鬼话。"此语虽有些粗俗，但不无道理。它告诉人们，见人必以诚相待，见"鬼"可投以"鬼话"。同时，在不失原则的前提下，迎合对方的情趣口味，沟通起来效果可能会更佳，让自己也大受欢迎，双方愉悦。

一个人的语言，在一定程度上反映了这个人的心声，也就是古人所说的"言未出意已生"。现实生活中，沟通的双方经常有人会吞吞吐吐，欲言又止。其实此人内心的心理密码，早已出卖了自己真实的动机。如此没有准备的沟通不如暂不沟通。

那么人与人之间该如何沟通呢？先秦纵横家鬼谷子对此有一段高度的概括：与智者言，依于博；与博者言，依于辩；与辩者言，依于要；与贵者言，依于势；与富者言，依于高；与贫者言，依于利。

意思是：同聪明的人谈话，就要依靠广博的知识；与知识广博的人谈话，就要依靠善于雄辩；与善辩的人谈话，要依靠简明扼要；与地位显赫的人谈话，就要依靠宏大的气势；与富裕的人谈话，就要依靠高屋建瓴，目光高远；与贫困的人谈话，则要探讨怎么样获利。这就是与人沟通时要看对象。遵循因人而异的原则，与不同的人交流，要以不同的语言而待之。正所谓"见什么人说什么话，在什么山上唱什么歌"。当然，在沟通时要创设一种自然的、欢愉的、轻松自如的交流氛围，即使听到不愉快的言辞，大可不必紧张难受，也别生气，更不能恼怒。否则，下次的沟通，人们就不敢说真话或直言不讳了，唯有选择好听恭维的假话了。

在沟通交流中，通过对方发表的对各种问题的看法以及态度，去分析掌握他的心理动态、个性特征以及心胸情怀。同时，还要区分对方语言里哪些是真实可信的，哪些是信口开河，不代表任何意义的杂枝残叶。有时甚至还要注意对方的情绪变化。若对方在交流中不断地改变话题，东拉西扯，说明对方不注重此次的交谈，或表示他思想不集中，或对方是缺乏理性思考的人。对于如此的对手，我们就要见机行事。交谈中尤为重要的是务必准确地把握对方的性格特征。假如对方的性格是直爽坦诚的，我们的谈话就要简洁明了；对方如果是优柔寡断，动摇不定的，我们既不能追逼太紧，又不能模棱两可，留有余地；如果对方是自尊心较强，死要面子的，我们提出的问题力求平和委婉，千万别去伤及自尊；对方如果喜欢以诚相待，推心置腹，我们就应该谈些诚恳质朴的话题。

同时，交流时使用的语言也大有讲究，既要看对象，又要注意场合。

一天，孔子带着他的几名弟子外出讲学，当他们来到一个村庄时，孔子的马意外地挣脱了缰绳，跑到庄稼地里吃了麦苗，一农夫上前将马扣下。

学生子贡自恃口才不凡，自告奋勇地上前企图说服那位农夫，争取和解。然而，子贡满口之乎者也，文绉绉地将大道理讲了一通又一通，费尽了口舌，可农夫就是听不进去。

有一位新来的学生，见子贡与农夫僵持不下，便对孔子说："老师，请让我去试试。"

于是，他走到农夫身旁，亲切地笑着对农夫说：

"我们相互之间靠得很近，相隔不远，我的马怎么可能不吃你的庄稼呢？再说了，指不定哪天我的庄稼也会被你的牛吃掉，你说是不是？我们彼此谅解才是。"

农夫听完这番话后，觉得在理，于是将马还给了孔子。旁边的几个农夫还议论说：刚才那个，说话太不中听。

由此可见，看对象看场合是交流时一个不可或缺的条件。不然，你的能言善辩，你的口若悬河都成了"不中听"的白搭。我们生活在社会中，别小看说话的分量，一句话，既能让人识别你的才能与学识，有时甚至会改变人的一生命运。

三国时期，钟会7岁时，其父带着他和他哥哥去见魏文帝曹丕，他哥哥见到皇帝很惶恐，汗流满面，而钟会却从容镇定。曹丕问他哥哥为什么出汗，他哥哥答道："战战惶惶，汗出如浆。"又问钟会为什么不出汗，钟会回答道："战战栗栗，汗不敢出。"于是曹丕从钟会一句话中发现他有胆识、有奇才。后得以重用，屡出奇谋。

总之，在沟通交流中，不管是直陈己见或委婉作答或述说原委，首先都要以诚相待；其次要分清对象，择机而行，一语中的。如此能让交流畅通无阻，使沟通事半功倍。

至于察人既可以在沟通交流中察人，也可以在未曾开口，其表情或肢体动作中察人。鬼谷子说："夫情变于内者，形见于外……"意为那些内心感情发生变化的人，必然会在外表中显现出来。

一次，李鸿章带了三个人去拜见曾国藩，请曾国藩为他们分派职务。不巧曾国藩外出散步，李鸿章示意那三人在厅外等候。不久，曾国藩散步回来，李鸿章说明了来意。

曾国藩说："不必了，面向厅前，站在左边的那位是个忠厚人，办事让人放心，可派他做后勤供应一类的工作；中间那位是阳奉阴违、两面三刀的人，不值得信任，只宜分配做一些无足轻重的工作，担不得大任；右边那位是个将才，可独当一面，将来作为不小，应予以重用。"

李鸿章很是吃惊，问："还没用他们，您是如何判断的呢？"

曾国藩笑着回答说："我刚才散步回来，走过他们身边时，见左边那个低头不敢仰视，可见是位老实人，因此适合做后勤供应一类的事情；中间那位表面上恭敬，可等我走过之后，就左顾右盼，可见是个阳奉阴违的人，因此不可重用；右边那位，始终挺拔而立，如一根梁柱，双目正视前方，不卑不亢，是一位大将之才。"

曾国藩所指的那位"大将之才"便是淮军勇将，后来担任台湾巡抚，鼎鼎有名的刘铭传。

谙熟政治的曾国藩识人果然厉害，他的秘诀就在于善于观察他人的表情以及言语行为，哪怕是点点滴滴的蛛丝马迹也绝不放过，然后将获得的信息进行综合分析评估处置。

同样，我们在沟通交谈中，也要不断地观察对方。若对方不断地把视线移开，那就表示感到疲倦或无意倾听；若面部表情不在交谈之中，却心有旁骛之状，遇到此种景况，你就该及早结束或中止交流，否则，会适得其反。

春秋时期的梁惠王为图大业而广招天下贤才，有人多次向梁惠王推荐淳于髡，于是，梁惠王接连召见他两次，每次都屏退左右与他单独倾心密谈。但两次淳于髡都沉默不语，弄得梁惠王很是难堪。

事后，梁惠王责问推荐者："你说淳于髡有管仲、晏婴的才能，我看名不副实呀！要不就是我在他眼里是一个不足为言的人！"

推荐人用梁惠王的这番话问淳于髡，他笑笑回答说："确实如此！我也很想与梁惠王倾心交谈，但第一次，梁惠王脸上有驱驰之色，想着驱驰奔跑一类的娱乐之事，所以我就没说话。第二次，我见他脸上有享乐之色，是想着声色一类的娱乐之事，所以又没有说话。"

荐者又将此话转告梁惠王，王经回忆，果真如此，于是梁惠王非常叹服淳于髡的识人能力。

其实不仅表情可以察人，很多时候，一个人的姿势往往也会昭示人的心灵。在日常生活中，人们的姿态各具特色，坐姿、站姿、走路之姿等每一种姿势，似乎都是无意的，可就在这不经意间却表露出一个人的心理动向。从而，这貌似无意却让人时时处处感到内中的真意。

比如坐姿，有人喜欢两脚跟并行，两手放在两膝盖上，端端正正，这类人一般性格内向，为人谦和，往往封闭自己的情感世界；有人坐时，跷起二郎腿，不时地摇摆着脚板，双手交叉，相抱在自己的胸前，此类人往往性情倨傲且不愿坦露心迹。

又如站姿，有的人站姿总是抬头、挺胸、收腹，两腿分开直立，这类人表明健康自信，做事往往雷厉风行，有魄力感、正直感、责任感；而有的人站立时弯弯曲曲，头下垂，胸不挺，眼不平视，这类人往往是缺乏自信，做事畏惧，怕承担风险和责任。

其实察人是多方位的，从习惯可以察人，从姿势可以察人，从行为可以察人，甚至连打扮、色彩的喜好、穿着等都可以察人。

在当今竞争日趋激烈的时代，我们讲究沟通的技巧，倡导察人，目的在于使一切致力于事业的追求者能准确掌握沟通交流和察人的基本技能，使人生中的一次次沟通转化成生命乐曲中一个个活跃的音符，去奏响人生风采的壮美华章！去叩醒一个个充满希望的明天！

有感于孤独

我的大姐已到了九十高龄的鲐背之年。最近我去她那索然独处的老屋看望时，问其感觉如何？她直言不讳地说：别的还可以，就是孤独难受。此话很让我触动。脑海里首先蹦出两个问题，人老了是不是都害怕孤独？自己今后会不会恐惧孤独？

老人害怕孤独，这是一种很自然的现象，因人类本来就是天生的群居动物。当一个老人独居一处的时候，必然会有百无聊赖之感。寂寞、彷徨、孤独时来袭，从而自然地怕之惧之。只不过惧怕的程度不同而已。至于自己今后"会不会"的问题，未来实难把控，谁都无法预知。或许有一天自己不会看书、写文章，那就是恐惧的开始；也或许有那么的一天，静坐庭院，喜享孤独。

老人孤独应属一种客观性的孤独。这类孤独往往是一颗灵魂寻找另一颗灵魂而不可得，感到自己是人世间的一个没有旅伴的漂泊者。这种社会性质的孤独，仿佛是人生的一个巨大的空洞，谁也不想凝视它、进入它、拥有它。

另一种是客观外的孤独。那就是人们在复杂纷繁的社会交往中不肯向外部世界妥协，从而以孤独为代价，创造孤独。这是人的本质意义上的孤独。因而，只有活到接近人的本质才会真正感受如此的孤独。

其实，即使是面对客观的孤独，却也有两种截然不同的表现形式：一则人们从心理上讨厌、害怕孤独，企图摆脱孤独，远离孤独；一则人们从心理上喜欢了孤独（指客观或主观都需要孤独），想方设法去享受孤独，拥抱孤独。

害怕孤独者，人们歇斯底里地厌恶孤独。然而孤独偏偏却是紧缠不放，你越是害怕、恐惧它，孤独就越要形影不离地追逐你。这时的孤独始终伴随着寂寥、惆怅和忧郁，哪怕在热闹非凡的包围之中，也会感到内心的空虚、怅然、沮丧。尤其是到了曲终人散、热闹退尽之时，孤独却是一只深藏心底的动物，不断地撕咬着人们的周身，奋力一口一口地吞噬着人们的心灵。此时，人的孤独感愈加强烈，不管如何努力，都无济于事，似乎任何的力量都无法与之抗衡。

有人甚至感到被命运抛到了深深的谷底，黑暗而不见一丝光亮，喊叫却没有回声，失望恐惧蜂拥而至。于是，有人为了摆脱这样的孤独，不懈地努力，左奔右突……然而，浮光掠影之人，不管怎样努力，最终只能以浮光掠影的方法去填满孤独的空隙，其结果也只有一刹那地撞见。然后，匆忙躲开，消失得无影无踪，让人饱尝的只是"独上高楼，望尽天涯路"的那种怅然。

然而，当我们"望尽天涯路"之际，蓦然回眸，却见阳光透过浮躁与喧嚣，终于见到了喜欢孤独、享受孤独的人们。

他们视孤独为一种静美、一种境界，是生命圆满的开始，是精神力量的源泉。让生命在富有创造精神的孤独中度过，让人生时光的分分秒秒不至于虚度，在孤独中拥有自己的一切。在他们的心中，真正能够拥有孤独的人，才是世界上最幸福的人。于是他们想方设法去创造孤独，又在孤独中创造孤独的最高修为，让孤独深处成为人类审视自我灵魂的心灵圣地。

有人说："孤独是化了妆的脸，是幸福的厚茧，是人清醒坚强的利器。"此话颇有一定的道理，因为在孤独里确实蕴藏着无限的能量与机遇，人类最真实的想法和最敏锐的思维永远潜藏在孤独的深处。也只有在孤独的时刻，才可以听到自己的心跳和呼吸，才能找回迷失的自我。就连睿智至极的鲁迅先生也说："当我沉默的时候，我觉得很充实，当我开口说话，就感到了空虚。"先生虽无直言，但沉默即是孤独的一种附身或一种装饰，其意思不言而喻。

至于孤独是生命圆满的开始，笔者曾有过切身的体会。1994年，对于我来说是个黑色之年。那是我人生中最艰难的一段时光。当我接受生与死的考验时，陷入深深的绝望之中，甚至包括对生命的绝望。全身心被抑郁和孤独包围，只想就此放弃一切。可就在这绝望不能自拔之际，邂逅了一位生命即将终结的快乐女孩（笔者曾在《品味人生》一书中写过她），就是那么一个弱小的生命在毁灭前的可爱之举，却使我震撼，让我感动，开始重新审视自己，并彻底地改变了自己。我从中发现，当时压倒我的不是重力，而是不能承受的生命之轻。伤痛之后，我努力地寻找自己，细细地品味孤独，并不断地让孤独在自己的生命之路上仰天长啸，彼此应和，从此，我的生命才开始重新起航。

　　有时我想，慢慢地体会孤独，轻轻地感受孤独，也不失为一种优雅的休闲。现代的快节奏，超负荷，使身体需要一份适时的孤独来调整心灵，也需要在孤独中找到宁静。让身体和心灵都在这悠闲式的孤独中尽情地休养生息，让生命在寂静中获得一份独特的享受，让自己在孤寂的日子里活出光艳，活出欢快，活出精彩！

　　倘若我们真的习惯了寂寞与孤独，习惯了风霜雨雪，习惯了宠辱不惊，那么，就意味着我们的真正成熟，标志着我们生命圆满的开始。

　　届时，我们将自然地老去，静坐在流年里，抹一束心香，执一杯清茶，携一缕阳光，笑看红尘过往，云卷云舒，在孤独中凝视着深处那个最真实的自己。

　　深深地道一声：岁月静好。

环境与"我"

环境与我，我与环境，两者相形相生，形影相连。一个人自呱呱坠地之刻起，就离不开环境，他首先接触的就是家庭，所以家庭的环境对一个人的成长无疑至关重要。这是基本的常识。同样，环境是人们生活和工作的一种最基本的保障或依靠，因人们不可能脱离一定的环境而孤立地生存。这也是人之常理。同样，还是普遍的认知：倘若一个人与环境格格不入，就很难在这样的环境中生存下去，从而，不得不改变自己以适应环境，或另辟蹊径到一个新的环境中去。

尽管如是，"我"还得渐渐地丢弃自己原有已经形成的许多习惯，并逐步地接受此环境中人们的语言、行为、风俗习惯及生活方式。因而，这个"我"的基本面貌和表层结构被改造得与这一环境中的其他绝大多数者基本一致，方可生存。这大概就是人们常说的"适者生存"之理。

然而，我们在接受环境的改变时，特别值得注意的是环境往往会磨灭人的独特个性和人的尊严，所以既要适应环境而接近环境，融入环境，又要对环境做出必要的取舍和选择，保持人格的独立和人的尊严。这正是笔者想要说的主要话题。

按一般的常情常理来说，一个环境中真正睿智者或杰出者总是少之又少，甚至是凤毛麟角，而平庸之辈却始终占据着主导地位。从而，在一个环境的群体中盛行的某种认识或理解，除那些反映人们普遍的认识与良知以外，通常所见所闻的往往则是世俗之见或它的变异品与附属物。并且这些世俗之见在一个群体中，以其根深蒂固的顽力对那些超群拔俗之士时不时地给予精神上的敲打，使其造成巨大的心理压力，直至将其拉向平庸之列。

那么，对此作为中国古文化的主流，儒学是如何看待的呢？据《论语》所述，儒家一贯反对蓄意逢迎他人，取悦世俗。孔子将阿谀献媚、逢迎他人、取悦世俗的人称为"乡原"。"原"即愿。孔子说"乡愿，德之贼也"。可见孔子将取悦世俗之人视为破坏道德之辈。古之贤哲们持此观点者大有人在。朱熹对此说得更为明白、透彻："乡愿，乡人之愿者也，盖其同流合污以媚于世，故在乡人之中，独以愿称。夫子以其德非德，而反乱乎德，故以为德之贼而深恶之。"可见"乡愿"是丧失自己的立场和原则，丧失了做人的自尊和底线，一味地顺从他人，讨得他人的欢心，表面上一时会受到一些人的"赞誉"，实质上是在迎合、助长一个环境中的不良倾向，形成污浊的风气，造成恶劣的后果。

自孔子以后，儒学的思想家们一直重视继续揭露"乡原"的面目和嘴脸，孟子指摘说："同于流俗，合乎污世。"这种顺同流俗，迎合浊世，理应遭到鞭挞。倘若我们将现代的同流合污、营私舞弊、罔顾法制、贪污腐败追本溯源。"乡原"之俗，难辞其咎。

直至宋代的"陆王心学"的代表人物陆九渊也积极倡导人们要有自我之见，反对"随人脚跟，学人言语"。

当我们在寻找如何适应环境，与环境和谐共处的迷茫路上艰难地跋涉之时，却释然发现原来古之贤者也视适应环境与保持人格的独立同人的尊严一样的重要。甚至在必要或特定的时候，后者还要更甚于前者。

与此同时，儒家心性之学还非常重视强调外界对"我"的影响，竭力劝导自我应向周边的人学习，将自我的完善视为环境完善的关键或核心。

至于在一个环境中如何实现自我完善，这是另一个不可忽视的重要问题。

儒学认为，要实现自我完善，首先要强调自我完善与环境完善的统一；其次在实现自我完善外部世界的过程中向外界不断地开放交融学习。

明代有个学者祝石林曾说："狂者得圣人之神，狷者得圣人之骨，乡愿得圣人之皮。"此话既生动深刻又言简意赅地道出了儒家所赞赏的人格及其对环境的态度，甚至包括了自我完善的精神与榜样。

所谓的狂者，并非狂妄自大，而是指那些志向高远看不惯流俗之人；所谓的狷者，即狷介之意，不肯同流合污，是指那些洁身自好，不愿干肮脏勾当之人。此两类人格共通之点都是不盲目地顺从环境，不愿按他人的意志行事，却始终坚守自己的信念。前者具有一种永不满足现状，勇于向环境挑战的敢作敢为奋发进取精神，其特征为外柔内刚；后者则具有坚定的信仰，有骨气，有节操，不怕嘲讽，不怕孤立，不怕打击以及坚韧不拔的精神，其特征为洁身自好。

这一切无疑都是环境中的力量源泉，是实现自我完善的一种强大的生命力，是我们后人学习的榜样。然而，这一切我们又不能不说仅仅是精神层面的能量。无可否定此种能量是主要的且是不可多得的。不难想象，要在一种环境中实现自我完善，光靠精神的力量还远远不足。此中，因素固然诸多，但知识的储存、经验的累积、智慧的沉淀等都是不可或缺的内涵。

很多时候，在现实生活中，我们只要静下心来，细心去聆听智者的诉说，仔细去追寻学者的踪迹，或许会得到启迪，获得昭示。

陆动青在癌症的摧残折磨中，杜鹃泣血般地写出振聋发聩的生命留言《死亡日记》；史铁生在双腿瘫痪，尿毒症透析的磨难中写下了最具灵性光辉的生命日记《病隙碎笔》，这些字里行间充溢着血和泪，字字如铅、句句悲壮且掷地有声的言辞不知使多少的绝望之魂重新泛起意念的春光，静看人生。

玉环市教育局的物理教研员郑青岳，他毅然决然地放弃出任教育局局长的机会，多次婉拒调往省教研室及高校工作的邀请，却一心一意扎根在玉环这个偏远的海岛，甘愿清贫。放弃所有的享受去追寻教育的真谛，践行师魂的绽放，撰写了千万文字的专著和学术论文，郑青岳的事迹不知激励了多少的青年教师去开辟教育书山的艰难之路，不断扬起学海之舟的风帆，砥砺前行。

是啊，一个人的成长离不开环境。当我们融入一种环境之中，既要包容它，又要改造它，使之成为人们健康成长的温床和宝地，此乃有望"涂之人可以禹"也。

●寻觅真谛篇

　　社会与自然中许多现象都会给人类以昭示或启迪，然而遗憾的是人们往往却视而不见。一个人如果没有勇气追求他认为正确的事物，是因为他没有从错误中筛选正确事物的能力；而有些人即使具备了这种能力，却缺乏勇气，将真理化为实践。这是心灵的蒙尘。

　　因而，在人生的旅途中，只有不断掸去自己心灵上蒙染的尘埃，才能保持心灵的洁净；只有不停地寻觅生活中的真谛，才能走向光明。

漫说外圆内方

外圆内方是一个汉语成语。"方圆"之说最早起源于我国古代的钱币，将铜钱铸成外圆内方，其含义有天圆地方之象征；其作用是熔铜铸钱，方孔在锉边修复时，以方木串联铜钱不易滚滑。

然而，更为妙绝的还是古代的先贤们，在这小小的钱币中悟到人生的许多道理。最为重要的一条就是如何做人。即应像铜钱那样外圆内方。老祖宗们在一枚铜钱中找到了为人的智慧和方略。

内方外圆，是铜钱的形态。方者，方方正正，有棱有角。可引申为为人正直，坚持原则，内心刚毅，宁折不弯。

圆者，圆圆滑滑，又圆又润。可引申为为人圆滑世故，处世融通，机巧灵活，进退自如。

据本义及其引申之意，古人将方视作为人之本，将圆视为处世之道、行事的锦囊。

然而有人对"圆"的认识存有偏颇，认为外圆内方之圆绝不能理解成"圆滑世故"，此圆非彼圆。好像圆滑世故就是大逆不道，理应憎恶之、痛恨之，并百般加以掩饰其本有的意义。

其实呢，古人往往把内外相应、言行相称的人称作"方者"；而对圆的理解则首先是圆滑世故，甚至还有"言虚行伪"的意思，这有何不可？圆的本意就是如此客观地存在，你非得要将它挪开或掩盖，这就显得牵强或心虚。问题的关键不在于对圆的意义做如何理解，而在于怎么个圆法。因圆的可塑性很大，所以要视对象、时间、场合的不同而"圆"，什么人可"圆"，什么时候该"圆"，什么地方要"圆"。比如，面对邪恶，你也不能言虚行伪吗？危急时刻，为了更好地掩护自己，你也不能圆滑世故吗？

诚然，圆滑世故也好，言虚行伪也罢，它们都只是一种方法或手段而已，绝不影响其本质的存在。

清代乾隆年间的纪晓岚认为，做人要"处世圆滑，内心中正，不同流合污而为人谦和"。其实这就是对"外圆内方"的一种贴切解释。

清末著名的教育家黄炎培写给自己儿子的信中说"和若春风，肃若秋霜，取象于钱，外圆内方"。意为做人当圆则圆，该方则方，方圆并用。并且要做到圆时像春风那样和美，方时像秋霜那样肃然。

《淮南子·主术训》内有句名言"智欲圆而行欲方"，也阐述了做人之本，处世之道的方与圆之间的辩证关系。既要中庸、圆滑，同时又不能失其正气、骨气与品德。

古人一直以来都是将"智圆行方"视为境界极高的人生道德和智慧。

外圆内方，人生之巧妙就在于"内方"与"外圆"的合一上，这也是我国辩证哲学的集中体现，内心刚直，外表柔和，刚柔相济，方圆并存。

做人既不要过于刚直、方正，棱角分明，锋芒毕露，也不要太过于滑头，唯唯诺诺，滑头滑脑，看风使舵，既要有做人的原则，又要懂得圆通达理。为人处世，该方就方，该圆就圆。方可以不变应万变，圆要以万变应不变。处置得当，恰到好处，往往会带给你意想不到的效果，有时会事半功倍，有时会柳暗花明。

真正能做到既方又圆，方圆相济的，是人生大智慧与大容忍的结合体。如此之人，往往既有勇往直前的果敢，又有柔韧蕴藉的平和；往往能面对大喜而不露悦，面对大悲而不露哀，镇定自若，泰然处之；在行动时干练、果断、迅速，不被情感所左右；在退避时，能审时度势，全身而退，择机东山再起，卷土重来。

三国中的方圆之术可谓是处处昭人，清若明镜。

最为典型的莫过于"曹操煮酒论英雄"。

刘备委身于曹下。一次曹、刘饮酒间，议之当今谁为英雄，刘备点完袁术、刘表等十余人，均被曹一一否定，并指出英雄的标准。备问：谁人当之？曹直言指向："天下英雄，惟使君与吾。"刘备被曹点破为英雄后，竟吓得匙箸丢落在地。此时恰好雷声大作，曹疑问备，为何惊慌丢落筷子，刘备却以"从小害怕雷声"掩饰而过。从此，曹操就以为刘备胸无大志，必不成气候而加以忽视，那时的刘备用的就是外圆中的"言虚行伪"之术而逃过一劫。

众所周知，苏州的狮子林内有一真趣亭，可在这里曾经演绎过"外圆"的一则趣事：乾隆皇帝六下江南，每次都要到狮子林游览。乾隆二十七年那一年，他面对满园景色，雅兴骤发，给一个亭子写下了"真有趣"三字，并问随从此名如何？随从大臣们，心中都觉不怎么样，俗气，可谁都不敢说，只是面面相觑，一筹莫展。

就在这尴尬至极之时，站在一旁的状元黄喜却缓缓而说：微臣叩请万岁把中间的"有"字赏给奴才吧！乾隆一听此话，明白了其中的用意，便来个顺水推舟，将"有"字赐予黄喜，从而变"真有趣"为"真趣"，使赐名变俗为雅。

这无疑是典型的高智"外圆"，它既化解了群臣的窘境，避免了不知将会发生何等的罹难事件，还捧得皇上的御笔恩赐而回。

《资治通鉴》中有这样一则故事：

魏王攻陷了一座城池后，大宴群臣，席间，魏王突问文武百官：你们说，我是明君，还是昏君？

那些趋炎附势的官员，纷纷说："大王是当之无愧的一代明君。"正当魏王兴奋至极飘飘然时，一位正直的任座却不紧不慢地说："依我看大王是昏君。"

魏王被当头泼了一盆冰水后，问其何为此说。任座直言不讳地说："大王您攻下了城池，却没按功劳分封给您的兄弟，却唯独给您的儿子，可见您是昏君。"

魏王大怒，即刻下令绑了任座听候发落。

此时，一位大臣站起身说："大王明君！"魏王喜而忙问："为何？"只见这位大臣侃侃而谈：古人常说，明君手下都是些直臣，现在大王手下有像任座这样的直臣，可见大王就是当今的明君。魏王听后，立刻重新将任座请进来赴宴。

这一有惊无险的故事，所涉圆与方的人物有以下几种。

1.多数官员属"只圆不方"之人。他们无原则、无立场，迫不及待地为主子唱赞歌，卖命，是十足的世故势利小人。

2.任座则是"只方不圆"之人。不分场合，不知通达，难免受挫，甚至险些招来杀身之祸。

3.后起大臣才是真正的"内方外圆"之人，他既化解了矛盾，又巧妙地在肯定任座时表达了自己的观点。这是典型的"随方就圆"的妙用。

此中的任座"只方不圆"使人想起了北宋时期大名鼎鼎的苏东坡。王安石任宰相实行改革，他竭力反对，写文章讽喻改革，被打击遭贬；若干年后，司马光任宰相，全盘否定王安石，苏东坡却又站出来说王安石的政策并非一无是处，仍有可取之处。于是再被打击，又遭贬官。

苏东坡忧国忧民，疾恶如仇，为官时"兼善天下"为百姓着想。他的一生之所以只能成为伟大的文学家，却成不了著名的政治家，其主要的原因还是他自称的"黑白太明，难以处众"。以及他的侍妾朝云说的"我看老爷是一肚子的不合时宜"，也就是人们所说的"只方不圆"。

苏东坡政治上的悲剧是他强个性、情绪化、心直口快、不吐不快的性格所决定的。

以上所举这些例子，虽然早已被历史的岁月所尘封，但它们的余韵却波长绵亘，一直在鲜明地昭示着人们。

我们生活在现实之中，几乎天天都要与人接触、交往，免不了方方面面的沟通与交流。如果我们只是凭自己的性子，好强图痛快，不分场合不事通达，事事计较，处处摩擦，如是，势必要坏事，只会碰得头破血流。这样的"只方不圆"就像在"圆"字中抽掉"员"字，剩下的只是四处棱角、静止不动、死板迟钝的一个"口"字，此口也只能是一根筋、认死理、钻牛角尖所用之口。

但我们在强调"圆"的通融、通达、通润的圆滑时，更需注意另一种倾向，那就是一个人如果圆滑过甚，八面玲珑，左右逢源，该方不方，不该圆的竭尽全力去圆，处处圆滑，时时算计，甚至是趋炎附势、助纣为虐、坑害他人。如是，也必将是众叛亲离、被人唾弃、不得善终。

因而，我们力求倡导或学习古之贤达，方中有圆，圆中有方，外圆内方，方圆相济。在人生的历程中，让方与圆这两者融会贯通、相得益彰，活出人生的精彩。

"方"是为人之本，宛如人之脊梁；圆是为人之源，宛如人之血液，只有挺直了脊梁，才能使血液顺畅；只有血液畅流了，才能使脊梁昂然挺直。

骆驼之死

在广袤的沙漠，有一头又饿又渴的骆驼，正在艰难地跋涉着。正午的太阳像一个赤热的火球，炙烤着沙漠。骆驼既难受又焦躁，肚子里装着一腔的怨气。

此时，恰好它的脚被一块玻璃碎片硌了一下，疲惫不堪的骆驼顿时怒不可遏，抬起脚狠狠地将碎片踢出好远。可是骆驼的脚却也被划了一道深深的口子。鲜红的血顿时染红了一片沙粒。愤怒的骆驼一瘸一拐地向前走着，一路的血腥引来了一群秃鹫，在骆驼的上空盘旋叫嚷。此时的骆驼心里惊恐不已，不顾伤痛狂奔起来。于是，沙漠上出现了一条长长的血痕。

浓重的血腥招引了附近的饿狼，疲惫无力的骆驼更是恐惧慌乱，左冲右突，仓皇中撞到了一处食人蚁的巢穴旁边，鲜血的腥味惹得食人蚁倾巢而出，黑压压地扑向骆驼，像一块既大又长的黑色地毯，把它裹得严严实实。不一会儿，可怜的骆驼鲜血淋漓地栽倒在地。

临死前，这个庞然大物深长地叹了一口气，仿佛追悔莫及地向世人诉说：我为什么要跟微不足道的玻璃碎片较劲生气呢？

动物世界中这一颇具讽刺意味的故事，实在留给人们太多的思考：一个超级的庞然大物，为何会死于最为渺小的蚂蚁之口呢？

骆驼的死因，表面上看起来似乎是偶然的，其实则是蕴含着深刻的必然性。因性情上的冲动暴躁决定着骆驼必然要付出惨痛的代价，甚至包括生命。这个故事深刻地告诉人们：在任何时候都应该保持冷静、平和的心态；抱怨、生气、发怒都是浮躁与无能的表现。一个浮躁、无能之人，且动不动发怒，他的失败是必然的、无疑的。可想而知，当一个人在缺乏冷静的状态下去处置事情，必然会导致错误结果的产生，甚至还可能会不断地衍生出新的错误。上述骆驼之死，一个又一个的偶然形式，形成了相关的连环，倘若允许假设，只要在任何一个环节稍做冷静，骆驼都不会死亡。比如：骆驼不去踢那玻璃碎片；假如骆驼不去狂奔，没招引饿狼；如果骆驼不恐惧慌乱，就不会误入食人蚁巢穴……

然而，骆驼冲动性格的悲剧决定着它死亡的必然。

诚然，我们人类何尝不是如此呢？重庆万州公交车坠江事件，虽然已经过去数年之久，可是它以全车数十个鲜活的生命，葬身江中为代价的悲剧，却永远也不会因时间的久远而消失。这一事故的肇事者——一位中年女乘客，她的冲动，让她以结束自己的人生，连同全车的乘客赔上宝贵的生命这一惨痛的教训，同样留给人们诸多的思索与叩问。而世人依然首先是将悲剧的祸根指向于人的暴躁与发怒的冲动。是的，正如古训所言，"冲动是魔鬼"，这一悲剧正是由于这位中年女乘客的蛮横冲动，激发了驾驶员的愤怒，才导致事故的发生。何曾不是呢？女乘客、驾驶员，他们任何一方，在任何一个环节，稍做冷静让步，都可避免悲剧的产生。而悲剧之悲就在于人们的熟视无睹，一而再，再而三地让悲剧重演。

由此可见，人们学会冷静，控制冲动的情绪，是多么艰难且又是那么重要。

学会冷静，控制冲动，需要有宽容与忍让的心态和秉性。现实社会人们无时无刻不在与他人交往与相处，少不了摩擦与碰撞。学会冷静，宽容忍让，可以避免许多不必要的麻烦或纠纷的发生。所谓"退一步海阔天空"的训导，虽然古老，但很实在，特管用。很多事情你只要忍一忍，放一放，很快就会过去，或许不时就会出现转机。至少冷静可留有回旋的余地。同时，控制自己的情绪，学会冷静，这是人生的一种境界和气度。保持平和的心态，使人生富有更广泛的意义，它可以给人们带来更大的快乐。况且任何一个事业成功的追求者，每时每刻都需要对人心平气和。克己制怒，是成功者必备的修养。

有时冷静克己还会带来福报，大可报国，小可报家。

春秋时楚庄王，一次宴请群臣，忽然一阵风起，吹灭了所有的蜡烛，漆黑中有一大臣喝醉了酒，拉了楚庄王妃子的衣服，可妃子顺手扯下了他的帽带并告知庄王。然而楚庄王并没有发怒，他在冷静后为了顾及对方的面子，命令群臣："今天众卿一起喝个痛快，不把帽带扯下，就表示没尽欢。"于是，一场变故就此过去。

三年后，晋、楚交战，楚庄王几度身陷险境，却都被一位将军相救。原来此将军就是当年酒醉后的轻浮之人。

一个小小的冷静，就此救了一个楚国。

有人说：一个人经常发怒生气是等于慢性自杀，此话由一位心理医生的实验研究加以佐证：首先，大怒是使人身体致病的第一因素；其次，爱生气发怒的人不可能长寿。可见生气、发怒，危害多多，我们还有什么理由不引起重视呢？

其实仔细想想，大凡生气、发怒是在用别人的错误惩罚自己，甚至一时的冲动，还会可能毁掉自己的一生。因激愤发怒会像炸弹一样，在炸掉别人的同时，也会毁灭自己。

可每当后果产生后，人们最多的就是不停地追寻后悔的理由，可殊不知，一旦成为事实，不管如何忏悔，都无法拉回已去的时光，无法改变已然的事实，唯有陷入刻骨铭心的痛苦之中。

诚然，一个人既无法决定自己怎么生，也无法决定自己怎么死。正如上述的骆驼之死，谁都无法改变或阻止，而我们唯一能够掌控的就是自己怎么样去生活。

翠波鸟的奇特

据说，在南美洲的原始森林里，曾生活着一种非常奇特的鸟。言其奇特，一是它的外形长相，全身翠绿，并带有一圈一圈灰色的纹理，看上去很像一圈圈的波浪，因此而得名翠波鸟。二是此鸟虽有美丽的外貌，而它的内在却有一种古怪奇异复杂的心理状态。每天都在忙忙碌碌，不停地筑巢，因而不仅显得无精打采，甚至还很是疲惫，直至死亡。

翠波鸟的奇特还表现在，其所筑的巢穴之巨大、壮观，一个个悬挂树上，仿佛是一座座华丽的城堡。

如此巨大的巢穴，不禁让人产生疑惑：这么一种体长不过五六厘米的小鸟，为何要花费那么大的力气，筑起比自己身体大十来倍，甚至几十倍的鸟巢呢？

为了解开这一迷惑，一名动物学家做了一个实验。

这位学者制作了一个特大空间的笼子，里面放置了许多小树枝，并放了一只翠波鸟，观察它筑巢的过程。可这只鸟只筑了一个能容得下身子的小巢，就停止不干了。

这事引发了学者的很大兴趣，于是他又抓了一只翠波鸟，放在一起观察。这时情况却发生了突变：后放进的那只，没多久就起劲地筑巢，而原已停止筑巢的鸟，也重新开始疯狂地扩建，只见两个巢穴越建越大。

几天过去，两只鸟早已疲惫不堪，不得不放慢速度。

可又过了几天，原先放进大笼的那只鸟竟然死了。另一只鸟就马上停止了筑巢。这一现象更让人百思不得其解。于是学者再放进一只翠波鸟，可观察结果依然如故。

当学者陷入深思，突然间醒悟过来，原来令翠波鸟不顾一切地劳累，其原因竟是攀比的心理。

正是由于这种鸟的攀比心理太强，容不得别的鸟超越自己，只有不停地筑巢。其实，实验中的两只鸟都是被活活累死的。

小小的动物，竟然为了攀比而被活活累死。人们在颇感奇特滑稽之余细细地想之：我们人类何尝不是如此？

有人将生活中的累，归结为一半是源于生存，一半是来自攀比。此话不无道理。然而，现实中的人们似乎一概地对攀比深恶痛绝，仿佛不可饶恕。这可就有失公平。

其实，攀比是个中性词，本无褒贬之分，只是要看攀在何事、比在何处。倘若一个游手好闲之辈，突然间发现自己与某个勤劳俭朴者相形见绌，深感惭愧，决意浪子回头。此种攀比有何不可？又如有人与智者攀比，自觉知识的不足，扬起风帆，继续遨游于知识的海洋，有何不可？又如有人与人攀比工作，躬身自问，深感能力、经验的不足，决心沉下心来向他人学习，好好历练自己，这又有何不可？也有一些人与人相比，甚觉自己缺乏生活的热忱，情绪低下，消极遁世。决心重新去拥抱生活，把握每一个今天，用全部的热忱去唤醒自己的明天，这又有何不可？大凡此类种种攀比，我们不但不能去抑制它，更应去积极地倡导它、推动它，让它成为人们涤荡灵魂、洗礼心灵的催化剂。

无可否定，繁杂的社会中，类似于翠波鸟式的攀比大有人在，如此的攀比，理应受到人们的吐槽、贬斥、鄙弃。因这样的攀比，久而久之，势必造成自大、自负、自傲、自卑、妒忌、失落等负面的不良心理。名利攀比多了，欲望就会扩张，享受攀比多了，心态常会失衡，注重或专注和别人攀比，烦恼就会不断地滋生，最后只能在自卑中一蹶不振，以致毁掉自己的人生。

翠波鸟在攀比中相继死去，的确留给我们太多的思考与启示，也在给我们人类不停地敲响警钟。不是吗？现实生活中，不少的人总是有种强烈的嫉妒心在不断地侵蚀着自己的心灵，左右着自己的灵魂，使得自己身心疲惫，精神倦怠，惶惶不可终日。

其实，每个人的内心都有自己不同的世界，千万不能以他人的繁华模糊了自己的眼睛和心志。"效仿最好的别人，不如演绎最真的自己。"人生中许多的痛苦与不幸，往往都是源于追逐别人，仿效别人，想方设法活成别人的模样；

源于无止的欲念、无休的攀比与无尽的争斗。包括那些曾经的得失，曾经的悲欢与离合。因这一切的一切，始终让人们无法释怀。同时，盲目地攀比，一味地攀比那些不可攀比的东西，总幻想那些不可实现的东西，甚至是削足适履，只能是适得其反。如是，除了自欺欺人地一路终了外，就别无更好的选择。

人最大的关心是自己，最大的敌人也是自己。许多时候，往往就取决于自己一念之间的选择。

不和别人攀比，你就会活得轻松；不和别人攀比，你就会远离烦恼与痛苦。做真实的自己，顺着自己选择的路径，无怨无悔义无反顾地走下去，泪不轻弹，苦不言弃，踏出一条全新的自我之路，做一个有尊严的自己，此举也不失为对幸福的一种不同角度的诠释。

有心理学家研究表明，人都喜欢攀比，但关键要看你为何攀比。因攀比是把双刃剑：一方面能激发人的奋斗潜能，给人带来向上的动力；另一方面攀比也能让人活得很累，往往会让自己的心理失去平衡。

倘若以自己的弱势去抗衡别人的强项，那结果当然是可想而知……

翠波鸟式的攀比也只能是自怨自艾以致自食其果。

错 觉

有人说：人，最大的困难是认识自己，最容易的也是认识自己。此话初看初听并不觉得怎么样，平常之中还略带点别扭。但细细地品尝，倒还觉得颇含哲理。很多时候，我们往往认不清自己，或者说，认不清自己的全部。究其原因主要就是我们有时把自己错放了一个位置，给了自己一个错觉。

然而，现实中或许有人则不以为然，明明我很清楚自己，怎么就看不清自己呢？

其实，我们也大可不必不以为然，错觉像无孔不入的微尘，往往一不小心就被沾上或蒙侵，且每每总是悄悄地，让人全然不知。

此种现象别说我们这些凡夫俗子之辈，即使是睿智的政治家，纵然警惕性很高也难以摆脱或逃遁。

晚清时期，我国杰出的政治家、军事家、思想家左宗棠，14岁时就曾写下"身无半文，心忧天下，手释万卷，神交古人"的惊人名言，如此睿智之人却也难免被错觉所击败。

左宗棠很喜欢下围棋，并且是一致公认的围棋高手，因其属僚皆非他的敌手。如是，左宗棠也自然而然地认为高手非他莫属。可在一次出征的途中，偶见一茅舍的横梁上挂着一牌匾，上书"天下第一棋手"。此时的左宗棠心里很是不服，不管公务在身，非要入内与茅舍主人对弈。三盘下来，主人皆输。此刻的左宗棠喜形于色，微微地笑道：这下你可该将此匾额卸下来了吧！随后左宗棠"自信满满，兴高采烈"地走了。

没过几天，左宗棠班师回朝，又路过此处，可令左宗棠万万不曾想到的是仍赫然见此匾额。左宗棠本来是带着一腔的好心情，想好好地与这位长者切磋探讨棋艺，想不到民间竟然还有如此的厚颜之辈。于是左宗棠面带愠色自入室内，只想好好地教训一番这位所谓的第一棋手。

说来也怪，左宗棠非常轻松地输掉了第一局，尽管后来，左宗棠也做了百倍的努力，可是三盘下来，不仅盘盘皆输，而且还输得连招架之力都没有。左宗棠诧异非常，忙问主人何故。这位长者只是淡淡地说：大人上回是军务在身，带兵出征打仗，我当然不能挫您锐气。如今得胜归来，我自然也就当仁不让了，理应全力以赴之。此时的左宗棠茅塞顿开，大彻大悟。原来世间真正的高手，能胜，但不一定要胜；能赢，但不一定要赢。这胜与赢须看时间与场合。

左宗棠被错觉蒙蔽了双眼与心智，险些丧失了谦让他人的胸襟。

其实，现实中有些错觉往往比左宗棠下棋所产生的后果更为严重。

浩瀚的大海中，有一艘邮轮正遭遇海难，船上有对夫妇，好不容易盼来了救生艇。然而，非常遗憾，艇上只能再容纳一个人，就在人们惊恐慌乱的瞬间，这位丈夫却一把将自己的妻子拉向身后，自己一跃跳上了救生艇。这惊人的一幕被邮轮上的乘客看得一清二楚，人们纷纷指责这位男子是天底下最没良心的男人。

邮轮渐渐地沉没了，这位丈夫回到了家乡，独自带着女儿……

世上没有不透风的墙，这消息也终于慢慢地被传开了。

从此，这位男子默默地承受着左邻右舍的白眼，乡里乡亲的鄙视。可更糟的还是女儿随着年龄的增长，懂得大人们指指点点地说自己的父亲是世上最没良心的男人，也开始憎恨起父亲，继而再也不理会父亲了。就这样，这位男子被"世上最没良心的男人"的名号压得喘不过气来。

多年后，这位被人戳着脊梁骨生活的男子病故。女儿在整理遗物时发现了父亲的日记，才恍然大悟。

原来，父亲与母亲乘坐邮轮的时候，母亲就被确诊为不治之症。在这关键的时刻，父亲奋力地冲向前去，抓住这唯一的生机，给所有的人造成一个极大的错觉。他在日记里写下了让人悲悯的言辞："我多想和你一起沉入海底，可是我不能。为了女儿，我只能让你一个人长眠在深深的海底。"女儿后悔不已，跑到父亲的墓前长跪不起，请求父亲的原谅。

现实中有这样一件真事：一位医生接到紧急手术的电话后，以最快的速度赶到医院，可患者的父亲却失控地对医生吼道："你这么晚才来，怎么一点责任心都没有？"医生淡然地笑着说："很抱歉，刚刚我不在医院，接到电话就马上赶来了，您冷静一下。""冷静？如果手术室里躺着的是你的儿子，你能冷静吗？如果现在你的儿子死了，你会怎么样？"这位患者的父亲愤怒地说。

医生又淡然地说："我会耐心等待，相信医生会尽全力抢救。"对方又愤怒地说："当一个人对别人的生死漠不关心时，才会这样说。"几个小时后，手术顺利完成，医生从手术室走出，对患者的父亲说："谢天谢地，你的儿子得救了！"说后便匆匆离去。"他怎么如此傲慢？连我问问儿子的情况这几分钟的时间都等不了吗？"这位父亲依然愤愤不平地说。

此时，护士的眼泪一下子夺眶而出："他的儿子昨天在交通事故中身亡，我们叫他来为你儿子做手术时，他正在去殡仪馆的路上，现在他救活了你儿子，正要马上去殡仪馆。"

故事的前者是一个深刻的教训，而后两个故事却是一个悲恸伤感的沉痛启示，它们从不同的侧面向人们警示：在前行的路上，千万小心，别被错觉所蒙蔽。看到，不等于看见；看见，不等于看清；看清，不等于看懂；看懂，不等于看透。

真正的耳听，是能听到心声；真正的目明，是能透视心灵，故谓之难也。

时间的玄妙

大千世界，芸芸众生，我们从母胎中一经降生，便与时间结下了不解之缘。确切地说，人一旦有了生命之后，就注定要沉没在时间里，或被时间所裹挟，或被时间所抛弃……而真正能与时间相融相通、和谐共处者微乎其微。

那么，人们为何会如此轻易地忽略时间，让其溜走呢？

试问：有谁感受过时间的力量吗？有谁目视过它的形骸？又有谁能画出它的肖像？

都没有。因它是空空的，无形的，飘忽不定的，不可捉摸的。

然而，它又是实实的，有形的，诚实守信的，随机应变的。

对此，从前曾有两文人学者试图接近它、了解它、深究它，可是，他们都无功而返，大失所望。

一文人在实施中突然发现自己被一种强大的力量隔绝，面对一层无形的壁垒却怎么也无法穿越，痛苦而泣；而另一学者在奋进中反被探究的对象给推出更远，无奈之后，只能是痴痴迷惘地思考其中的不解。

其实，时间就近在他们的身边，只是他们未能发现或无法发现，没有找到而已。

不错，时间确实是多种面具的变色体，但它在诸多矛盾对立的两面性中往往以对象的不定而随机应变。比如，你不辜负时间，时间也就不会辜负你；你若抛弃时间，时间也同样会抛弃你。这是最常见常用的现象。同理，谁对时间越吝啬，时间就对谁越慷慨。

当我们懂得一点时间的特性后，就不难发现时间既大又小，或可大可小。

大可以大到无边无际，无始无终，无所不容，无所不包，甚至可以与宇宙天穹相比肩；可以主宰世界的一切，可以掌控所有的生灵，无比强大，无所不胜……

它，如神似仙。

小可以小到无影无踪，无形无骸，渺小卑微，以至成为钟表上的刻度，以至可以被任何形式的盒壳禁锢其中，任人摆弄，任人操纵……

它，如奴似婢。

同时，我们发现时间的步履也有多种姿态。对未来它是姗姗来迟；对当下它像飞箭般流逝；对过去它却永远地静立不动，至于时间的性情，则更是多面立体的。

它是坚强刚毅的——无论狂风暴雨，无论冰天雪地，无论是烈火烧烤，任何力量都不能阻止它的如期，让一年四季以各种容颜循环往复，相互衔接，从未有过一次失误。

它又是温顺可掬的——只要你正视它、珍惜它、它就会温情脉脉、步履轻轻地靠近你，陪伴你，守护你。直至闻到呼吸，听到心跳。

它也懂得张弛有度，快慢有序——只要你与它相融相通，和谐共处，它就像一根伸缩性极大、变化悠长的牛皮筋，可以任人将其拉长或收缩。

它甚至还是残酷冷峻的——只要你蔑视它，羞辱它，谁也没有能力躲过这把毫无商量余地的匕首，这位剑客的快捷、准确，从来不曾落空过。

由于它的性情不定，变化迅速，视对象的不同而不同，有人曾将它做如此的比喻：

对小孩来说，它像慢腾腾的老人；

对老人来说，它像转眼不见的顽童；

对男人来说，它像驯服的女人，随时可以拥有；

对女人来说，它像言而无信的男人，能够轻易抛弃。

关于时间的多面性，有人总结说：时间是最不偏私的，给任何人都是二十四小时；可也有人总结说：时间是最偏私的，给任何人都不是二十四小时。

此话怎讲？还是清魏源说得明了："志士惜年，贤人惜日，圣人惜时。"这位贤哲虽未言及俗人惜甚，但它足以说明时间对于不同的对象，会给予不同的恩赐。

英才早逝的王勃曾留下"天波易谢，寸暑难留"的名言。诚然，时间是无声的脚步，它不会因我们世人尚有许多琐事需要处置而稍停片刻。它总是按其自身的步履，"惊风飘白日，光景西驰流"地日复一日，永无止息。而现代反封建的勇士鲁迅先生则一反古代贤人的感叹，更是精准地提炼："时间就像海绵里的水，只要愿挤，总还是有的。"的确，钉子是敲进去的，时间是挤出来的。善于利用时间的人，永远找得到充裕的时间。同样，时间是由分秒累积而成的。善于利用零星时间的人，才会找到更多的时间。这正如《明日歌》说的："明日复明日，明日何其多？我生待明日，万事成蹉跎。世人若被明日累，春去秋来老将至。朝看水东流，暮看日西坠。"

是的，时间是伟大公正的裁判者，从不冤枉人。

时间，又是先知先觉的神作，它既能写出未来的结局，又能警示世人的当下。

然而，无奈与不幸的是，世人们总是经常不断地让它失望。

有人无所事事，游手好闲，且毫无目标。因为空虚，还相互钩心斗角；因为无聊，还将"践踏"当作平生乐趣。有人浑浑噩噩，醉生梦死，追求物质，享受奢华……

于是，它让所有这样的人死去，让新的人诞生，但结果未曾改变；于是的于是，它再让这批人死去，让新的一代再诞生，它的希望始终没有灭绝，总是不断地、静默地等待。

这是一种多么伟大的耐心！

长河落日，大漠孤烟。

时间仍然悄然无声地继续流逝，并以其莫大的仁慈，在娴静中等候着人们的觉醒。

我想：我们的一生最对不起的就是时间。

磨坊的启迪

19世纪，德国皇帝威廉一世在位时，在波茨坦市郊修建了一座占地面积很大的豪华行宫。可是他发现了行宫的不远处有一座磨坊十分碍眼，每当向前方眺望，磨坊恰好把前面的风景挡住了。威廉一世很不高兴，他找来了内务大臣，让他去给磨坊主一些钱，拆掉磨坊。当公差将磨坊主人传来时，万万没有料到，磨坊主却不买皇帝的账，他漫不经心地答道："我的磨坊无价。"威廉一世闻此，勃然大怒，当即令手下人等将磨坊拆除毁坏。磨坊主并无反抗，仅在一旁作壁上观。边看边嘀咕：身为皇帝，就可以为所欲为吗？我德国不是尚有法律存在，皇帝做出如此不讲道理的事情，我一定要诉诸法庭。结果磨坊主真的说到做到，状告了威廉一世，更意想不到的是法庭竟然依法判决威廉一世败诉，要其在原址上重新建一座与原来一模一样的磨坊，并赔偿磨坊主的损失。威廉一世还认认真真地照判决办理了，事后且认识了自己的错误，他对身边的人说："我国法官如此公正，连我的错，也秉公而办，乃吾国可喜之事也。"

如今，磨坊早已成为德国著名的名胜之地，只要漫步波茨坦，在洛可可艺术明珠无忧宫的宫门外10米处，人们会看到一个风车老磨坊。正是这个不起眼的老磨坊，反复述说着一个世界法制史上的关于国王与"钉子户"磨坊主的经典故事，演绎着一个令人深思的沉重话题。

这一趣闻逸事虽闪现在近代，但它毕竟距今已有150年的历史了，所以它的真实性究竟如何，一般的学者是难以考究了。尽管如此，它的教化功能的存在是无可置疑的，并且这种功能还是多层次、立体化的。比如：既有法律层面的，又有精神教育的。法律中既有司法独立的，又有审判的公平、公正……尤其是被媒体反复渲染利用，曾震惊德国内外，以至成为经久不衰的历史经典。

此经典故事中，笔者对这位磨坊的主人颇感兴趣，大为欣赏，故实想发一时之感。

　　磨坊主,论其身份,实属一凡夫俗子的平庸之辈,但他却又不乏智者风度,他的精神长相非一般人甚至包括高贵者所能拥有。当威廉一世大动干戈,要拆掉他的磨坊时,他不动声色,不吵不闹,外表为软弱,内核坚硬。他所采取的是后发制人的谋略,胸中一直在酝酿着一个没有精神支柱支撑绝不敢为的庞然起诉计划,他要起诉谁? 起诉皇帝! 天哪! 这不是在"冒天下之大不韪"吗? 真是骇人听闻,撼人心魄!

　　冷静地分析,在他的心中,一个人就像一座城堡,有人要攻打城堡,我只有豁出去了,哪怕是牺牲自己的生命,也在所不惜。这是人生的一种骨气,也是做人的一种底线。正当这位磨坊主颇为典型的为了自身的合法权益而勇于思考,敢于抗争,其行为的结果却给社会带来了意想不到的戏剧性的效果。试想:一个平民百姓能把自己与皇帝放置在同等的位置上,将云泥之别的两端一起摆放在同一法律之下,这是多么的难能可贵! 这种普通平民的伟大,向世人展示了人生真正意义上的平等价值。磨坊主以自己的实际行动和自重换取了皇帝与舆论的崇敬和尊重。他是平民中的伟大思想者,我们为其点赞,他当之无愧!

　　磨坊主在诉状中竭尽全力地捍卫自己这份产业的铮铮言辞,仿佛穿透了百年时光的尘埃封存,至今还在人们的耳边回响。由此我们见到了一个生机勃勃的立体形象,他的个性、他的灵魂、他的气息以及他的心路历程包括他的多彩内心世界,我们似乎都能清晰地窥视和感受到。

　　其实,我们若是放下万缘,空灵所有后,再来考察人生,所剩下的只不过是人与人之间的差异,这种差异性也就是思想的价值终极,因为只有思想是恒定的。由此可以推知,人生的真正意义就在于寻找属于自己的行为轨迹并享受寻找过程所带给自身的愉悦。类似于上述的磨坊主对于自己独立思想的权利敝帚自珍,宁死也不将其出卖,他自始至终都在按照自己的思想轨道去攀越,去践行,勇往直前,绝不回头! 于是他与常人的差异就显而易见了!

　　至于思想,有思想家与思想者之分。思想家还可以冠以"伟大"二字,而思想者往往只能注入"普通"二字。前者如荷马以"寒窗沥血,青灯走笔"的凄凉寂寞铸就了"伟大的思想家",后者即普通百姓中有思想的人。前者是特殊性的,后者是普遍性的。对于普通大众来说,我们并不奢求如磨坊主那样一鸣惊人，给历史留下浓墨重彩的一笔，但我们是有生命的活体，生命的厚薄轻重是由人的思想而定，人生的意义与价值是指对人生的理解而言。所以，思想则更多地表现为一种人生的态度。万事万物皆可引发思想。而不幸的是，现代的一部分年青者尤其是百无聊赖之人，总是想方设法廉价出卖自己独立思想的权利，甚至包括做人的底线。他们独立思想的功能不断地弱化至沉睡不醒，由虚度光阴、得过且过的为人目标所取代，被"顺世和乐之音"（鲁迅语）掩盖起来，失去做人的底线，或人云亦云，或随波逐流，或屈从邪恶，或不敢匡扶正义……最终渐渐地蜕变成丧失思想和灵魂的行尸走肉。

我们并不否定，人生的本质特征是以个人为本位展开的，离开了这一特征，便无从说起。但一个人万不可没有思想、没有精神、没有灵魂，不能放弃做人的底线和尊严，不然则枉为人生，也对不起自己。历史和现实都能一再清晰地告诫我们：在人生的历程中，为什么有人能做到生机盎然，光彩夺目，而有人却如朽木枯株，暗淡无光呢？两种人生，两种境界，两种结果。

朋友，人生之旅我们该怎么走？如此之问，如果觉得实在是太宽泛了，一时难以回答。那么，笔者诚愿在国家倡导民族复兴的时代，让真理和正义成为每个人心中的最高法则！此乃人类之大幸！

话说位置

乌龟在地上怎么也跑不过兔子，可乌龟在水里永远都比兔子游得快。这说明位置很重要。位置的正确与否，关键问题是能否做到知人识己。

何谓明智？知人者明，知己者智。明智与否，这正如真理与谬误，仅是一步之遥，天才与平庸也是只有一步之隔。

森林里动物举行选美大赛，孔雀第一个报了名，它觉得自己定能拿冠军，结果连初赛都没过。孔雀很生气，就去找山羊评委。山羊评委说："孔雀，你开屏虽然美丽，但却露着屁股！"孔雀很尴尬地离开了。——照镜子的时候，不要光看前面，也要看看后面。它告诉人们要正确地知人识己。

一只骆驼，非常艰难辛苦地穿越过沙漠，一只苍蝇趴在驼背上不费一点力气轻轻松松地跟着过了沙漠。

苍蝇似乎很得意，讥笑说：骆驼，谢谢你辛苦地将我驮过沙漠，再见！

骆驼看了苍蝇一眼，不以为然地说：你以为你是谁？你在我身上，我全然不知，你走了与我又有何关系？你压根儿就没什么分量，别把自己看得太重了。

这一小小的故事，同样告诉人们一个深刻的道理：千万别把自己的位子看得太重。

在现实生活中，我们一旦有了知识和技能的储备之后，接下来很重要的一环，就是要找到自己相应的正确位置，只有找对了位置，才能发挥自身的特长。所谓的扬长避短也就是这个道理。

人们耳熟能详的聂卫平、姚明、刘翔，他们三人都是世界名人。他们之所以能成为世界名人，首先是他们找对了自己的位置，然后在这个正确位置上付出了自己不懈的努力。

我们知道聂卫平下围棋很厉害，但要去比长跑，可能不如我们；刘翔跑得很快，而下棋的水平可能比我们还差；姚明打球是世界明星，若要比赛写文章，可能与我们差一截……

同理，假如让一个科盲去担任科技局局长，让全然不懂教育的人担任教育局局长，让与医学从不沾边的人担任卫生局局长……诸如此类的业务盲，怎么去听取下属的汇报？怎么去分析行内发生的各种现象？又如何去处理行内出现的种种问题？

同样，不难想象，让一个中文专业的学生去从事机械化工类的工作，让一个普通的操作工人去研发高科技的创新，让一个文艺工作者去参加真刀真枪的军事演习……简直就是强人所难。

上述如此的错位现象，无疑会给事业或工作带来或大或小的损失。

一个我熟悉的企业，曾发生过这样的波折：因一原财务人员挪用公司公款被辞退。老总从中吸取教训，只强调人品的重要，却忽略了财务工作的专业性，结果从备受关注的几位文员中选拔了财务人员，可一年下来，不仅财务账目混乱不堪，甚至还给企业造成数笔几十万元的差错，使企业蒙受了重大的经济损失。

这一不大不小的教训从一个侧面也反映了位置的重要，错位是无法容忍的。

当我们意识到位置摆放的重要时，同样不可忽视如何看待自己位子的另一个问题。倘若不能正确看待自己的位子，将会失去自我的本真，若不能把控自我，甚至会导致众叛亲离的严重后果。

著名的表演艺术家英若诚曾做过这样一个实验。

他生长在一个大家庭中，每次吃饭都是几十人坐在大餐厅里一起。有一次，他突发奇想，决定跟大家开个玩笑。

吃饭前，他把自己藏在饭厅内一个不被注意的柜子中，想等到大家遍寻不着时再突然出来，给大家一个惊喜。

然而，尴尬的是，大家却丝毫没有注意到他的缺席。酒足饭饱后，一个个纷纷离去，他才蔫蔫地走出来，吃了些残羹剩饭。

从那以后，他就严严实实地告诉自己，永远不要把自己看得太重要，否则就会大失所望。

我们从英若诚诙谐的实验中可以推知：任何一个人，任何一个单位都是如此。你看，老毕离开了星光大道，朱军上来了；杨澜出国了，董卿走红了；马云退休后，张勇接管了……

它就像是一条渡船，在不停地摆渡，送走了一批又一批人。

这辈出的新人，且往往都是长江后浪推前浪，前浪总是无声无息地在大海中消失。

可遗憾的是，人们睁着眼睛却看不到这一点。很多时候，总是相反地把自己看得太重，好像没了自己，地球就要停止转动似的。有人还惺惺作态：如果我没了，这个单位怎么办？如果我没了，这帮小兄弟怎么过？如果我没了，我这一家子怎么活……简直就是庸人自扰。

其实，无论你处于什么位子，无论你有多么重要，你的离开，一点儿都无关紧要。

单位照样还是井然有序地运行；

家庭照样还是生生不息，不断地继续。

你瞧！当年那些所谓很牛的人，那些所谓很强大的圈子，曾经的呼风唤雨，曾经的不可一世，一旦倒台，所谓的"老朋友"不见了踪影，昔日的小伙伴们也树倒猢狲散，而落井下石者们倒是纷至沓来。

这不正是对那些自以为自己位置重要者的一个有力讽刺吗？

所以，我们别总是以为自己多重要，一旦离开了自己所处的平台，其实我们什么都不是。

人生最大的不幸，就是不认识自己。别人崇拜的只是自己心中的需要，而不是你。当财富、权力、美艳过了保质期，你就会被毫不犹豫地抛弃。

错误的衍生

人的一生，孰能无过？过而能改，善莫大焉。

人生中的错误，既有主观因素，也有客观原因。况且错误有大小之别，轻重之分，这些都是人之常理。然而，人们往往最容易忽视或最不易引起重视的恰恰是错误的衍生。

一个人如果将一个错误衍生出另外一个错误，那一定是个蠢人；一个人如果将一个错误一而再，再而三，不断地衍生错误，那一定是蠢人中的蠢人；相反，一个人如果将一个错误衍生出一个美好的结果，那一定是个智者；一个人如果将一个错误连续不断、接二连三地衍生出人生的美艳，那一定是智者中的智者。

很多时候，人们往往会被生活中的一些"意外"击得措手不及，慌了阵脚，乱了方寸，结果让错误迷惑了心志，左右了心骨，很容易让一个错误衍生出另一个错误。比如：

升职无望。抱怨这个，抱怨那个，就是不抱怨自己，甚至跑到酒吧借酒消愁。

和恋人分手。失魂落魄，浑浑噩噩，仿佛觉得世界末日来临，破罐子破摔，堕落无羁。

事业受挫。不分析原因，不调整思路，不采取积极措施，而是怨怼客观，死抱自我，继续不断地盲信蛮动，等等。

其实，只要冷静仔细地分析，就不难发现升职无望、恋人分手和事业受挫等的结果，都无法摆脱自身的因素，都有其自身这样或那样，或大或小的错误存在。如果你能及时地发现自身的错误，并及时地更正自己，就不会有上述的结果发生；同理，即使上述的结果产生后，如果能从错误中总结教训，找出自身的因素，冷静认真地分析各种原因，并行之有效地采取措施，那么，就完全有望挽回败局，衍生出一个多彩的结局。然而遗憾的是，人们往往喜欢或习惯采取相反的态度，即上述出现的情景。那么，衍生出另一个错误是必然的，也是不可避免的。

生活中一不小心，导致错误的产生，这是屡见不鲜的。坐公交车一不留神，过了站点，不熟悉路线，坐反了方向，专注于甲，忘却了乙……诸如此类微不足道的小错误同样也会演绎出不同的结果。

我在重庆旅游时，在一辆公交车上，看见两个操东北口音的女孩，在争论着一件什么事，她们对着一张城市地图不时地比比画画。原来她们想去重庆的北碚看看渣滓洞白公馆的旧址。因不熟悉路线，结果南辕北辙坐了个反向的车。我当时心想这两个女孩一定会懊恼。谁知其中一个安慰另一个说：我们不妨将错就错，正好趁机观赏一下重庆这个山城的风光。看着两个女孩对城市的美丽风光指指点点，并不时地发出爽朗的笑声。此时，作为一个旁观者的我，内心不知不觉中漾起了一种浅浅的喜悦。

改革开放的初期，我家乡的第一代农民企业家中就曾经发生过一个传奇性的真实故事。一位中年男子，因斗大的字不识一箩筐，本想去南方的广州、深圳闯一闯，结果却去了东北。既然到了东北，他没有后悔，没有抱怨，也就安心地在那儿住下来。后来他奇迹般地接到了一笔大单的鱼粉业务。后来的后来，又因他不掺假，诚实守信，别家的鱼粉企业纷纷倒闭，他的企业却蒸蒸日上，这位农民企业家也顺理成章地成了亿万富翁。

就这样一个偶然的错误，却衍生出一个如此美好的结果，这期间，除了一定的偶然性外，与他平静的心态存在着很大的因果关系。

倘若他也和一般人一样，对自己的错误懊悔不已，抱怨种种，以致赌气返回或直接折返南方，那无疑与这个"奇迹"无缘，只能是擦肩而过。至于他以后的一而再，再而三地衍生出更为美好的结果，这虽然源于原先的错误，但还应当属于他生产经营上的智慧。

错误的衍生除了生活、人生外，还可以推演到更大更广的层面，譬如用人。

任用了有德无才之人，事业难以发展；任用了有才无德之人，事业会蒙受损失。倘若将一个人错放了位置，那么这个人就难以施展才华。若发现错用了人，任其继续，必将衍生出更大的错误，给事业带来更大的损失。

总之，不管是体制内或体制外，也不管是政府机关，还是企业，大凡需要用人的地方，何尝不是如此。

说到用人的错误，使人想起三国中的"诸葛亮挥泪斩马谡"这一沉痛的教训。诸葛亮一直以来在国人的心目中是智慧的化身。他的一生也确确实实有过惊天动地、轰轰烈烈的智慧集合，为蜀汉的建立立下了不巧的功勋。可是他在任用马谡的问题上却犯下了一个不大不小的错误，导致了街亭的失守。面对这唯一的一次用人失误，诸葛亮并未宽宥自己，为了让人信服，他主动要求免去自己丞相的职务，并将主要责任人马谡判以斩首，从而使这一错误衍生出一个严肃军纪，稳定军心的良好结果，成为历史的佳话。

其实，错误并没有人们想象的那么可怕，问题是如何使生活或工作中的错误，不仅不再衍生出另一个错误，还要让其演绎成一种美好的结局，这才是至关重要的，也是千万不可忽视的。

关于谗言

所谓谗言，即毁谤人的一种语言。现实生活中，这种毁谤人、诬陷人的语言，挑拨离间的话时有产生，常有所闻。既然是谗言，必是不实之词，也就是一种假的语言。

这等言辞的起源，必有一个制造者，然后慢慢地得以传播。制造者自然是有其目的，往往极尽其所能，甚至会不择手段。而传播者有时因人数众多，情况复杂，难免鱼龙混杂。或有其需求而传之，或帮其好友而传之，或好奇兴奋而传之，抑或毫无头脑、盲目而传之……

根据"250定律"，一般情况下，一个人的身后，大体会有250名亲朋好友包括熟人。假如这250名亲朋好友也属"好事者"继续不断地传播，那就要成倍成倍地增长。久而久之，就自然地形成一种公共舆论，且成了"既成的事实"。那么，被毁谤者，哪怕有千张口也难辩，无论怎样左冲右突，都逃不脱葬身于舆论的汪洋大海之中的厄运，最终被牢牢地钉在耻辱的十字架上，谗言如饿狼似的一口一口地撕咬，直至吞噬。

我的一位远房亲戚的女儿，因不堪承受丈夫的家庭暴力而离了婚，回到了自己的娘家。如此人生中的波折，命运中的一点坎坷本无大碍，一家人过着平静的日子，与乡里乡亲也相安无事。

过了半年，因此女子长相不错，也时有说媒者登门造访，可她似乎心有余悸，每每总是婉言谢绝。然而，再过数月，有种可怕的声音在悄悄地向她逼近。"这是一个偷汉的坏女人，她一直在等待坐牢的情人。"这一谣言在不停地发酵，此起彼伏，活灵活现，终于成了邻里人尽皆知的"不争事实"。而这位年轻貌美却命运多舛的女人，最后实在难以承受人们的指指点点，以结束28岁年轻生命这样沉痛的代价，谢幕人生。

这无疑是个悲剧。可我们细细地想想，她，只不过是如此悲剧中的一个小小的缩影而已。偌大的中国类似于此等被吞噬的鲜活生命，难以胜数。

这些年，随着讲文明、讲真话的展开，谗言现象明显得到了抑制。然而，网络时代的降临，在给人们生活带来了极大的便捷的同时，也给了"网络暴力"一个绝佳的机会。前些时候，当一些人意识到在网络上随意攻击毁谤别人，不需要付出任何代价时（现在要追责、入刑），所谓的"键盘侠"就呼之欲出。他们将自己人生的不如意而产生的情绪恣肆汪洋地加以宣泄、释放，以求满足自身的私欲。

不久前，四川德阳的一位女医生就曾因不堪重负网络舆论的压力，选择了服药自杀，撒手人寰，令人唏嘘震惊。

这些血的教训，深刻地告诉人们，如何冷静、清醒、理智地对待毁谤他人的谗言，如何正确看待一个人的不足，如何精准地判断一件事情的是非曲直，既是体现一个人的品质，又是关联着一个人的素养。尤其是掌握一定权力的为官者更是如此，因它还将展现一位政治家的最基本的政治素质。

于是，人们在正确处理好谗言对待他人攻击的同时，还有一个如何正确对待谗言于自身袭击的处世之道。其中最为重要的一点就是看一个人有没有坚毅的意志，内心世界有没有一种强大的抗力与耐性。上述例子中的主人动辄以结束自己的生命以表示向谗言的抗争，实在是不可取的愚拙之举。这虽然是性情刚烈者的少数，但如此的代价实在是太大了。大凡多数者被谗言攻击后，往往会在烦恼痛苦中苦苦挣扎，担忧深沉，吃不下饭，睡不好觉，严重影响着自己的身体和工作。

其实，大可不必如此。下面一段君臣之间的对话，或许可让我们豁然开朗、茅塞顿开。

唐太宗问许敬宗，我看在满朝的文武百官中，你应是最贤能的一个，可是还是有人经常不断地在我的面前谈论你的过失和不足，这是为什么？

许敬宗回答道：春雨贵如油，农夫因为它能滋润庄稼而喜爱它，行路之人因春雨使道路泥泞难行而嫌恶它；秋天的月亮像一轮明镜，辉映四方，才子佳人欣喜地对月欣赏吟诗作赋，盗贼却怕照出他的丑恶行径而讨厌它。无所不能的上苍且都不能令每个人满意，何况我一个凡夫俗子呢？我没有用肥羊美酒去调和众口是非，况且，是非之言本不可听信，听到之后，更应三思而后行。

君王若盲目地听信臣子的，可能有人要遭受杀戮；父亲盲目听信儿子的，可能要迷途歧入；夫妻听到谗言，可能会离弃；朋友听信谗言，可能会断交；亲人听信谗言，可能会疏远；乡邻听信谗言，可能会生分。

这就是舌头上的龙泉剑，杀人不见血。哪个人在人前没说过别人？哪个人在背后不被别人评说？

唐太宗说：说得好！

唐太宗这掷地有声的三字总结，回音震荡。它不仅使许敬宗从礼部老大的宝座飙升到宰相的位置，更是余音缭绕着中华上空数千年，使这一深藏含义的君臣对话成为历史趣闻而闪烁光芒，使许敬宗有理有据、深入浅出的剖析谗言成为后人处置谗言的典范。

是啊，一个人想要取悦于每个人断然是不可能的，这是人人都明白清楚的常识，但要做到凡事依正道而行，无愧于心，别人说长道短，无须理会，却并非易事，它需要修养和耐心、信念和意志的支撑。

倘若我们能真正悟到了一点且能够不懈地坚守，不仅省却了自身的烦恼，更使谗言不攻而破，自然退却。

许敬宗的故事，虽然过去了数千年，时过境迁，国情与人心都不可同日而语，但他智慧的精髓，却令我们后人永不忘却，是我们在现实生活中为人处世时的借鉴和学习，价值永存。

总之，面对谗言，我们既要明辨是非曲直，又不能盲目轻信。人人拒之，使其无立锥之地；同时，只要自己行得正、走得直，堂堂正正，大可不必去理会他人的评说。当我们想通了，看透了一切，心胸自然就会豁然开朗。

最后，笔者还想借用数千年前，唐太宗在直言敢谏的魏徵死后，流着泪说的一句名言"以铜为镜可以正衣冠，以史为镜可以知兴衰，以人为镜可以明得失"，赠给天下所有的谗言攻击者、传播者和被击者。

世事万千，人生苦短。相处何必相煎，相识何必计较。殊不知，风霜刀剑在伤人的同时，也会殃及自身……

"良言""恶语"相伴相生

假如有人冲着你恶语脏话一句，你也毫不客气地回敬其一言，这叫惹是生非；倘若有人以动听的语言赞美你，你也回以同样的赞美，这叫社会交往。就是如此简单的双方却演绎着波澜壮阔的社会人生。

不言而喻，当物质的需求满足以后，人们必然会去追求精神生活上的享受。于是乎朋友喝茶、聚会聊天成为人们工作之余甚为热衷的消遣方式。此种场合频率最高、活跃非常的就是语言的使用。其间，人们侃侃而谈、欢声笑语，其乐融融，开心满满。这也着实堪称人生之一大幸事。其实人和人相聚一起，除一些专事外，大都是寻求开心快乐或聊补寂寞。因而人们往往最需要听开心的话、听动听的话、听好听的话。倘若能听到含蓄、幽默而富有艺术性的语言，则更会让人喜不自禁，乐不可支。

然而，不幸的是，有好事者由于心直口快而口无遮拦，把相聚时的那种田园牧歌般的恬静和小夜曲似的旋律击得粉碎，将好端端的"喜剧"演成了"悲剧"。

不是吗？人们可以容忍你一次两次的失言，倘若经常都是如此这般，那人家的忍耐也是有底线的，当他们无法再忍了，其结果往往是从前的情感，被一次又一次的伤人语言驱赶消失得无影无踪，极为尴尬地不欢而散，大凡类似此种现象社会上比比皆是。现实生活中曾发生过这样一件事：A君与B君是邻居，从小就混得很熟。他俩在年少时的一次斗殴中，A君的面部被砍了一刀，并留下了一道深深的疤痕，从此就被起绰号为"刀疤"。可A君自组建家庭后发愤自学，还创办了家庭工厂，并渐渐地发展壮大，成为名副其实的小老板。随着手头经济的宽裕，A君的脸部也发生了奇迹般的变化，经"韩医"的局部整容，疤痕消失不见了。令人欣喜的是A君与B君也一直保持着友好关系。在此期间，B君一如既往地喊其为"刀疤"，A君虽心里有些许不快，也没太大的计较。可在一次A君大范围地请客中，B君也照样喊其为"刀疤"。其中有一新客问B君何为如此称呼，B君如数家珍，一五一十地原本告知。此时，A君忍无可忍，当场摔杯掷地，碎片四溅，并怒吼 B 君滚出去。最终在众客的力劝下虽无酿成大祸，但尴尬的宴会却不欢而散，A 君与 B 君也从此绝交。

试想，假如 B 君稍注意场合或尊重一点他人的感受，或别如此地和盘托出，什么该说，什么不该说有所把控，那么，这样的"悲剧"就不会发生了。然而假设代替不了现实。我们在大街上或马路上抑或在其他一些公共场所中经常会见到仅为一两句恶语而发生争吵以致闹得不可开交，甚至还大打出手，从而造成了严重后果。

因而，语言一直以来都被公认为是一门最普遍也是最基本的艺术，而俗语"嘴上有尺，脚下有路"就是对这一艺术做的最好注脚。其意为：说话要有分寸，脚下才有一条宽阔的大道可走。中国还有一句古语说"良言一句三冬暖，恶语伤人六月寒"。这"良言"与"恶语"所产生的"三冬暖"与"六月寒"后果的强烈性，以及对语言力量的高度概括性恰好是现实生活的精准写照。

笔者在帮助人填报高考志愿时曾认识一优秀的考生，他在一所"985"的大学就读时，由于抵挡不住大都市五光十色缤纷世界的诱惑，终于被浮华与邪艳蒙住了眼睛。据其姑母说：为了恋爱，初始时，他仅向同学临借小钱或小额的贷款，从此，一面因无法偿还债务，一面又放不下自己的虚荣，竟然走上了小偷小摸之道，最终因偷盗同学的 2000 元钱被校方开除。他在忏悔中曾跪着向其继父求情要钱偿还债务，其继父虽给了他点钱，但用极其污辱人格的言辞教训他，尤其是那句"你和你的生父是同一路货色"深深地刺痛了他，从此，他弃学出走，不知音讯。有人说他纵情酒色；有人言其吸毒、玩牌、赌博，五毒俱全；也有人声色俱下地描绘他如何盗窃，如何被抓……

总之，这位曾经的大学生的真实处境如何已不复重要了，我们从中获取了一个重要的信息：一个诚恳忏悔的灵魂被一句伤人的恶语击得悲伤不已、欲哭无泪。

无独有偶，曾有这样一个传说：在同一个名不见经传的佛堂里，同一个晚上，同时发生着两件既令人欣喜又让人遗憾的奇闻。一个月色如洗的夜晚，佛堂内突然闯进一位中年弟子，口呼："师父，请您饶恕我，再收我做您的弟子吧。"言辞简短却显得非常诚恳。原来他是城里的一风流浪子，20 年前曾是此庙里的一个小沙弥，深得方丈的宠爱，方丈将自己毕生的所学悉数传授于他，并希望他能成为出色的佛门弟子。可他却在一个夜晚动了凡心，偷偷下山。城中五光十色的缤纷世界蒙住了他的眼睛，从此柳巷花街尽情地放浪形骸。可就在这放荡纵情中偶有一事深使他触动，追悔莫及，当即披衣而起，赶往佛堂。然而面对他的忏悔，方丈却深深厌恶，只是摇头。"不，你罪孽深重，必堕阿鼻地狱，要想佛祖宽恕，除非佛桌开花。"

浪子彻底地失望了，只能悠悠缓缓地离开了佛堂。

第二天的清早，当方丈踏进佛堂时，被眼前的奇迹惊呆了，一夜之间，佛桌上果真开满了各色鲜艳无比的花朵。

这突如其来的景象使方丈大彻大悟，他连忙下山寻找浪子，可再也无法找到心灰意懒的浪子。他已再次堕入红尘。

是夜，方丈也奇迹般地圆寂了，临终遗言：一句冰冷的拒绝，毁掉了一个真心向善的念头。这世上没有什么歧途是不可以回头的……

同样是这个皓月当空的夜晚，在佛堂的另一个禅房内却又发生着迥然不同的另一件事：一个小偷潜入禅房，转了一圈未见有值钱的东西转身返回。正在打坐的禅人恰好看见了这一切，他拿起一件袈裟为小偷披上，并说："孩子，外面风大，小心着凉。"第二天禅房的佛桌上放着一件叠得整整齐齐的袈裟，袈裟上放着一张纸条，上面写着："师父，我再也不做这种事了！"

这个传说至少说明：一句拒绝的恶语，将人推入地狱；一句关爱的良言，改变了一个人的恶行。

诚然，语言的力量是无穷的。尤其是社交如此广泛活跃的当今社会，每个人都需要交流说话，但每个人说话的效果却千差万别。因而有人将语言的力量一言以蔽之曰"一语可以让人笑逐颜开，一语可以让人怒发冲冠"。甚至有人说："一言可以兴邦，一言也能丧国。"

春秋时期的息夫人被姐夫蔡侯调戏后直言不讳地告诉了自己的夫君息侯，息侯大怒从而引发了战争。结果是息国被灭，息侯被擒，息夫人则被强掳为楚国夫人。

战国时期的齐国曾攻占了燕国的十座城池。纵横家苏秦答应燕易王要求收复被占领土的请求，苏秦至齐后，对齐王陈述了并吞燕国土地的危害及归还燕国土地的益处。两者对比利弊泾渭分明，利害关系清晰，一席良言使齐王茅塞顿开。于是，齐王很愉快地归还了侵占的城池，两国恢复了友好邦交。

两例前者是丧国，后者是兴邦；一则愚拙谷底，实有买椟还珠之愚，一则睿智深远，大有洞若观火之彻。

笔者写作此文并非追逐语言艺术的多高境界，而是旨在提醒我们的大众在日常生活中，与人的交流、沟通时说话千万要注意场合，把握分寸。什么话能说，什么话不能说这是说话的基本准则，也是最基本的要求。给谁说，该怎么说，深讲还是浅讲，多讲还是少讲，全面讲还是局部讲，充分展开讲还是点到为止讲……凡此种种，许多人并不太在意，尤其面对家人更是若无其事，信口开河，口无遮拦。殊不知，正是由于家长自身的这种若无其事、口无遮拦，却使最亲的家人内心已经伤痕累累，遍布了裂痕，有裂痕必会疏离。长此以往在不知不觉中，亲人之间的亲情渐渐消失，直至荡然无存。社会上多少"妻离子散"的昂贵代价和血的教训向我们敲响了警钟，在家人或"并不重要"的小角色面前同样要口下留情，千万别再若无其事、口无遮拦了。否则，说不定哪一天"重蹈覆辙"之车正在等待着我们。

因而我们经常不断地听到有人说"心直口快者为人直爽"，"讲真话者品格高尚"，这是背离前提的偷换概念，为自己的不负责任寻找借口。难道你的"口直心快"就不能委婉点吗？你的"真话"就不能换个角度或换个场合说吗？难道你在任何场合就只能随意地出口伤人，却不能有得饶人处且饶人的宽容吗？难道你在任何时候就只能图自己的痛快，却无视他人的感受，置自身的健全人格而不顾吗？

我们也经常听有人说自己是"刀子嘴豆腐心"，这也是一种低劣的辩解，既有一颗豆腐心，何必又长一张刀子嘴呢？

"心直口快"大凡有此几种状态：

他们确实不是故意让人不高兴，可就是不懂得怎样去好好表达，不知不觉中从他们嘴里出来的话就变味了；

他们心里想什么嘴上就说什么，从来不知道忍着点、悠着点、憋着点；

他们明知对方因自己的话可能会不高兴，却仍然是我行我素，照说不误；

他们像有意专挑别人的痛处似的，什么不好听的、难听的，就拣什么说。

诸如此类，究其原因，固然有多种因素，但最为本质的还是"修养"问题。因一个人的语言代表着你的学识、涵养、智慧及为人的态度。精彩语言的背后一定会有广博的学识做支撑，暖心语言的背后必然会有一颗善良宽容之心在跳动。

因此，除了不断地学习，提升自身的学识，修炼自己的涵养外，更为重要的还是你能否把别人放在自己的位置上去思考，这种换位思考的美德会滋生一颗同情心或叫将心比心，"恶语"也会变成"良言"。因为没有人会和自己过不去，更因社会与时代、文明与意识使其必然。因真正会说话的人，应该是在波澜不惊的语言下，在含蓄委婉中闪烁着力量和底线。我想：恶语与良言纵然各有其果，但两者毕竟相伴相生可以互为内化，这也可算是事物的辩证之规律吧。

"物物"与"不物于物"

如今网络上关于"如何如何的对待生活，又如何如何地善待自己，如何如何的知足常乐"之声不绝于耳，驱使着笔者重提数千年前庄子的"物物而不物于物"这一古老而又令人兴味索然的生活话题。之所以言其"兴味索然"，是因为对此哲理，先哲们早已有过深刻的见解，非我等小辈所能企及。但这又并非为了自找没趣，更无心于说教，而是只想借此来审视一下现代人生活观念及物我关系的流变，以求不失本真。

"物物而不物于物"这是《庄子·外篇·山木第二十》里的一句哲理名言，整个句子是："物物而不物于物，则胡可得而累邪！"这里的"物物"，前一个"物"是动词，意为驾驭或把控、利用；后一个"物"即物的本意名词。"不物于物"即不被事物所左右、所役使。这个假设性句式的前半句是人们对待"物"的行为准则；后半句是在前半句实现了这种准则后的结果。整个句子的大意：驾驭外物，很好地使用外物，而不被外物所役使，这样怎会受到牵累呢！表面上看就这样简单的一句话，却道出了庄子逻辑非常严谨的人生哲理。尤其是在庄周生活的物质还是如此匮乏的那个年代，他能阐述出如此旷世达人的睿语智言，实有一种惊世骇俗之感。若对照现实，让人感慨，令人汗颜。

"物"本来就是让人享受，使用的，所以庄子肯定了物的存在和使用价值，这说明君子使"物"是合理的，若能正确有效地使"物"，更是积极向上的价值观的体现。庄子在强调"物物"的重要性的同时，继而又巧妙地提出了"不物于物"的境界，并以此来达到自己孜孜不倦的"逍遥"追求。我们只要将"物物"与"不物于物"放在整个语境里，就不难发现庄子所强调的是既要"物物"又要"不物于物"的辩证关系。我们若能正确地"物物"，做到得心应手地驾驭物、使用物，就会让人轻松自如，泰然自若；反之，人们倘若无法正确地驾驭物、掌控物，其结果必然反其道而行之，"不物于物"却转化"物于物"，被物所累、所困、所役、所奴。如是物也从人们的正常享受、使用时演绎成一种负担和累赘。久而久之，人的心态被渐渐扭曲，人的机体被不断地浸润，最终人性就起了质变。在这人性的渐变中，"物于物"不能不说始于中，患于源。现实社会中任何的骄奢淫逸，贪赃枉法，权钱交易，诈骗坑人，贩毒抢劫……一桩桩，一件件无一不是源于物欲，这一切被奢靡之风掀翻的悲剧频频上演，严峻地告诉人们：物可以噬主，钱会咬人，稍有不慎，就会让人跌入万丈深渊。要想做到"不物于物"，就要务必做物的主人，万万不可被物俘虏，以致做物的奴隶。

诚然，不以物喜，超然物外，摆脱对物的过度依赖，追求心灵的自由，说之容易，行之烦难。一种淡泊的心境需潜心的修养与艰苦的历练才能成金。诸葛亮在《诫子书》中说："非淡泊无以明志，非宁静无以致远。"并立言"若臣死之日，不使内有余帛，外有赢财。"诸葛亮最终以自己一生的"鞠躬尽瘁、死而后已"成全了"不物而物"的光辉典范。古人类似这种"君子使物，不为物使"的物我关系可以汇成一条深远的历史长河：孟子的"贤者能勿丧"的本心；陶渊明的"既自以心为形役，奚惆怅而独悲"的感慨；范仲淹的"不以物喜，不以己悲"的境界；司马光的"君子寡欲则不役于物"的自我约束；苏辙的"不以物伤性"的达观……大凡种种追求高远的人生，先哲们无疑都已付出过痛苦的磨砺，并在不断地修身养性和性情的坚忍中逐步成就了向世人的"昭告"。

倘若有人质询古贤人离我们太遥远了，古今根本不可同日而语。那好，我们不妨来看看现代老一辈革命家们是如何处理"物我关系"的。他们始终不忘初心，一生清贫，在尽享中华人民共和国的殊誉中，何曾不是"不物于物"？当他们离别自己一手缔造的心爱的祖国时，他们将自己一生中少得可怜的全部积蓄毫无保留地交给了自己所敬仰的党。他们如此"超然物外"的淡泊心境难道还不能垂凝为轨物范世，成为我们榜样的典范吗？

那么，当今年青的一代究竟该何以"物物"，这确实是个沉重的话题。40多年的改革开放，我们的祖国发生了翻天覆地的变化，取得了令世人瞩目的成就。随着经济的繁荣，人们手中的金钱不断地增多，这本应让国人感恩图报，然而一些人尤其是年青的一代在自我的践行中，对于崇尚物质、追求物质、享受物质的欲望越来越高，兴趣也越来越浓。于是乎渐渐地形成了一种"物欲"

的暗流，并不断地浸润着人们的肌体。

为使"物欲"的暗流，不再继续发展，阻断其自由泛滥。除了社会正能量的积极遏止、舆论导向的正确矫正、教育机构的不断引导外，更主要的还是如何让人自觉在观念上的改变，让人们从民族的传统中找正方向，回归本真，从一代又一代勤劳、俭朴、艰苦的民族特质中自我观照，自我律约，去伪存真；从先贤的"安于平淡，知足常乐"中洗涤自我，净化灵魂……

只有当人们远离了物欲，真正看淡了名利、金钱、权力之后，才能真实准确地做到"不物于物"。

倘若，我们仍不能醒悟，继续身陷迷惑的困境之中，无法找回本来的"我"、应该的"我"、本真的"我"，那么，远离我们几千年的庄子他老人家，若地下有知，必将怒不可遏地斥责我辈：吾数千年前告诫汝等，物物而不物于物，岂知尔等如此厚颜无耻，何配为炎黄子孙耶？

●心灵栖居篇

　　在人生的旅途中，只有自己的心在不停地指引着人们前行。而一个人的心态恰恰是自己命运的真正主人。假如我们想要自己有良好的心态，就要不断地调整、改变、修为自己，坦然、诗意栖居地去生活，只有心灵得到安宁，身心才会愉悦；假如不能控制自己的心态，人生必将摇摆不定，终究会与失败为伍，与成功无缘。

尊严如山

　　有人说：做人如山，方可挺立尊严；做人似水，方能懂得进退。此话颇有道理。

　　其实，每一个生命，都有权利拥有自己的尊严。甚至还可以说没有尊严的人，是一种不完整的人格。要想获得尊严，唯有从自尊开始，让自尊成为我们人生的精神支柱。也唯有自尊才能拥有真正意义上的自爱、自信与自强。

　　维护自己的尊严，从某种特定意义上说就是维护我们做人的价值。

　　19世纪俄国批判现实主义的伟大作家屠格涅夫说过："人假使没有尊严，那就会一无所值。"它之所以具有如此大的影响力，因它力挺了自尊，使世界上千千万万的大众都能坦然地与他人平等交往，从而赢得他人的尊重。

　　然而，人性的堕落，往往从无视公理开始，社会的尊严常常因权力的滥用而萎缩。

　　前年的金秋，我和一朋友携带家眷，一行四人自由游到了北京。一来看望在京工作的女儿，二来北京也多年未见了。当我们游了四天首都的名胜古迹后，决定去直辖市天津看看。我们与天津设在北京的某旅游公司签了一日游的简易合同。合同明确规定了相关的条款。可面包车行至中途，停在一个僻静处，领队用话筒像背书似的简单介绍后，骤然提出要每人增收200元的所谓交通费。瞬间车内哗然，你一言我一语的争执之音不绝于耳，甚至有人还大吼着要到旅游局评理去。车内乱作一团。接着，导游、司机配合领队，协同威胁：不交钱者，立刻下车，甚至还恶语相向。经过一个多小时的骚动后，渐渐地平静下来，继而有人开始掏钱，一个、两个、三个……突然间，一人愤愤打开车门径自走了，我看着他渐渐远去的背影，心中隐隐地涌起敬佩之意，此人始终保持沉默，却以实际行动维护了自己的尊严。

　　眼前的转机，似乎在其意料之中，于是他们安然地一排接一排地点着一张张百元面额的人民币，当他们收到我们面前时，一种"无动于衷，只是沉默"

的举措仿佛触及了他们的神经，其中一人大吼着：拿钱！我们还是不屑一顾，那人就用手，拍打着座椅的靠背叫嚷着："滚出车去！"此时，我们将合同甩给他，让他看清其中的一条"包括全部的交通费"。对方见我们如此强硬才不得不悻悻作罢。此刻，我清楚地感受到车上的人们，为我们赢得了尊严投以敬佩的目光。

事情的最后，我们在天津时，还是让他们找碴儿报复了。

这件事情，使我深刻感受到维护自己的尊严是多么艰难。说到赢得尊严的不易，更使人想起了1995年，曾轰动全国的珠海瑞进电子公司，跪倒了一大片打工仔和打工妹的震撼事件。

这一强令下跪事件的起因，就是工人因10分钟的破例休息太高兴而忘了休息时一律列成四队离开车间的规定，殊不知，这是韩国老板金珍仙亲自定的铁规。

当时，很多工人不愿下跪，金珍仙拉起一位女工，推倒她的凳子，强令她跪下，并宣称谁不下跪，要让车间的全体工人跪一天！

唯一拒绝下跪的是一位22岁的叫孙天帅的小伙子。

金一遍又一遍地命令他跪下，金的亲信、帮凶们也都一再地强劝其下跪，可孙天帅始终站着。

最后金珍仙恼羞成怒，大吼：不跪就滚。此时，孙天帅甩开凳子，毅然地大步向外走去，一直走到市劳动监察大队。在小孙师傅的影响下，跟随他愤然辞职的有十多人。如此霸道且漠视中国人民的韩国老板理应且已然受到舆论的强烈谴责和法规的处罚。

可想而知，在那个时代，一份工作是多么难得、多么珍贵，它牵连着背后多少个家庭的生计。正像当时一位受过职业中专教育的女工说："当时看到姐妹们跪在那里我十分痛心，真想站起来撕掉厂牌一走了之，但一想到饭碗……"

这就是残酷的现实。在人们最需要尊严的时候，尊严却往往沉重得难以用身体和心灵扛起支撑。生存的信念，衣食维生的欲念却不得不占据领地。这些兄弟姐妹流着泪跪倒一大片，此刻，我们还能找到任何指责他们丢失尊严的言辞吗？孙天帅捂着带血的伤痛，捡回的又何止属于他个人的尊严？

　　毋庸置疑，孙天帅是个顶天立地的坚强汉子。他视尊严如山，他所选择的是哪怕丢掉饭碗也要坚守做人的尊严。

　　或许以后孙天帅可能为寻找饭碗，一路走得凄苦坎坷，甚至是栉风沐雨，但他却依然挺起脊梁走得豪迈，走得精彩。

寻找完美

我们在日常生活中，经常会有这样的事情发生：一不小心摔破了自己心爱的物品，第一时间、第一个动作就是寻找碎片并不断地拼合，试图找回它的"原来"。

这一潜意识的自然之举恰好反映了我们人生追求完美的心理状态。殊不知，这种刻意地寻找碎片，追求完美，不仅劳而无功，甚至还会适得其反。

如此说来，不该寻找的碎片，就该任其自然，不必刻意去追寻，更不应做艰难的勉强拼凑。

很多时候，这样寻找碎片的过程与我们人生刻意追求完美之理想很是相似，甚至可以说如出一辙。

巴西选美期间，获奖小姐朱莉安娜坦言选美的历程，向世人揭示了美与丑之间的残酷而痛苦的较量。为了达到美艳逼人的效果，这个姑娘共接受了大大小小二十余次的整容手术，其间包括隆胸、整颊骨、修下巴、吸脂肪……只要稍有不满意，尽管修而整之，极尽了现代技术之能事。

可是，如此娇柔的姑娘，倘若平时手指碰上一根小刺儿，都要疼得哇哇大叫，更何况浑身的零件几乎都做了重新组装。为了追求美艳，追求完美，满足虚有的花环，她，竟然承受着极度的痛苦，奇迹般地一一加以克服。可谁能预知，那么多次的手术，说不定有某项手术的隐患，正在悄悄地向她逼近？不久前，沈阳一位年轻的妇女为了追求美感，做隆胸手术后猝死在医院，不就是一个沉痛的见证吗？

此等追求完美大有如一禅语所云"若无蛇蝎肝胆，岂见菩萨面孔"。人们在喟叹、扼腕之余，还真有点汗颜！

由此可见，刻意地追求完美是要付出巨大而沉重的代价的。

其实，世间几乎没有什么可以称得起绝对的完美。

因而，大智之人，往往另辟蹊径，从求美求圆的反面入手，倡导一种求缺的理念。

清代谙熟政治的曾国藩，在政坛上主张勤俭廉务，修身律己，以忠谋政而深得朝廷的重用，成为中国近代建设的开拓者。而使人真正崇敬曾国藩的并非他位高权重，而是他深知"盛极必衰，物极必反"之事物发展规律，心中始终装着"月满则亏，水满则溢"的人生常态，在"求缺"理念的道路上一路扬帆，成为不朽的标杆和旗帜。

曾国藩在三十多岁时，便从《易经》中悟出宇宙无圆满无缺的道理，并从宇宙推演到人生的同理性，而向往、崇尚"花未全开，月未全满"的生命境界。"花未全开，月未全满"意味着生命还处于上升状态，一旦全开、全圆，则说明生命进展到顶点，接下来的逆势而下，"凋谢"与"亏缺"必将来临。对此，曾国藩具有惊人的清醒认识。

在曾国藩启程赴任直隶总督之时，途中观者如潮，家家点燃香烛，鸣响爆竹拜送。满城文武士友皆送至下关，这在旁人眼中实属风光无比，可对于曾国藩来说，则是诚惶诚恐。因送者之众，人情之厚，舟楫仪从之盛，恰如花好盛开，过于灿烂，而凋谢之期恐即相随而至，故不胜懦栗。

曾氏的这种"求缺"理念，对于我们现实中的追求完美之族具有深刻而广泛的意义。它至少有：

具有积极的警示作用。它可以提示人们不可盲目地追寻生活中的碎片，追求所谓的完美。即使当自身有所完善之时，切不可得意忘形，须时刻保持清醒，不得自我膨胀。

同时，具有一定的告诫作用。它可以劝导人们在现实的纷繁冗杂中，大可不必以他人的成功和完善来惩罚自己（由于人性的脆弱，常有来自别人的完善而对自己生活的伤害），只要自己守护好一片宁静致远的领地，以便足下生根，使自己走得更稳，别管他人的"高大"与"巍峨"。只要自己能安居乐业，依然可以安放赋闲，别管他人豪宅庭院，金碧辉煌。

所以人生既要有爱美之心，又要防止过分地求美。

"求缺"的意义，更妙的还是在于自身的深刻内涵。正是由于这种"缺"的不完整存在，它的行进速度缓慢，从而，可以领略沿途美好的风光，充分沐浴阳光的温暖，尽情地感受大自然的灵气。其实，这本身就是一种美的享受、美的完善。

由此可见，人们执意坚持寻找失落的碎片，刻意地追求完美，其适得其反的结果有：其一，通过千方百计，着实找回自己的碎片，那也未必是一个完整无缺的圆；其二，即使实现了自己的心愿，权当作为一个完整无缺的圆，又能怎样？还不是因它的行进速度太快，错过了花开时节，忽略了自然的存在而得不偿失吗？何况，当圆的自身明白了这一点，它还是毅然决然地舍弃历尽千辛万苦才找回的碎片。

更有人们在寻找永恒规律的途中也曾惊喜地发现，物质世界的对称性和追求完美的稳定性并非永恒不变，或许它的破缺才更有魅力。

也许正是失去，才让我们完整。也许正是有缺，才有圆的存在。世间任何事物甚至包括人生，就是如此相互依存、相互关联。

爱的永恒和轻佻

佚名在《时文经典》上发表了一篇《把生命送进狮口》的叙事性散文，作者采用平实朴素的语言，娓娓讲述了当年我国援建非洲一个国家的筑路队成员刘火根夫妇在热带草原上险遇狮子，最终妻子用自己的生命保全了丈夫的动人故事（佚名根据当事人陈火根口述），感人至深。

故事的大概内容是：

援建非洲的筑路队成员刘火根夫妇，一天驾着一辆满载供养的卡车奔驰在一望无际的热带草原上。突然，一头凶猛的狮子闪现而出，卡车加大马力狂奔，狮子却紧追不舍。就在这十分危险时刻，车子却陷进了土坑熄了火，可狮子趴在车旁，虎视眈眈。夫妇使尽了办法，狮子却无动于衷。无奈夫妇二人只好在车子里度过难熬漫长的不眠之夜。可狮子似乎更有耐心，它不动声色地守候车旁。

太阳的燃烧已经让妻子开始脱水，这是个危险的信号，二人都意识到不能坐以待毙。怎么办？下车搏斗充其量只是狮子的猎物而已，但持续下去不是被草原的高温炙烤脱水而死，就是体力消耗而尽。在这没有硝烟的博弈中，狮子占据了绝对的优势……分析权衡后，别无选择。在这一筹莫展之际，突然间，妻子猛地扳开丈夫的手，推开他，打开车门，纵身一跃，奋力向前方跑去。

狮子一跃而起，朝着前方疾追。

远方先是传来声嘶力竭的喊声："快把车子开走，快开车！"接着隐隐约约、断断续续地听到一种悲凉、断肠、绝望的撕裂声，这声音被定格在茫茫的草原上，响彻很远很久……

妻子用生命留给丈夫的爱，一直深深地刻烙在他的心里。

回国后，刘火根把妻子的骨灰绑在身上隐居深山护林，他说寂静的地方能让妻子睡得踏实，也能让自己更清楚地听到妻子灵魂的声音。所以27年来妻子的骨灰从未离开过自己的身体，以后也不会，哪怕是死了，也要和妻子相陪、相伴，不离不分。

这个真实故事的本身，残忍得有点让人撕心裂肺。而更感人至深，使人无法忘却的是故事所渗透出的永恒不变的爱，此种情爱是非一般人所能体验和尝试的，因为它的刻骨铭心是用生命的血与肉铸就而成，是以精神与灵魂的涤荡洗礼而就。

所以我们可以毫不夸张地说，它可以冲破任何时空和年限的阻碍，坚挺地展示在世人的面前，启迪教育着后人。

我想，凶残固然可夺走人的生命，但它却夺不走永恒不变的爱。

妻子在生与死的攸关时刻，毫不犹豫地以自己的生命来保全丈夫的平安；丈夫为了与亡妻永不分离，将亡妻的骨灰绑在身上27年隐居深山且声称至死不变。他们用最真实的行动对"永恒"做了最完美的诠释。也正是这对夫妇以爱的永恒铸就了这个故事的永恒主题，使永恒的主题不断延伸：让后人怀念永恒、敬畏永恒、力行永恒……

它不是小说却胜似小说，使我想起发生在去年8月的一件既巧合又富有一定典型意义的往事：我从东门的住宅到锦中路的老屋需要半小时的路程。因习惯于步行，那天从东门出发途经市府门前，不远处见一对三十不到的年轻男女走在我的前头，开始他们有说有笑，还略带点打情骂俏的味儿，给人的感觉是一对和和美美的情侣，有点让人羡慕。不一会儿，他们不知为何却争执了起来，始初碍于光天化日还有点平和式的，可渐渐地越闹越凶，以致不可开交。女的甚至还大吼着要离婚，只听见男的也嚷嚷："离就离，有什么了不起的。"我与他们同向直走到城中路的十字路口，穿过马路，这不绝于耳的叫嚷声突然间沉默了，我仔细地趋前瞻望，才意识到这对"有趣的伉俪"的身影已消失在人流中了。

说来也正巧，我在老屋处理了事情后，已十点多了，折返东门，本想在菜市场带点小菜回去，可正当我走到菜市场的旁边，这对年轻人刚好从对面民政局的门口出来，各人手里提着一本红色的本子。我心里一愣，难道……

我本不该属好事者，可这事实在是太蹊跷了，迟疑了片刻，双脚还是迈进了民政局的大厅，询问了办事的学生。我真的不知用什么词来形容当时的心情，只是轻轻地自语：怎么会是这样，真的就这样分道扬镳了？

学生见我有点木讷，告诉我说现在这种闪电式的结婚、闪电式的离婚还确实为数不少，突然间，我仿佛明白了什么，我从这对曾经的小两口身上隐约似乎发现了什么，可我却无以言说，只能是默默地……

人生不一样的活法

在同样的人生中，由于思维的不同、观念的不同、行为的不同，才演绎出千姿百态的人生。同是人生，用心时，才是生活；不用心时，就仅是"活生"。积极时，人生或许就会充满阳光、灿烂明媚；消极时，就可能会云遮月蔽，暗淡无光。其实对于人生，我们都是红尘驿站的客居者，匆匆而来，匆匆离去。在这"匆匆"的两点之间，却呈现出人生的五彩缤纷。倘若我们拨开这缤纷世界的表象迷雾，深入生活的本真中去，就不难发现人生中这千姿百态的各种活法，它或许能给人们的生活提个醒，从中找到些许启示，引发一点感想，得出一些教训。若能如愿以偿，哪怕是极其微薄，也不免甚幸。

于是，总结各种活法似乎有其一定的现实意义。

有一种活法是一味地追求物质享受，他们视物质为人生第一要素。他们片面理解了人生短暂的意义，有种"时不我待"的感觉，往往是"今朝有酒今朝醉"，甚至是今朝无酒也要"借酒"醉，倡导一种所谓的"吃光、用光、身体健康"的庸人理念，他们讲究吃好、穿好、用好，大把大把地花钱。他们中的"新潮"人士像发了疯似的去追求享受，甚至还品味起奢华，当他们享尽自己的全部家当，哪怕是借债，透支"拆东墙补西墙"还是照常享受不误。为了维系自己的享受理念，他们拼命地敛财，以致不择手段。如此活法，穷形尽相是必然的结果。

有一种活法，他们除了讲究物质上的享受外，更是追求精神上的刺激。此类活法者，往往手头都有了一定的原始积累，当然也不乏"空手套白狼"者。他们的生活方式常态化的是夜以做昼，该睡的不睡，通宵达旦，追寻精神上的刺激；相反不该睡的白天却浑浑噩噩、昏昏大睡。将本该属于生活中的调节、消遣却当作生活的目标，打牌、赌博、唱歌、跳舞、寻欢作乐……大凡精神上具有一定刺激的，他们无所不晓、无所不能。

更为可悲或令人啼笑皆非的是当他们完全沉沦于迷乱惆惑之中时，却振振有词，言之凿凿地鼓噪什么"颠覆"了传统观念，"颠覆"了陈旧意识，"颠覆"了落后的生活方式……好一个"颠覆"，他们"颠覆"的恰恰是人们的正常生活和秩序，人的道德伦理和应有的精神风貌，他们"颠覆"的恰恰是他们的"自我"。这种年深日久而习以为常的日子，最终将使他们完全磨灭了自己所剩的一点可怜的良知和天性，以致陷入精神上完全的麻木。

有一种活法，生活与精神上都是平平淡淡、普普通通。他们没有职场，没有经济上的独立支撑。他们往往从主观上将自己游离于社会之外，作为社会的看客。终日无所事事，与手机做伴，与游戏为伍，还略带点游手好闲，过着"饭来张口，衣来伸手"的公子哥儿的安逸生活。这类活法者大多是在经济比较发达地区的年青族群。这个群体中甚至还有年轻的大学生，他们学习期间没有造就成才，学业不精，一旦走向社会，形成愿景与现实的心理落差，大失所望。大事做不了，小事不肯做，往往只能"宁缺毋滥"，即使闲置在家也不愿到企业做一线生产工人。这是一个过渡性的群体，他们中的大部分都必将分化。但他们现时将是一个危险信号期，稍有不慎，就将会滑向上述群体之中。

上述几种活法并非逻辑意义上的划分，但它们确实存在于人们的生活之中，且人数也实属不少。这并非耸人听闻，笔者只是企盼能引起社会的高度重视，仅此而已。好在我们中华民族具有几千年的文明史，民族的精神风貌和优良传统延绵不绝，炎黄子孙追逐于精神品性、道德风范始终不曾改变，因而在不一样的活法中，更多更主流的还是规规矩矩的生活方式，不断演绎推进人们对物质极为简单随便的需求，视物质享受为人生的区区小事。他们对自己从不慷慨，更不奢侈，简简单单，普普通通，勤俭朴素。他们将自身最大的精力倾注到自己的事业和家庭上，所以享受包括物质和精神上的几乎成不了诱惑。他们中的大多数富裕了，活法依旧，有人成为巨富之后也仍然过着俭朴的生活，却把金钱与财富用在事业的发展和社会的真正需求上。这种活法必将得到广泛赞许和不断传扬。

行文至此，似乎可以结束，但又颇觉余韵未了，笔者还想通过一个非常典型的例子来佐证人生不一样的活法之说。

朱洁是爱新觉罗的后裔，毕业于中央戏剧学院，是个很有才华和能力且又非常漂亮的女孩。与名演员江姗、徐帆齐名，且又是同班同学。1996 年，在电影《长大成人》中她扮演一个有吸毒经历的女主角。影片的本意是抨击演艺圈内的颓废现象。朱洁理应对人生有更深刻的领悟，可她却以自己的青春韶华，宝贵的生命给导演的初衷意图做了一个滑稽的反证，以假作真，效仿影片中的主人公，用吸毒来结束 28 岁的年轻生命，谢幕于本该很有前途的艺术生涯。事情虽已过 20 年的岁月，但她以生命为代价的活法留给后人的教训远没有结束，尤其她临终时的悲号划破历史的长空，回荡不绝，警示着后人。

我想，以上这些典例中的人生活法，多少令我们或引以为戒，或吸取教训，或有所启示，抑或垂凝为轨物范世……

安于平淡　诗意栖居

德国著名的诗人荷尔德林曾有句诗曰："人诗意地栖居在大地上。"笔者借用"诗意栖居"为题，也即为此意，安于平淡，却诗意般地栖居在大地上。最多也只能扩展为：安于平淡，又不失对生命的珍惜。

"平淡"一词用在生活上，可与"知足常乐"相匹配。此乃国人所熟知的古训，也是当今人们耳熟能详的话题，并且在日常生活中我们往往以此来调整心态和平衡心理，使生活获得和谐。此不能不说是人生之一大幸事。

我们中华民族向来倡导的是清平、淡泊的人生理念，这一传统经一代又一代的不断传承积淀，早已形成了亘古不变的深层硬核。且这样的硬核，不管风云是如何的变幻，世事是怎么的轮回，它却始终发挥着民族文化的"免疫"机能。以表层结构之变来维系深层结构之不变，似纯金一般，一片灿然，永不褪色！

对于芸芸众生来说，人生本来就由数不清的琐事连缀而成，上班、下班，柴米油盐、衣食住行，生老病痛。日复一日，年复一年，故生命之舟所承载的人生内容并不全然是快乐和幸福。甚至有时还会倒置而来，痛苦大于快乐，悲多于喜。尤其是现代生活快节奏、多层次会绷紧人们的神经，人生的乐趣悄然有所萎缩，人们也因此而往往觉得很累、很沉重。然而，我们的国人却从不被心累压垮，不管经历何种磨难，人们始终以"知足常乐"来抚平内心的伤感，找到平淡的支撑点。此说只要我们对历史稍作回顾就能证实，我们的民族在过去的一贫如洗中，在世界列强的淫威之下，何曾丧失过心志？如今，我们国家的经济繁荣了，国人富有了，又何曾丢失过艰苦与朴素这一传统？所以国人们清贫也好，富有也罢，他们始终视朴素为人生之本真，唯艰苦而待之，视清平为轨范，唯勤俭而行之。安于平淡、乐于知足已成为他们一生不可或缺的人生追求。尤为可贵的是国人们安于平淡又不失对生命的珍惜。这正像人们对少年的深情缅怀和惆怅的追忆，其本质还是对于生命的无限眷恋一样，从恪守人生的本真角度来反衬有限人生的怜惜之情。这也正是我们民族长期以来受儒家学说的思想影响，修身中的"格物致知，诚意正心"的一种体现。

如此赞美我们民族的俭朴，可能会有人说，不是经常听到媒体爆料中国人如何如何奢侈吗？是的，国人中确实有人将"知足常乐"挂在嘴上，说得比唱得更好听，甚至还"这山望见那山高"。但这不碍大局，不伤大雅，更绝不影响我们民族坚守平淡的精神风骨。

至于诗意栖居更是我们古之国人的拿手好戏。尤其是国人中的知识精英们善于将人生诗化，他们杰出的能耐就是在平淡中寻觅和创造诗意的奇妙感觉，从而让自然更美，让生活更美，使人们善待今生，诗意栖居。

"白日不到处，青春恰自来。苔花如米小，也学牡丹开。"这就是最近网上火热的《苔》诗，诗人袁枚用平实朴素的诗句告诉世人，一种弱小的生命凭着顽强的活力，突破环境的阻碍，焕发青春的光辉，创造了一种诗化的意境。

辛弃疾的笔下，路边的野花竟比名花还要娇美动人，"花不知名分外娇"。向世人昭示的是平淡的生活和平凡的事物目标，存在着美与和美的乳汁。中唐的张志和为人们描绘了一幅"西塞山前白鹭飞，桃花流水鳜鱼肥"的如画一样的美景，让我们读者感受到山水清景中的盎然诗意。倘若我们跟随南宋诗人张孝祥在明静的月下湖上泛舟一次，你将会深切地体会到"天人合一"的无尽快感。《念奴娇·过洞庭》如是说"玉鉴琼田三万顷，着我扁舟一叶。素月分辉，明河共影，表里俱澄澈"。大自然如此的美感融入了这等诗意之中，怎不使人疲惫的心灵得到修复和净化呢？同样，苏轼笔下的徐州郊外别有情趣："簌簌衣巾落枣花，村南村北响缫车，牛衣古柳卖黄瓜……"（《浣溪沙·簌簌衣巾落枣花》）以及"麻叶层层苘叶光，谁家煮茧一村香。隔篱娇语络丝娘……"（《浣溪沙·麻叶层层苘叶光》）这种农村随处可见的景象，一经作者的妙笔描绘，却处处洋溢着诱人的美感……

国人的栖居经诗人的妙笔生花后，化平淡为绚丽，化平凡为奇异，即便是竹篱茅舍，粗茶淡饭，清贫淡泊，也岂能舍弃！这大概就是诗意栖居的妙之所在吧！

　　其实诗意栖居，善待今生并非只有古人懂得，现代人更善于去装点"诗意"，去享受"诗意"。如今只要愿意，随时出去走走看看，随处都可以找到这别具一格的诗意，随心都可领略这千姿百态的"诗意"。尤其是当下的乡村整个被"诗化"成让人无法辨认是农村还是城镇：文化小广场，休闲绿道、亭阁，别墅庭院……绿树成荫，别致优雅。如此优美的栖居环境难道还不足"诗意"吗？可稍有点淡淡的遗憾就是我们这一代人没能像古人那样去捕捉它、去表现它。

　　诚然，安于平淡，诗意栖居并非分割的生活两面，而是完整的一体，只有平淡中富有诗意，才能安于栖居，只有安于栖居，才能做到真正的平淡。也只有自甘清贫，淡泊名利，我们才能久保心境的宁静与纯洁，以达到恬然自乐的境界，这才是安于平淡，诗意栖居的真正意义之所在。

当灾难降临的时候

2020 年的春节是一个令人痛心和难以忘却的节日。

己亥年的年末，多少中国人怀着无限的欣喜，准备迎接鼠年的到来。正当国人欣喜若狂的时刻，却传来了令所有的中国人无比震惊、恐惧不已、噩梦般的消息：中国正面临着新冠病毒的侵蚀，其正在全国范围内不断地蔓延。

这无疑是一场突如其来的天灾，是我中华民族的一场国难。在这血淋淋的灾难面前，无疑最能展现一个民族的精神力量以及国人的人性、人格。面对这场没有硝烟的战争，我们只要看一看重灾区武汉的一组数字，就足见我们民族的伟大和国人的精神长相：

6 万名白衣天使，不顾个人安危，奋战在抗疫第一线。他们有的放下襁褓中啼哭的婴儿，有的告别病患中的亲人，有的在匆忙中不曾给家人留下半句的别言，毅然奔赴战场与死神赛跑，与病魔决战。

1.9 万名人民警察，全员在岗，恪尽职守，努力奋战，诠释了什么叫作真正的"难能可贵"。

2.4 万名青年志愿者，奋不顾身，挺身而出，活跃在 1394 个社区从不消停。

3.6 万名清洁工，从不退缩，顽强坚守，始终保持武汉的洁净……

他们以自己的实际行动见证了"请战书"中的豪言壮志，用自己的热血与生命书写了人生的大爱。

"1100 万武汉同胞的坚韧不拔、高风亮节，让全世界看到了中华民族同舟共济、守望相助的家国情怀。"

短短的两个月，武汉病房床位增至 5 万张，10 天建火神山医院，18 天建雷神山医院，6 天建成武汉规模最大的方舱医院，做到有患必收，有病必治，且实行全民免费治疗。试想：全世界有哪个国家能够做到？只有中国这样负责任的大国才有此等担当！也只有中国的国民才有此等享受！这不正是给经常拿中国人权说事的西方列强一记响亮的耳光吗？这与无时无刻不把民主人权、人道挂在嘴边的西方国家，在灾难面前毫不犹豫地放弃自己的国民相比，什么才是真正的人权，不就昭然若揭了吗？

当灾难降临的时候，我们既目睹了悲剧，也目睹了奇迹……

灾难中有些人，虽没有轰轰烈烈的惊人之举，看起来平平淡淡，却感人之深，难以言表。

在一个地方台的新闻上看到一则消息：说的是在外地打工的一位农民工戴着口罩，扛着一个沉重的背包，历尽艰难赶回家乡要与家人、与家乡的父老乡亲一起共同度过这场灾难。

这位农民工李某某，家是在湖北荆州的一个农村。荆州在历史上曾是叱咤风云、地灵人杰的地方，可如今正遭受着新冠病毒的侵蚀。他在南方的海城打工时，得知家乡的灾难后，寝食难安。在确定没有跟任何危险人群接触过的前提下，做好了一切准备工作，用自己打工所得的积蓄，8500元钱，留下了500元以防万一，用全部的积蓄买足了口罩，装得严严实实的一大包，踏上了回家的行程。他不想买价格两倍以上的动车票，却坐上了普通的列车，而在车上足足站立了三十几个小时，吃的是在买口罩时顺便带的一包方便面。更为尴尬的是，连方便面也没了，那就只好忍着饥饿。他认为这个时候要将钱用在刀刃上，反正没干活忍忍饿也无妨。

他一到家，第一件要做的事，就是将背包里的口罩分发给左邻右居、乡里乡亲们。有人问他：在这个时候你为什么还要赶回家乡？他毫不掩饰地说："我放心不下家里人，也放心不下家乡的父老乡亲。我唯一能做的就是这些小事，即使有什么危险，我也要和家里人在一起，和家乡的父老乡亲在一起，我无论如何不能逃离自己的家园。"这是多么朴实的语言，可它却又是那么沉甸甸而富有分量！表现出一种多么纯洁善良的人性。在灾难面前，有人裸奔逃跑，他却从安全之地折返重灾区，这意味着什么？他不禁使我想起了一个曾不惜以生命保全人性善良的光辉典范。

17世纪中期发生在欧洲的那场空前绝后的烈性传染病——黑死病，一年不到，欧洲人口减少了一半。在英伦半岛的南北接壤处有一个亚姆村，自伦敦来的一商人将黑死病带进了这个村后，只有344人的小村庄开始人心惶惶，村民们纷纷准备向北逃离。此时一个叫威廉·莫泊桑的牧师站出来坚决反对，他说：你们逃出去只会传染更多人，留下来让我们把善良传下去。在他的百般劝说下，村民们最终都愿意留下来，从而成功地阻绝了黑死病朝北传播，为英伦半岛留下了一个后花园，使半岛的北部神奇般地幸免其难。而这个村的村民不断地死去，最终只留下了33位儿童。威廉·莫泊桑让每个垂危的病人都提前写好自己的墓志铭，至今都还可以见到那些催人泪下的语言。一位医生写给回娘家的妻子的留言：原谅我不能给你更多的爱，因为他们需要我；一位矿工的留言是：亲爱的孩子，你见证了父母和村民的伟大；而威廉只是写了一句：请把善良传递下去。

康德说过："多难是否兴邦，关键在于，在每一次的灾难中的这个邦的人民是否能够成长。"如果灾难来临，就不顾一切地"裸奔"，灾难就永远成为灾难。只有在灾难中的人民觉醒了才算真正战胜了灾难。

今天的我们，多么需要想想这个悲剧故事中的威廉·莫泊桑，如何把善良不断地传递下去。更要想想武汉那些为安抚一双双渴求的眼神而猝然倒下的白衣天使是如何对人性之善所做出的极致诠释。

农历的正月初七，我在微博上见到一位作者发表了一篇博文日记，颇有感慨。这位作者为自己的一位同事因腹泻吃多了药而入院被"吓得不轻"，又为他没被感染而兴奋不已，还调侃地称其为"瓜娃子"。同时，这位博文作者为一位省歌舞团的认识患者，排队等待入院，却在接到入院通知时已然去世而悲伤。也为只见无数的推诿说辞和文章，却从未见过一个自责和道歉的人而愤慨，更为一位作者在与记者的访谈中还竟然提到"完胜"二字而深感痛心。这位微博作者说得好：武汉都这样了，全国都这样了，千千万万的人犹如惊弓之鸟，更有人命悬一线躺在医院。无数家庭业已支离破碎，胜在何处？完在哪里？

这一声声的质问，字字沉重、句句悲痛，措辞严厉，除了无情地鞭挞这位与记者访谈的作者之外，仿佛也在刺痛天下凡有良知的千千万万的作家。它既是忠告，也是昭示：天下的文人哪，人生难免要写颂文颂诗，但请你们在下笔时务必多思考些许，在这样的背景下，我们首先该歌颂的对象是谁？在灾难面前是否该多想想天下的百姓？若要谄媚，也请注意场合，注意分寸，遵守一个

"度"字，如此无所不用其极，只能证明某些知识分子的堕落。

如此这般"完胜"的这位作家，与上文的那位打工者相比显得何等的卑贱！若我们再苛刻一点，拿他与在一线冒着生命危险抢救感染者生命的医生作比，那更是令其自惭不及而无地自容。这是灾难中另一种撕心裂肺的痛。因嘲笑眼泪与歌颂苦难，不能不说是一种无耻的悲哀。

何言不是，往往一场灾难来临，或一种大事发生，灾难与痛苦中的普通百姓恰恰最能坚守人格的本真，也最能够获得成长。

也就在正月初七的那天，家里可吃的食品与蔬菜所剩无几，正好趁着灿烂阳光的好天气去街上买点蔬菜。买好菜付了钱，我顺便问了一句：这个时候，还敢出来卖菜，就不怕被感染病毒吗？卖菜的中年妇女只是轻描淡写地说：我们大家都要生活，我不卖菜，你哪儿来的菜吃？我无言以对，只是心里泛起了一种浅浅的敬意。我想：这样的人确实平凡，但质朴善良又在理实在。

在回来的路上，我见到一清洁卫工正躬身捡起被丢弃的一包垃圾，送到垃圾箱后，提起扫把继续向前走去。在这人心惶惶的日子里，他却依然走得那么从容，又是如此坚定。我望着他的背影，心中除了升起一缕崇敬之意外，还滋生了一股莫名的酸楚。当人们都严严实实地禁闭在家里时，他们却为何还要抛头露面在大街上、小巷里？还要不停地用手去触碰人们避之不及的可怕垃圾？

我清楚地知道，这就是人生，这就是社会。然而，我在这不同的社会分工中，更多见到的则是弱势群体中普通人的伟岸和本真。

诚然，我更清楚地知道在这灾难降临的时候，那些白衣天使，那些人民警察，那些青年志愿者，包括那位匆匆赶回家乡的农民工和这卖菜者、清洁卫工，除工作的需要外，更多的还是人品和人性使然。

我沉默而无语，只是深深地被他们所感动……

放慢脚步去生活

一位心理学家对一些即将告别人世、弥留之际的患者进行关爱性的寻访，此种结果的真实性应该是比较可靠的，俗话说，人之将死，其言也善。对于临终前的关爱，患者往往会把藏在心里的话和盘托出。他们说得最多，也最普遍的一个共性问题，就是人生的遗憾。他们遗憾什么呢？遗憾最多的就是"某某一桩心事未了"。至于什么心事，有些托出，有些未言。当然遗憾也不乏其他的。比如有人遗憾一生没有子女；有人遗憾一生没有婚嫁，不知什么叫爱或爱情；有人遗憾很想见的人却仅见一面后一生未曾再见；也有人遗憾一生未见过大山的巍峨、大海的浩瀚、大漠的广袤……

其实，这许许多多的遗憾，除少数一些受客观因素的制约外，大多还是由于自己的人生行色匆匆，没能放慢脚步，去仔细体味生活、感受生活所致。如是，你即使经常出去旅游，也无法感受大自然中不绝的风景；即使置身于森林之中，却感受不到森林的奥秘和神妙；即使面对绚丽无比的花海，却也无法真正领悟花的神韵。

所以，要想自己的一生不留遗憾，活出真实的自己，活出精彩的人生，首先，只有静下来，放慢自己的脚步去生活，用心去感受，才能获得生活的真谛。

何为生活的真谛，当然各有不同的理解和领悟。

其实，人生匆匆而来，匆匆而去，弹指一挥间的数十年，最为宝贵的东西只有两件：一是生命，二是心灵。一个人能够享受到生命的本真，并拥有丰富的心灵，这无疑是一种幸福。当然这是建立在没有物质之忧的前提之上。然而，有许多人之所以无法放慢脚步，一生忙忙碌碌，急急匆匆，将几乎所有的精力、全部的时间放在金钱的聚敛和物质的追求上，无法闲下心来好好照看自己的生命和心灵，从而使生命受损，心灵蒙尘。

这位心理学家还告诉我一个秘密：说是一个被寻访者，一生积攒了很多钱，可他自己在弥留之际很是痛苦，老婆早已仙逝，唯一的儿子因步自己当年的后尘，在不停地忙碌敛财聚物，却忽略了生病的父亲。他很后悔自己原来的生活，一生未曾停下过脚步，没能善待过自己，没照顾好自己的生命与身体。他此刻的内心恨不得将自己所有的钱统统化为乌有。

由此可见，物质的享受，不能代替幸福，更不等同于精神上的愉悦。从某种角度上去审视生活，我们若不能放慢自己的脚步，不但不能创造幸福，相反只会给幸福制造负面，给人生的痛苦添上一个沉重的砝码。现实生活一再证明：只有放慢了脚步去生活，才能静下心来，听听自己心灵的声音，和自己的心灵说说话，也只有这样，才能在现实的繁杂生活中享受到精神上的愉悦，从而获得更多更大的快乐。

此外，只有放慢脚步去生活，人生才会平安顺遂。众所周知，当今的社会生活是快节奏、多层次的立体模式。在此模式状态下所表现的往往是一种热烈、奔放的生活主流。然而，又不乏一种浮华与狂躁的暗流在涌动，正是这股暗流常常给人们的生活带来了不安全的因素。

人们由于无法放慢生活的脚步，急匆匆，乱哄哄，给所有的隐患（交通的、金融诈骗的、非法经营的……）有了可乘之机，光每年数以万计交通事故的死亡者中就有多少行色匆匆的冤魂？又有多少的家庭因匆忙或惑乱带来了灾难和痛苦？

2019年的2月1日，正当人们忙着置办年货时，一位年轻的妈妈带着5岁的女儿匆匆地走在街上，正准备穿过马路时，突然有辆轿车似乎失控，向她们飞奔直冲过来。眼看已来不及躲避，这位妈妈一把将女儿猛力推出，女儿被甩出二三米远。可那辆轿车却奇迹般转了180度的弯戛然而止，停在她的跟前不到半米距离。妈妈从巨大的惊吓中醒过神来，紧紧地抱着女儿，女儿像一只受伤的小鸟偎依在妈妈的肩上，伤心地抽泣起来。

这位妈妈抱着女儿，缓缓地走到轿车前，里面坐着一位中年妇女，痴痴呆呆的双手紧握着方向盘。

"你还好吗？"妈妈善意的问询中，自然带着言外之意——"你差点撞死我和我的女儿，你知道吗？"

"对不起，我真的过于急躁……"中年妇女明显带有恐惧中的后悔。

不言而喻，这一与死亡擦肩而过事故的祸首，就是双方的焦急，都没有放慢自己，迈出这"黄灯"亮起瞬间的匆匆脚步。

自那以后，这位妈妈在自家的后院种下了许多棵花木，仿佛以此来修炼自己、约束自己、警示自己，让自己放慢脚步，好好地生活，静待岁月的安好。

很多时候，我们只要放慢自己的脚步去生活，在繁杂冗乱的日常中梳理出泾渭分明的头绪来，使生活井然有序，有条不紊；让自己的生活更有滋味，更富有诗意。面对如此的一种生活状态，人们的心情自然会豁然开朗。心情敞亮了，又会牵引着生活朝着更美好的方向前行。这就是人生中的所谓良性循环。

我们生活在现实中，难免会有磕磕碰碰。生活有了方向，心胸宽了，即使遇上一点烦心的事，也不至于手忙脚乱，心烦意乱。

逢天灾而不惊，遇人祸而不惧，镇定自若，泰然处之，这无疑是放慢脚步去生活的又一要义之所在。

这缤彩纷呈的世界，让我们记住一个古老的话题：家宽不如心宽。放慢了脚步，日子才轻松。也许这就是人们苦苦寻找的一个最简单朴素的真理。

过往与未来

我有个少年时的朋友的儿子就读于上海财大经济专业，此专业在上海财大也是个强项，又是国家博士后流动站的重点专业。这确实不错。对此我这位少年时的朋友信心满满，并且经常时不时地流露出一种沾沾自喜的情怀。总之，儿子给他的未来带来很大的希望。

去年春节前夕，阴雨过后，寒冷的低温刚刚退去，一个阳光暖人的下午，这位朋友来电约我去看望一位非常落魄的 B 君，因我们都是从小到大一起玩的小伙伴，我欣然应诺。这位 B 君算起来也是第一代农民企业家，那时他还是二十出头的小伙子，虽年轻，但人聪明灵活，双手特别灵巧，动手能力确实超强，周边的人都美称他为"土博士"。

那个时候，他凭着一双巧手办起了一家生产电扇的小机电厂，办着办着也着实不错，赚了一点钱。后来转型生产汽车配件，给主机厂做配套，经营得红红火火，且井然有序。正当他风生水起之际，他的一位最信赖的财务经理将他所有的财富洗劫一空，逃之夭夭。从此，这位 B 君企业破产，穷困潦倒。

然而，有些企业家在跌倒后，会认真反思，寻找机会，东山再起。他却身陷痛苦和悲伤之中不能自拔，沉湎于过往而一蹶不振，终日愀愀然而寡言，忧忧乎而郁之，唉声叹气却不想做任何事。

当我们叩门进去，B 君似乎不太高兴，对于我们的到来也不怎么欢迎。我见此情形颇感尴尬，所以不大言语，只是淡淡地劝其抛开过去，重新振作起来。而同来的那位朋友却喋喋不休，没完没了地说导，并大言不惭地说：放心吧，等我儿子大学毕业，分到大公司或外企或政府部门，帮你东山再起。B 君对我们的劝说都是淡淡地一笑，顺便不紧不慢地带上一个"嘘"字，其意已不言而喻。其实我这位朋友也并非诓 B 君，他是真真切切如此向往的。他曾对我说往后儿子要在上海买房，自己也要在上海安度晚年。如此美好的愿景蓝图足让他兴奋不已。

临别时，B君礼节性地将我们送至门口，并一再叮嘱我们往后别再来看望他了。我当即愣了一下，第一感觉，在这客套外表的背后，似乎隐隐地还有潜在之意。这位B君是否真的要与世人绝交？

回家后，我细想，颇有感慨。生活中的细节，真的是为我们提供了观察发现世人的绝佳视角，我仿佛见到了生活在过往与未来的两种迥然各异的人生。

一个沉陷于不良境地而无可救赎，因他已将自己的"过往"形成一种萦绕在自己脑海里挥之不去的情怀，且这种感怀随着时日的久长不是消减，相反却日益加重加深，仿佛沉沦在罪恶痛苦的绝境之中，远非人能劝导疏通。开始我们对他的痛心不已，愁思满腹尚可理解，毕竟辛辛苦苦创造的财富就此不翼而飞。可他却渐渐地形成了心理常态，且这种状态恰好迎合了社会上一种人的心理现象，即沉湎于过往无法自拔。这一类人的同性现象，往往是终日痛苦不堪，烦恼懊悔不已，既忧心忡忡，又抱憾终生。

这种一蹶不振的人生态度是极不可取的。

而另一个对"未来"却寄予过高过多的希望。他对寄希望之中却远未降临的美好事情总是翘首以待，甚至有种急不可待的感觉，仿佛想象中的事，一经到手便可获得极大的幸福。他恰好又再现了寄希望于未来的那一类人。他们往往有一种希望最终必将实现的冲力在支撑着，从而导致他们始终急急忙忙，紧追不舍。而希望中的美好却总是不快不慢地走在他们的前面，可望而不可即。使他们置身于一种恒久的虚幻情境之中，除极个别在各种因素的巧合下追逐而得外，绝大部分的"未来"者都还是月亮走我也走，直至最终走完其人生的旅途。

两种不同的人生，岂不都是可悲？

能不能在两个极端之间找到一种平衡？

然而，我却不得而知。不过有一点倒是明确无误的：未来遥不可及，"过往"无法再现。因而，我们能否不让"未来"过多地牵挂于心，别使自己心情不宁，焦虑不安；也不要过于沉郁于"过往"的追悔惋惜而痛苦，因为我们还要生活。唯有现在才是最真实、最确定的，也正是这绝无仅有的现在，我们的生活才是可靠的。

因此，我们要对得起当下，给予应有的积极态度去欢迎它、拥抱它，并要尽情地享受当下。只有充分意识到当下的价值，才能摆脱未来与过往的烦恼与痛苦，为之快乐，好好生活。

加思伯茶室

起名加思伯茶室，不免令人心生疑惑。

茶室就茶室呗，为何要起这么个不洋不土，又毫无汉语意义的"加思伯"之名呢？其实这两者之间有着密切关联的渊源。"加思伯"即爵士伯的谐音，是一个啤酒的品牌，这个茶室的处所就是这个啤酒经销商的一个办公室。茶室的常客大多就是经销商的股东。

"加思伯"，我也不知其起名者的意图是什么，我只知道这三字组合的中文词，是无论怎么苦思冥想也找不出真正的内涵。只有去掉后面的"伯"字，顾名思义勉强还可理解成"多一点思考"，不知是巧合，还是起名者的意图，很多时候，这个茶室真的还需要多一点思考。

加思伯茶室有一个微信群，其中的群主是我的一个侄儿，所以我被作为"列席"或"特邀"拉到群内。后来其中一位股东经济上出了点问题，退出部分股权，股东们要我参与一点意思意思，为的是让从"列席"转为"正式"，成为这个茶室的正式成员。

茶室每天品茶的几乎都是"编内"成员，只是偶尔有些许外来人士洽谈工作或聊天。成员中除一人高中文化外，其余大多是小学文化，而我是唯一的所谓文化人。原以为自己在这些人中该是权威者或指导者，可偏偏不曾想到，他们的品茶水平和对茶的认识以及人们平常所说的茶文化却远远高出于我，完全超出我对茶的认知水平。光是泡茶的手艺，就能让人叹为观止，以至震惊不已。那种干练利索，快捷的娴熟绝不亚于专业的水平。只要有人说起茶艺、茶道，他们个个津津乐道，侃侃而谈，有说不完的故事，道不尽的内容。

由于成员众多，各自带茶，所以这室内的茶叶应有尽有，什么红茶、绿茶、白茶、黑茶，什么大红袍、乌龙茶、普洱、茉莉花等样样俱全。甚至有慷慨者还带了万元一斤的高端西湖龙井茶。然而，尽管绿茶具有提神清心，去热解暑之功效，但绿茶却有寒胃之嫌，这对于原出身于渔农作业，往往肠胃不大好的人来说，并不怎么受欢迎。他们最为喜欢也喝得最多的是红茶或普洱。

至于他们喝茶的方式也颇具特色。细细品尝可能与他们不怎么有缘，只要三两口而尽的快喝却是他们的习惯，这从品茶来说，或许是他们在茶道中唯一的缺陷或不足，如此的喝茶方式也是由他们的性格所决定的。在他们的身上，有一个共同的特性，那就是人人都有一股强烈浓郁的豪气。他们侠肝义胆，有勇有义，疾恶如仇，敢打抱不平，心地善良，又肯舍己助人。追求江湖义气，为朋友两肋插刀，只要你告诉他们什么人欺负了你，他们准能在狭路相逢时，会不假思索地为你出气。这既是这些人的优点，又是这些人性格上最大的瑕疵。这种不假思索、不分青红皂白的蛮性，恰恰正是他们需要多一点思考，以佐证茶室之名的深刻含义。

不过，我与他们喝茶的方式有所不同，我喜欢泡一杯清茶，轻轻地闻着淡淡的茶的醇香，目不转睛地看着杯中的叶片，缓慢柔柔地舒展的样子。此种感觉仿佛是见到了一片片茶林布满山野，生机勃发，让人爽心悦目。要是好茶，慢慢地抿上一口，细细地回味，微微的苦味中略带点甘甜。其中的真味只能意会，难以言传，确有一种醉人之感。

倘若喝茶果真喝到醉的程度，那一定不是醉人，而是醉心。所以茶醉不同于酒醉。酒醉，使清醒睿智之人变成糊涂混沌之蛋，失去人的理智，丢失人的尊严。而茶醉，则会让人变得清淡雅致，这是精神上的愉悦，心灵上的洗礼。

加思伯茶室的成员，尽管文化程度不高，但他们年轻，接受能力强，不断地更新自我，紧跟时代的节拍，凡是新潮的东西一样也不落下，什么网上银行、定位网购、滴滴出行、抖音等样样精通谙熟。茶室内喝茶聊天，古今中外，天南地北，不管是政治或经济，不管是虚拟或实体，不管是官方新闻或小道消息都能接得上、说得通，所以往往是一喝就是一个下午。有时喝得正浓，聊得兴起，以至忘却了晚餐。夜以继日，真可谓是废寝忘食。

观照当下，喝茶之人众多，而真正懂茶之人甚少，茶需要慢慢去品，慢慢去悟，慢慢去领略其中的妙之所在。

茶如人生，人生如茶。

第一道茶，往往浓烈，如年少烂漫，韶华织锦，而又纯真质朴。

第二道茶，往往醇香，如锦绣盛年，清澈透明，甘甜于心，厚实于内。

第三道茶，往往寡淡，如苍茫暮年，清淡静远，透彻洞明却近于黯然。

茶泡茶满，茶起茶落。人生三道茶，浓淡皆为心境。浓烈也好，寡淡也罢，都是人生品尝的滋味。只有轻啜慢品，把茶问心，方知一杯清茶，却神奇地浓缩了整个人生。

●情怀眷恋篇

　　不用誓言，不必承诺，只需依附了缘分，印证自己前行路上曾经的约定，以自己设计的程式，演绎自己人生中的永恒。这就是人生中的一段自持。

　　走着走着，就散了，留下的只是淡淡的回忆；看着看着，就累了，留下的只是星光闪烁；听着听着，就醒了，留下的只是自己情怀中的深深眷恋……

寻找童年记忆的碎片

回忆自己的童年，对于我们即将步入古稀之年者来说，确实有点勉为其难。其间既模糊又清晰，既遥远渺茫难以企及，又近在眼前伸手可触。好在我们这一代人在与民族共患难的命运中，有更丰富更深刻的体验和更耐岁月风雨侵蚀的记忆，当我们被现实刺激和一种责任的追问而梦回往昔的时候，尘封的往事便在一种既不失其原貌又不为其原貌所限的情景中复活。

说起童年或孩提时代，与常人一样，那时美丽的天真、纯洁的人性、两小无猜的友爱以及对人间不平近乎本能的抗拒与力不能及的痛苦……这一切虽无可挽留，一去不复，但它们都曾亲历过，毕竟留下了踪迹，刻下了烙印。尤其是农村中那些司空见惯的茅舍、矮房、菜园、树林、小河、小溪、柴房、磨坊以及农村的四季景色，构成了我们孩提时乐园的美好和温馨。人在境中，景能生情。

不是吗？"过家家"时的欢乐与嬉笑，骑在牛背上的快感与恐惧，爬树偷摘果子被大人追赶时的惊慌与失措，晚间纳凉听大男人们胡扯鬼故事时的害怕与戒惧，玩玻璃弹珠时的认真与执着，跟着大人去海涂捉泥螺时的兴奋与快乐，吃食堂大锅饭时的争先与恐后……这所有的故事演绎幻化成了我们那个时代几乎整个儿时的全部。

然而，当杜鹃喋血般的怀旧情绪明朗化的时候，这儿时的情感却又转化为不无悲凉的人生感叹。其间最难以释怀，让人悲悯、叫人揪心、令人愤懑的是儿时的一对男女小伙伴。男的叫阿宝，女的叫彩菊，他俩有着相似的命运与遭遇。

阿宝其父因犯"通匪罪"被判刑12年（后被平反），而遭邻里的白眼欺凌，那时反革命家属，政治上一有风吹草动，必首当其冲。学习班、批斗会、挂牌示众接踵而来，其母更是难以忍受邻里的白眼欺凌上吊自尽。从此，阿宝成了无人问津的弃儿。大人们见自己的小孩与阿宝一起，就拉着自己的小孩回家，连一起玩耍的小伙伴也经常有人骂阿宝为小坏蛋，要他滚开。可怜的小阿宝经常为此躲进角落哭泣流泪。

彩菊其母为了冲决童养媳的桎梏，摆脱丈夫的虐待，带着7岁的彩菊回到了自己的娘家，可是被乡亲们视为伤风败俗、大逆不道的坏女人。母亲的不幸同样要殃及池鱼，一个7岁的小女孩就被刻上"坏坯子"的悲惨符号，且这样的凌辱标签像文身那样经久不消，紧缠不放。

一个是厚实、聪明、活泼，一个是乖巧、伶俐、聪慧，他们一起生活在一个贫穷、落后、愚弱的农村，共同承受着愚昧与偏见、无知与无情的摧残，使他们失去了儿童应有的无忧无虑的天性，见不到童年本应充满希望的金色光环，小小年纪就要承受本不该承受的苦难，犹如方能举步的马驹便套在轭下，心力交瘁，恓恓惶惶，仿佛他们降临人间就是专门为了受苦受难而来。

记得在一个寒冷的隆冬，一天快到晌午，一群小伙伴正在玩耍时，一个村干部的儿子不慎跌落在小溪里爬不上来，彩菊用力去拉他，却因对方用力过大而反拉彩菊下去。此时正好一成年农民路过，一把拉起村干部的儿子，还十分关切地叫他赶紧回去换掉湿裤子，而面对还在溪里挣扎的彩菊却视而不见。我们几个伙伴齐声叫喊：还有彩菊，还有彩菊！可是那位成年农民却听而不闻，扬长而去，直至有个小伙伴去喊来彩菊的妈才将她拉上来。可怜的彩菊在冰冷的溪水里足足泡了一个多小时。

那时的我，在幼小的心灵里，第一次感受到人生的震撼，在愤愤不平中仿佛见到了一个丧失人性的"怪物"渐渐远去的黑色背影。这个远去背影且要永远承载着人道的质询和指谪。不过我在写作此文时，还曾在想：难道仅仅就这一个孤立的背影那么简单？这背影的后面就真的没别的因素吗？

在参加工作后的一个休息天，我忽然间想起了儿时的阿宝、彩菊，放下手头的活儿，匆匆地赶回老家去看望他们，遗憾的是阿宝不在了，只见彩菊。

眼前的彩菊已没有了青春韶华，面黄肌瘦，强烈紫外线照射后的黑色紫斑显得格外醒目，双手僵硬迟缓还透着干巴巴的暮气，二十出头的青春姑娘额头上便有了两道极不相称的深深皱纹。我心中一愣。这是彩菊吗？乍看却怎么也无法确定，但仔细看看还是有点像，我只能模糊了自己，模糊了自己的记忆。

当我问起当年"掉进小溪"之事，她却淡淡地说：那都是自己的命，有什么好气、好愤？像这样的事不知经历过多少次，像我这样的人除了忍受外，还能怎样？对此，我只觉得一种莫名的悲怆袭上心头。可悲可悯的彩菊以一种不应有的思维触角，吸取了中国农民在极"左"思潮影响下，哀然无告的悲凄心境，且年久日深而完全磨灭了自己的天性，以致达到"自轻自贱，自我戕害，自我弱化的精神麻木状态"。其实我们在彩菊身上见到的这种精神麻木，只不过是一个小小的缩影而已。

第二年的春节，我再次去看望他们时，彩菊已不见了踪影，仅得到一些恍惚不定的"听说"：有说她妈病故后去嫁人了，但很不幸福；有说她去寻找远房的亲戚，日子过得很苦；也有说她已经自杀了……

至于阿宝，儿时就告诉过我说：他的爸爸是好人，是被冤枉的，总有一天会还给他好人的爸爸。可是这一愿望他始终未能实现，因其父在平反昭雪的前夕，阿宝自身却犯事羁押在狱。由于罹难，妻子跟他人走了，儿子无人管教，浪迹社会。当他以"量刑过重"被提前释放时，父亲却病故与他永别。我见到他时，虽是极度的自卑、沮丧与深深的忧郁，但好在他还有期待。他期待自己的平反，期待妻子的归来，期待儿子的浪子回头。

然而，现实是残酷的，他的期待无一能够如期而至。自己的获刑，相关机关承认过重，但没有直接证据为其平反，此期待只能与平反擦肩而过；原妻子跟随他人虽并不幸福，但也不愿意接受现状中的阿宝，此期待只能是空有等待；儿子已积陋成习，劣迹难改，浪子难以回头，此期待也仅是茫然而无期。

我深深地为他们同情，为他们悲悯，为他们祈祷，因我非常珍惜儿时的这些记忆碎片，从而我在竭力地追寻翻找，可当我果真找到某些记忆时，突然间又感到迷茫与渺然，我想这样的碎片，即使一旦拾遗完整，也是难以弥合成"金色童年"的先天之缺憾。

是夜，风月无边，我的躯体连同我的心，静静地守护在这些碎片的旁边。

沉默。

不灭的炊烟

延绵不绝的雁荡山脉向东伸展，戛然收端，特意给大自然留下了一条闻名遐迩的漩门天堑，如此活脱脱地将玉环岛悬在东海的万顷碧波中。从而，这座孤岛就像镶嵌在东海之上的一颗小小却会发光的明珠。

它，虽然没有磅礴峻拔的身躯，可山与山之间却有着蜿蜒绵亘的紧密关联。由于岛上居民先辈们的移居，却神奇地给了这个小岛多达七八种不同的语言。这些风格各异、音韵特别的语音既陌生又亲切，既生拗难懂，又和和美美，给岛上增添了一种神秘的色彩。

人们在此繁衍生息，日出而作，日落而归，亲密无间，其乐融融。

岛上的几乎每一条峡谷，每一道溪涧，每一片倚山的平地都珍藏着一种特别的苍郁和宁静，并淡淡地渗透着一股殊异的海韵清香。

尤其是岛上的清晨和黄昏，只要登高远眺，环顾四周，不管是峡谷、溪涧，还是平坦宽地；不管是山山岙岙，还是热闹的集镇都会不约而同地升腾起袅袅缭绕的炊烟。它们自由舒展，浓淡相宜，虽是大同小异，但各呈风采；层层叠叠，影影绰绰。炊烟与云雾的交替编织中，山体、村庄、农舍逐一被披上多彩的盛装，时隐时现，呈现出一种海岛所特有的朦胧之美。

倘若能够高览全局，综观整体，则更像一幅黑白交织的水墨画。况且在审美的情愫中这幅画始终贯穿着一种和美的暖色调，因它的作者几乎都是岛上勤劳俭朴而又默默无闻的伟大母亲。如此的炊烟之美怎不令人钟爱、让人欣慰？

有人说岛上的炊烟，有其生命的意义，早晨与黄昏各司其职，各有所别，很像晨钟与暮鼓，似乎每天都在向人们传递着晨起与晚歇的信息，也似乎岛上的人们都在按照炊烟的升腾时间习惯作息。

早晨的炊烟轻盈淡雅，就像天边薄薄的晨曦，清灵舒爽，为岛上新的一天生活拉开了序幕，为即将投入劳作的人们做好铺垫，给人以清纯和凉快之感。

而黄昏的炊烟在落日余晖的掩映下，显得浑厚、凝重、粲然，似悠长的细水，从黄昏一直涓涓摇曳到夜幕降临。其间，最能招引农家生活的细致与温馨，给人以柔情与甜美之感。

于是，我常常独自一人漫步在故乡的清晨与黄昏之中，时不时地在竭力寻找故乡的清晨与黄昏所特有的神韵。久而久之，我终于追寻到确切的答案：

没有哪里的清晨比这里的清晨更像清晨；

也没有哪里的黄昏比这里的黄昏更像黄昏。

倘若岛上有游子离乡在外，偶见炊烟，往往会引起乡思，因炊烟很容易与思念交织在一起，形成一种张力。

有人将炊烟直接比成故乡，比作母亲，郑重其事又满怀深情地说：炊烟是故乡，是母亲。其实，这并不难理解。它是由"想"与"忆"所引发的作比。见到炊烟就自然而然地想起母亲，忆起故乡。此时此刻，莫过于用"魂牵梦绕"这四个字来体现心境，而最能体现这四个字意境的又莫过于家乡的炊烟。这就是炊烟所独具的扑朔迷离之魅力所在。而陆放翁的"遥望炊烟疑可憩，试从行路问村名"既见证了炊烟的茫然之所措，迷离之可愁，由此又反衬了炊烟的诱引和生情。

如果能从炊烟的情感意义上去遥望故乡的炊烟，那你就不会从华丽中感到虚浮，也不会从静谧中感到孤独。

人们的生活尽管被现代的煤气管道或电磁炉灶取代，不见了山野中的炊烟；尽管原本炊烟中的恬静不见了，优雅不见了，朦胧之美不见了……

那么，岛上清晨和黄昏的炊烟意象真的会就此熄灭而被遗忘吗？

那种升腾如雾，弥漫如气，使人获得舒坦，让人陶醉让人放松，从而"胸胆开张魂魄飞扬"，什么也不再忧伤，什么也不用惧慌的感觉，早已深深地扎根于故乡人们的心里。从而每当乡人们追忆那流逝岁月里的炊烟，也早已被刻烙在人们的骨血之中。你说，它怎不教人怀想？又怎不教人皈依？

于是，我们从清晨萦绕的雾气与微弱的曦光中或黄昏深沉浓重的暮色里，终将见到一缕缕顽强向上挣扎的炊烟，不断地升腾、弥漫，又不断地在弥漫中升腾……

我想，这就是故乡的炊烟。更完整地说，是故乡那永不熄灭的炊烟。

深深的眷恋

这些来年，随着人口的广泛而大量地迁徙，我的家乡也有许多人纷纷在杭州、上海、北京等一、二线城市购房。我对此却是观望、淡漠，甚至还有些许隐隐的忧虑：我若漂泊他乡，客居异地，我能否承受得住对家乡玉环的思念之苦？不知怎的，人越老，对家乡的情结越深。

是不是玉环给了我太多太多的恩惠？是不是玉环给了我太大的爱抚？是不是玉环有我难言的隐衷？不！都不是！其实我爱玉环，恰恰或许正是由于玉环给了我太多太多的磨难。这许许多多的磨难带有传奇的色彩，带有苦涩的光泽，甚至是有种撕心裂肺的伤痛……但这一切都已真真切切地融进了我的生命，注入我的灵魂，永远在我的梦幻里萦绕着、飘忽着。

我的童年乃至少年时期几乎都是在苦难中度过的。7岁的孩子就不得不学会与社会交融，与世事相搏。不到8岁，就开始了放牛娃的生活。由于个子太小极像刚能举步的小马驹便被上套那样，步履蹒跚，常因拉不动牛缰而哭得很是伤心。每到农耕季节，早上不到5时还在酣梦之中，就被叫醒起床，喂饱牛肚下田耕作，中午还得匆匆赶去送草给牛果腹。艰辛与疲惫无情地摧残着一个小小年纪的人儿，浑身伤疤疙瘩，一双小手红肿开裂，显得僵硬麻木，面黄肌瘦，弱小的额上已经刻下了与年龄极不相称的两道深深的皱纹。

后来，因我实在向往求学，苦苦地哀求终于感动了父亲，才答应我边读书边放牛。这种"小学生+放牛娃"的艰辛生活，或许习惯了，或许麻木了，还可以承受。更为难熬的还是放学后放牛，食堂里的大锅饭早已空空如洗，倘能"所剩无几"，算是最大的庆幸，毕竟还能尝到这"无几"的所剩。在那个时代，饥肠辘辘是常有的事。有时实在无法承受，夜里就偷偷地跑到地里挖番薯充饥果腹。

这是一个难忘的时代，1958年，吃食堂的大锅饭，永远留在我8岁的记忆里。

1964 年，终于苦苦熬到小学毕业，因家里实在太穷，父亲忍痛拒绝了县中老师的动员。当了一年的农民，第二年，我有幸进了一所初中就读。

那时，生活虽有所好转，但由于家里人口多，兄弟姐妹七人，还是经常会缺衣少食。所以，还是无法逃遁边读书边干农活的命运。为了生活得好一些，三哥在海涂上搞了一个小网作业叫"涨小栲"。因大人们都无法脱身，这任务只能交由我完成。每到落潮，不管是白昼还是黑夜，我都要如期地将小网背到海潮中插在一个出口处，然后待潮水退尽，将小网里的小鱼小虾捞上，这样自然可以给家里减轻一点负担。但这是一项非常危险的作业：在海水和海涂里跋涉，渡着渡着一不小心就会滑落到水沟里，不会游泳者轻则吃点海水，重则若遇深沟上不来就会有生命危险。我就曾几次经历过这样的危险。更有半夜三更下海要经过山腰的那片荒野的坟冢，在清幽的月光下，任何一种影子都会让你吓得魂飞魄散。你越想走快点，那影子似乎跟得你越紧。尤其在那个荒谬和无知的时代，经常被大人们的鬼神渲染得毛骨悚然。因而，那种可怕的影子至今有时还会出现在梦中。

童年时期与少年时期终于安然地过去了。

我真的要好好地感谢岁月，正是这段苦难的岁月让我练就了一种如野草般柔韧耐磨的顽强生命力和坚强的意志。

其实，我更要感谢的还是中年那段时光。

中年，本应是一个人生命力最为旺盛、工作热情最为高涨的时期，可我在这人生的最佳时期却曾经历过心路历程的痛苦与磨难。

我在步入中年时曾经幸运过。在县中任教时，虽不曾出色，但还算过得去，每年多少也总有几本奖励证书可拿。正当事业得心应手、同事间相安无事之际，却无端地被卷进一场人事纷争之中。这场不大不小的风波，导致了各色人等粉墨登场：煽风点火者、搬弄是非者、落井下石者……无一不登台亮相。不过，所幸多数者还是坚持公理，保持人格的独立。

然而，它使我看到了平日里亲亲热热、和和睦睦，一下子说翻脸就翻脸；也使我看到了平日里正人君子般，一下子就可以露出可怕的面目；它更使我认识到了人性的堕落往往从无视公理开始，社会的公理常常因私欲的膨胀而萎缩。

因而，我当时曾经有过想放弃、背离我所挚爱的教育工作之念头，后来在一分管教育常委的关注、教育局局长和人事科长的把持下，调到广播电视大学。让我脱去了所谓的教研组长及年级段长等虚幻的光环，离开自己流连忘返的虚像世界，从而躲进岁月的深处，与世事握手道别。

我真的很感谢人生中的这一段经历，它让我懂得了以往不曾懂得，或全然无知的人生课题；让我看清了社会的真实状况，使我懂得怎样在困境中成长，怎么在逆境下生存、坚强；使我不断地趋向成熟，更使我不断地有所收获。在我的一生中最感到欣慰的是这一段不幸的经历，让我明白了人这一生最遗憾的莫过于辜负了自己，那个时刻在召唤在等待自己的自己。能让我静下心来，投笔写作，从而取得了一点点收获。发表论文30多篇，出版了散文集《品味人生》。在《光明日报》教育版的全国论文竞赛中获得了二等奖，有幸被邀参加在人民大会堂召开的全国教育家大会，并在钓鱼台国宾馆住了四个兴奋难眠之夜。我作为一个山沟沟里穷苦农家出身的孩子，能有这么个享受，我永远都不会忘却！

我深深地眷恋玉环这个新生的城市，因这里是我的出生之地，这里是我的成长之地，这里更是我的成熟之地。

玉环这个海岛小城，有我童年和少年的苦难与梦想，中年的艰辛与奋发，晚年的安逸与静好。玉环——我要以一生的情怀眷恋您，我要深深地感谢您。我还要衷心地感谢在我人生成长的道路上关心过我、帮助过我，也包括那些意见相左，观点相悖甚至伤过我痛过我的所有的玉环人。因没有他们，就没有我的今天。

无奈中的怀恋

现实的人生中，往往有许多许多的人与事是很无奈的，比如人生中的生老病死，天灾人祸，生活中的贫穷，人长相的丑陋，各类事故……但穷原竟委，人们对这种种的无奈，却有着层出迭现的各种情感，让人思念，令人眷恋，叫人怀想，以及使人深表同情扼腕……

人们耳熟能详的台湾著名女作家三毛（陈懋平），她的一生四处漂泊，走遍千山万水，但最终却未能走出纷纷扰扰的世相人情。

三毛的一生极富传奇性且又不乏瑰丽色彩。她既是一个谜，又是一阵风。

她曾经许过愿：如果有来生，要做一只鸟，"飞越永恒，没有迷途的苦恼"；如果有来生，要做一棵树，站成永恒，没有悲伤的姿势，"一半在尘土里安详，一半在风里飞扬，一半洒落阴凉，一半沐浴阳光"；如果有来生，要化成一阵风，一瞬间也能成为永恒，"没有善感的情怀，没有多情的眼睛，一半在雨里洒脱，一半在春光里旅行，把淡淡的思念统带走，从不思念，从不爱恋"。

三毛的人生大多居无定所，四处流浪漂泊。这在我们俗人的眼中，无疑是性格上的无奈和人生中的不幸。然而，三毛她最能讲本真可爱的故事，撰写有温度的作品，满怀对世界的爱与期待，从而走进了无数读者的记忆之中。尤其是每当人们唱着、听着"不要问我从哪里来，我的故乡在远方。为什么流浪，流浪远方……"这首《橄榄树》时，撒哈拉漂泊的灵魂，仿佛萦绕在身旁，怀念之情，油然而生。但它却是在无奈中得以体现，或者说是面对三毛的现实世界，人们更加地怀念。三毛的终极画面竟然是世之茫茫，举目荒凉。这不能不说是一种无奈。

2004年的某一天，这是一个让世人悲悯，而又深刻告诫人们不要忘却的沉重日子。一个曾荣获全国奥林匹克物理竞赛二等奖等多个奖项，前途无量的大学生，却在无休止的嘲讽和人格尊严被踩蹦践踏之下，毅然杀戮了那些曾一而再，再而三地嘲弄、践踏他人格的人。某某（因有争议，请允许将姓名隐去）

杀人后拒绝投案，也拒绝四位律师免费为其做无罪辩护，原因是他只求一死。可是他在临刑前写了一封长信，不知看哭了多少人。某某在监狱中穿上了他说自己这一生中穿过的最好的衣服——囚服，曾让在场看押他的警察都落泪。在寒冬他曾为一两块钱给同寝室的同学洗衣服；没有鞋穿，在助学贷款发放前的几天里，他光脚逃课；为缴学费，从家到学校一路低声下气借款而来；为母亲熨200件衣服所得报酬100元钱丢失，他特意将100元钱丢在家里的过道上让母亲捡到来安抚母亲这颗心痛不已的心……

　　某某的贫穷是无奈的。人们之所以对某某施以深切的同情，并非赞许他杀戮同学的所为，而更多的还是人们在惋惜、同情的背后寻觅那对待贫穷态度的社会根源。正像某某在自己信中所说："当我过去的伤痛被人再次拿出来嘲讽的时候我的心滴血了，践踏我的竟然还是同学以及老乡。"这是一种多么残忍的社会现象！人们在同情中渗透出对本该茁壮成长的参天大树却无端地被夭折的悲悯与愤慨，从这一意义上来解读，那么这种同情，则具有更深广的社会意义。某某的贫穷固然是无奈的，而对某某的死，人们则更是纷纷深表同情，但从法律的层面而言，那只能是无奈中的无奈。某某别无选择，只有接受法律的制裁。但他身上折射出那种孜孜以求、节俭内敛所特有的秉持曾令不少的大学生们所怀恋。

　　笔者熟知的A君，与其可算得上是深交。一次相聚，A君却一反常态，悲凄非常，俨然魂不附体的样子，令人惊吓。见此，我未做刨根问底，仅是俗套地做些安慰。几天后再聚才知，A君与一知己甚为默契，他们相互了解，互为信任，互为依赖，一方有事，无不诉说衷肠；一旦小别，又无不相互思念；尤其是双方都能听懂对方的所有弦外之音，有时甚至比你自己还要了解自己。A君告诉说，在他所有熟知的人中，甚至包括妻子与父母，没有谁能做到如此的默契。可是这一知己却在一夜之间不告而别，永远地离他而去。于是他说自己要将这一无奈的思念怀恋与自己永伴终生。这使我想起了徐志摩的一句话："我懂你，就像懂自己一样深刻。"于是我对A君的这种情感坚信不疑。

　　不仅现实如此，有时现实中的文化也有此种无奈。先贤中被奉为的哲理名言，因为被断章取义，以讹传讹，而背离了先人们的原来意思。"相濡以沫"被当作爱情的美好代名词，就是典型的一例。

这句话出自《庄子·大宗师》，整句是"相濡以沫，不如相忘于江湖"。原意是：泉水干涸了，两条鱼为了生存，彼此用嘴里的湿气来喂着对方，苟延残喘，但与其在死亡边缘才如此互相扶持，还不如回到大江大湖里去，更为自由。

作为成语"相濡以沫"只能是比喻同处困难，相互救助。若将其直接引用到夫妻情爱上无疑是一种误传。然而，做如此理解、使用者为数确实不少，经常有所见闻。这不能不说是一种无奈。倘若将其引申到人生：两个人生活在一起，如果更为艰难的话，还不如放手各自过各自的生活。如是引申，做延续领悟，那也只能是一种无奈中的怀恋。或许这需要一种更大的坦荡，一种更为淡泊的心境。

无奈中的情怀，思念乎、眷恋乎、怀想乎，处处存在并经常不断显现。

家的传承

关于"家"的讨论之声，这些年来真可谓不绝于耳。人们从各个不同的角度和视角来聚焦、诠释家的定义及其家的重要之所在。按一般的常情，这些讨论本该或多或少总有一定的警示与昭发的作用。然而，不幸的是现实中的人们往往则是不以为意，不知所终，依然是我行我素，言行相悖，使许多不该发生的事情居然堂而皇之地任其发生。比如夫妻与家庭，许多本该可以挽救的家却断然土崩瓦解，使本该可以维系保全的夫妻关系却失之交臂，失之眉睫，走向分道扬镳。此说倘若有人不以为然，我们可从这些年离婚率不断上升这一事实完全可以得到佐证。然而，遗憾与可悲的是，人们花了那么大的力气，讨论那么长的时间，可在残酷的现实面前竟然是那么的苍白无力，那么的不堪一击，这到底是为什么？是关于家的讨论不够到位？或是我们的讨论存有缺漏？抑或是人们的道德缺失、心灵的扭曲使其难以见效？等等这些问题，我想还是留给社会学家或心理学家们去认真地探究。如今笔者只是觉得我们在讨论家的重要意义之刻，却忽略了一个至关重要的问题，那就是家的传承，即家风的传承。

一个生命降临人间，第一时间接触的就是家。西汉许慎编撰的《说文解字》中，对"家"一字做如此解说："宀为屋也"；"豕为猪也"，两字合写为"家"字。最初意为家是人们繁衍后代的地方。一个一个、一代一代地繁衍成为至亲至爱的一家人，一个家族。所以家既是我们的出生之地，也是我们的成长之地；家既是我们一生的安心居所，又是我们人生的依赖。有家，才不会漂泊，有家人的陪伴，才不会孤单。从而，有人曾用了一个很形象的比喻：家是温暖的港湾，它让你靠岸，让你停泊。不管你身在何处，家都会毫不动摇地等待你的归来；也不管你有多么的身心疲惫，家都会以笑脸相迎，为你排困解乏，给你慰藉。因而，家，是情爱之地，不可太于究理；家，是放松之所，不可争执吵闹；家，要诗意栖居，不可喧嚣浮躁；家，是安心的归宿，不可欲念甚高；家，是感情的寄托，不可欺骗臆造。正因为如此，家不需要多么的华丽和富足，只要温馨和睦就行；不需要锦衣玉食的生活，只要一家人平平淡淡称心如意就好。倘若将这些良好的内容，注入纯洁的灵魂，铸以优良的品质，并逐渐不断地形成一种风气得以传承，这就是社会所要倡导的家风。

诚然，这千千万万个家中，由于主人的品位不同，性格的迥别，兴趣爱好的差异以及追求目标的区别，往往会形成各自独特的风格。这也就是人们传统意义上的所谓家风。这种家风有明暗两种状态：有些是通过家训明确标榜，并告知所有族人。这一状态一般都出现在一些有名望的大家族中。而更多的则是没有明确提出，但它确确实实有种精神或灵魂潜在这个家中，并不断地昭示着族人照此精神行事。不管或明或暗，一旦各种家风形成后，就会成为这个家族世代相传的习尚与风气，给这个家族的后人确立了价值准则。从大的概念上说，这种家风，是建立于我们民族文化之根上的集体认同；从我们某一个家庭来说，家风是每个家庭成员成长中的催化剂或引路灯塔，从中还可以找到每个成员成长的足迹。甚至是一个家族代代相传沿袭下来的体现家族成员的精神风貌、道德品质、整体格局。家风对家族的传承起到至关重要的影响作用。

家风家训的作用，有时还会像一个学校的校训那样确立自己的办学方向。如浙大的校训"求是创新"，就是坚持"务求实学，存是去非"的办学理念。有了方向，人们就会朝着目标砥砺向前，不辱使命。

我们中华民族是个礼仪之邦，几千年的文化传承深深烙印在国人的心中，家风、家训往往成为人们心中挥之不去的情结。每个家庭都有各自不同的家风，每个家长也都会从自身体悟出处世之道来教育自己的子女，所以，往往在孩子的身上多少都会烙有家风的印记。从这一角度来说，家风又是文化和道德的言传身教，是智慧和处世方略的潜移默化，它的教化功能较之其他任何的教育手段都要行之有效。

然而，令人遗憾的是，近些年来，家风的概念渐渐地被弱化，不断地被萎缩，以至让人淡忘。几乎无人提及家风家训，即使近年人们在大谈家的重要性时，却也忽视了家风的传承。尤其改革开放后，外来文化的涌入，人们的思想观念、道德标准、教育理念都发生了强烈的碰撞与震撼，产生了颠覆性的裂变。人们将自身的行为规范与教育子女截然地割离，甚至还离奇错误地认为自己是自己，教育子女是另一码事。殊不知，恰恰正是这种错误导致了这一代人中的一些人精神与道德的缺失，以致影响着自己的子女。

不言而喻，孩子就像父母的镜子，他们的一言一行都是父母行为的真实写照，所以有人说：孩子就是父母的缩影，怎么样的父母就会教出怎么样的子女。甚至是一个家族的兄弟姐妹几乎是大同小异的，这就是无声的家风在传承，在起着感召默化的作用。

中国第一位物理学女博士、女院士，科学界的泰斗何泽慧先生的家族就是一个最有力的例证。上至清朝268年的历史，共录取26849名进士，何家就考取15名进士、29名举人、22名贡生、65名监生、74名生员；到了近现代，何家更是人才辈出，个个是国家栋梁，一个家族，一代子弟内出了6个院士。何家的光彩荣耀一再向世人昭示了一个颠扑不破的真理：一个良好家风的传承是何等的重要。同样，也是家风，美国早期的荷兰移民马克·尤克斯家族903人，基本上全是社会的渣滓。有300多人坐牢，其中130人坐牢超过10年；有310名流氓，190名妓女，7名杀人犯，60名小偷。这一组可悲的数据也从反面佐证了一个家风被轻忽后的不可名状以及良好家风传承之不可或缺。

可想而知，如果我们能够重新拾起家风家训之优良传统，观照社会主义的核心价值观，社会的家家户户都能亲和乡邻，贤明礼让，端正家风，传承品行；人人倡导静以修身，俭以养德，端人品，齐修家风，正行为，恪守家训，那是国人之大幸也！

亲　情

　　那一年我的孙女只有四岁。有一天早上我送她去幼儿园的途中，接电话时无意间提到"亲情"一词。小孙女不知是心灵感应或是心存好奇，带着甜嫩的童音问：爷爷，什么叫"亲情"？我愣了一下，心想如何用最简单易懂的言辞向一个对这个世界尚存许多盲区的小孩解释呢？由于一时找不到合适的语言，只好仓促地用"一家人在一起的感情就叫亲情"来搪塞。我知道自己的解释不怎么贴切和准确。其实要完全准确且又贴切地来解释"亲情"还真的有一定的难度，因它毕竟有广义和狭义之分，尤其是当今社会往往会"老词"新用或狭辞广用，它并非仅是"亲人之间的感情"那么简单。

　　台湾著名的作家林清玄说亲情是期待中的父亲的笑；著名作家东西说亲情是架在河流山沟上的父母桥；有一名人说亲情是捏着母亲的脚时流下的眼泪；也有人说亲情是家人之间竭尽全力的呵护……不管怎么比喻言说，我感觉到亲情潜着那么一股巨大的力量，它可以给生命垂危的亲人带来坚持活下去的希望，所以我觉得亲情就是一缕温暖的阳光，照耀着我们的生命；亲情，就是一丝清凉的春风，吹拂着我们的心身；亲情，就是一口甘露，滋润着我们的心田……它可以让我们远离孤独、悲凉与痛苦，忘掉一切；它也可以冲破时空和年限的任何阻碍，让两颗心紧紧地相拥。此说没有任何一丝的夸张，只要你亲身经历过此种情感的交流，你就会感到亲情是很珍贵的。它是确实隐藏在人们内心世界里一种很厚重很深幽的情感，只是有时不易表露而已。我儿时的一伙伴，两兄弟为分家产破裂，闹得很凶，还厮打过几次，每每相遇，胜似仇敌。可当其兄生命垂危之时，其弟不顾一切地前去"负荆请罪"，兄弟俩还抱头痛哭。倘若没有亲情潜力的驱使，这兄弟俩会有"兄弟之和"吗？

　　也是在我孙女四岁的那一年，一个周末，小孙女坐她妈妈自行车的后座不慎脚后跟被自行车的钢丝扎得很深，在家养伤。一天，孙女的父母都去上班了，她醒了后，不知怎的下了床，还开了房门，一边呻吟着一边拖着受了伤的脚，爬着出来。我一见她那无助与痛苦之状，我的泪水就怎么也控制不住，一个劲地簌簌而下。小孙女见我流泪了，她更想扑向我的怀抱，可是怎么也无法站立，于是她就更伤心地哭了起来。这哭声是那么的自然，那么的弱小，又是那么的伤感。我被这瞬间的神情深深地震撼后，不知所措。当我抱起小孙女时，她就像一只受伤的小鸟，侥幸得到救助一样，却又难以排解心中的委屈和凄婉，只好默默地抽泣。此刻，我有一种难言的悲悯或莫名的惆怅，甚至还会稍带一种平平的怨气，我想，这不就是隐藏在我们内心深处的一种潜在的情感吗？我和孙女俩这种双向的情感无声地表露，不正是对亲情的一种最直接且又最准确贴切的解释吗？以前我曾在心中动摇过这样一种情感：一些父母见自己的孩子病了，往往会说让子女的痛苦由自己来承受，尤其是一些迷信活动，将自己减寿，给子女加寿。愿望能否实现，则另当别论，对此，我总有点迷茫。可当我自己有过如此的经历和感受后，才感悟到他的真挚和毫无掩饰，至少说明他们的情感是纯真的。同时，我对"可怜天下父母心"这话的深刻内涵则有了更进一步的理解。这种千古美德一直绵亘不绝，在我中华泱泱大地不断衍生传承，成为我们中华民族所特有的风范和美德。

这可能也是对"亲情"一词做最好的解释和注脚。

人生与流云

在悠悠趣事绕身的童年，流云一直装进了自己幼小的心灵里，成为不解的"奇妙"。正因如此，所以常常躺在草地上，仰望着蓝天，凝视着一朵朵飘忽不定的流云，其间只知道它们层层叠叠，高高低低，大大小小，快快慢慢，从来都不曾相同。仅此好奇而已，却百事不晓。

而后随着年龄的增长，有了一定的知识，对云的认识也从无知到有所知，并渐渐地懂得这飘忽不定、瞬息万变的流云除了自然界的科学知识外，它更和人心、人的思想、人的精神状态有着千丝万缕的紧密联系。那些千古云彩，云姿飘过历代人的眼帘，驻足人们的内心，幻化成幽深不同的情怀。"暮云收尽溢清寒"的哀伤，"愁云惨淡万里凝"的旷远厚重，"大风起兮云飞扬"的悲喜交加，"作别西天云彩"的惆怅，"浮云蔽白日"的愤慨，"白云一片去悠悠"的愁思……各种情怀心境无不注入作者各自人生的踪迹身影，又伴随着悠悠流云而跃然纸上。因而，有人说"人如云也"，不无道理。瞬息间变幻莫测的云朵恰似千姿百态的人生。因人的心是在不断地变化，人的境遇也是昨日不同今天，从而人的命运同样会随之而变。所不同的是在这各色人生中包括人生的境遇与命运的变幻莫测，其表现出的态度却是迥然各异。有人经岁月风霜摧残后在悲伤中沉沦不能自拔。有人遇天灾而不乱，遇人祸而不惧，始终镇定自若，泰然处之。这使我想起了我的忘年之交胡先生，他1938年入的党，而在那个狂风撕扯人性的年代却无奈地被零落，开除了党籍，行政上开除留用，可以说人生跌落到极点。然而，尽管精神上生活上悲凄非常，但他那开朗的生性，极富穿透力的笑声却始终荡漾在他身边的每一个人周围。只是在组织宣布其恢复党籍，按离休待遇享受的那一天，他却久久地伫立在会议室的窗边，两眼湿润……窗外的天空中飘忽不定的云彩，突然间升腾起一片淡淡的白里略带微红的飞霞。我想，这不就是胡先生的人生写照吗？大起大落的人生犹如飘忽不定的云霞，多舛的命运，喜也好，悲也罢，他始终不曾改变自己那淡泊如水、泰然自若的人生定律，坚守着人生浮云的纯洁。

诚然，现实中也确实有人一遇到挫折就惶惶不可终日，以致一蹶不振；一遇到春风得意之时，就忘形而无遗，甚至连自己姓何名谁都不曾记得。此等目不见睫者往往"狗眼看人低"，他们的灵魂早已玷污了云霞的洁净，犹如13世纪意大利壁画魔鬼头像隐藏在纯洁的云中那样。

人生如云。既然人生与流云有那么深远的内在联系，那么看云、读云自然就可以领悟人生。我常常在想：倘若我们童年所见的流云并未离我们远去，尚能一直陪伴着自己的人生之旅，守护着自己的纯真和梦想，将会获得一种悠然淡泊和不杂尘渣的心境。如是即使稍纵即逝的流云，它也可亘古长存。

不难想象，人生的旅途中，难免会有崇山峻岭般地起起伏伏，时而会有风吹雨打，步履维艰，时而又会雨过天晴，鸟语花香，喜笑颜开。

不是吗？笔者从儿时的仰天望云到如今的读云、写云，其间不知伴随着多少的风雨历程，不也正是印证了"人生如云"这句话吗？

向生命致谢

谁都知道人的生命是很宝贵的，甚至是至高无上的。正因如是，我们人类对自身的起源问题做过许多美妙的猜想和哲学意义上的探秘。《圣经》上说：我们人类最早的祖先是亚当和夏娃，从而，有人推测认为人是上帝创造的，而唯物主义却认为，人是由类人猿演变而成。

其实对生命的起源，我们不是人类学家，不必做刨根问底的纠缠不休，况且，迄今为止，尽管无数的学者对生命的奥秘做过许多的探索，却没有一种答案能够让人毫不置疑地信服。而真正值得人们深刻思考的命题却是懂得如何感谢生命。在大自然的启悟下，好好珍惜自己的生命，用热情去拥抱自己的生命。

我们知道，自然界的任何一种生物，都能通过新陈代谢的作用，跟周围的环境进行和谐的融洽以求得生存；自然界的许多小生命即使在恶劣的环境中也没有丧失生存的勇气，依然按自己的生命本能和生活意向，顽强地尽情绽放；同样，每到万物复苏的春天，小草可以掀开压在其身上的重量，破土而出；植物的枝条上可以不约而同地伸出嫩芽……

尤其那轻盈柔软而又不知倦怠的柳絮纷纷扬扬，铺天盖地，一朵朵飘飘悠悠像下雪似的，可它却比雪花更显得绵薄而柔软，更富有质感和灵性。每年的四月，不管你漫步在北京朝阳门外的大街上，或是游历在"四面荷花三面柳，一城山色半城湖"的济南，或荡漾在春色盎然、美不胜收的西子湖上，这些天南地北的絮花都会不谋而合地在几乎相同的时间里不遗余力地尽情飘洒。此中的人们往往都会有一种毫不介意悠闲自若的感觉，任凭它轻柔地飘落在身上，缓缓地从身子的各个部位擦过，或静静地落在脚边的地上，或漫不经心地挂在林荫道的树枝上。此时此刻，倘若你的心情不错，只要伸出一只手，瞬间就会有一朵或几朵的柳絮悄悄地落在你的手心，像一朵小小的白花，带着一种希望的幻想，在静候你的处置。如果你不想或不忍心惊扰它的美好梦境，只要轻轻地一松手，让其随风而去，就能看见它那轻盈的身影在微风中纷飞起舞，忽上忽下，左冲右突，不一会儿，它就与天空中许许多多的同类交融在一起，消失在你的视线之中，带着一颗种子的希冀，去追寻它那梦幻的草地和湖畔，去见证一种生命的奇迹！我们在它那竭尽全力、不知疲惫的飘忽中，仿佛听见一种声音在殷切地呼唤，那是呼唤新生命的诞生！呼唤生命的种子能如期地绽放出嫩绿的新芽，散发出生命的芬芳。我们还清楚地知道，这呼唤无疑是每一朵柳絮的心愿。

然而遗憾的是愿望真正能够实现的简直是微乎其微，或许只有少得可怜的那么几颗种子有幸遇上沃土，给予营养助它生根发芽，直至长成郁荫蔽日的大树；而更多的只是飘落山崖间或江河里，或因为旷野的贫瘠而过早地夭折在胚胎之中。尽管如此，它们终究已尽了自身最大的努力，既如期而至，又从不懈怠。

笔者之所以如此悉心去观察微若尘土的柳絮，且不惜笔墨去细写它，实在是因它极富生命的意义深深地感动了我。可能有人会说，这是一种很普通正常的自然现象，有什么可自作多情地感慨？如是，那么请问：柳絮如此昼夜不停且又不知倦怠地飘忽追逐，这难道不是一种生命的本能使然吗？如果承认柳絮是有生命的，那么这不是植物灵性中一种强烈的生命意义的觉醒吗？

所以，我推演而想：神奇的自然界里凡有生命意义的物象，都会想方设法以各种不同的方式，使自己的生命得以延续以求一种永恒。且它们深知生命的无常，才将自己的本真无所保留地撒向人间，以展示生命的过程和生命的价值。

从而，我不由自主地由柳絮对生命的如此执着联想到我们人类，没有任何的理由不对自己的生命，投以真挚的感谢和崇高的敬意。因为柳絮来年还可以继续飘洒，草木明年也能再次发芽，花朵凋敝了也会再度绽放，而唯有我们人的生命仅有这珍贵的一次。

想想那些在地震、海啸、雪崩、泥石流等天灾中死去的人，那些在黑死病、新冠病毒、SARS、禽流感、艾滋病、车祸、海难、空难中屈死的亡灵冤魂，我们无论如何都得好好感谢生命、珍惜生命、善待生命，只要活着就是一种幸福。即使有人在自己的人生历程中有这样或那样的坎坷与曲折，也大可不必悲观绝望。事业、前途、爱情、婚姻、家庭所有的一切，没有过不去的坎，过一段时间，它都将成为"过去"。

其实，生存的本身就是一种资本、一种幸运、一种骄傲，正如一位从死神手中复活的幸运者说："死神让我回头，我只有向死而生，在倒计时中惜珍每分每秒。"说得真好，简直是对生命的本质意义做出极致的诠释。只有每分每秒地珍惜自己的生命才是对生命最大的感谢！也只有每分每秒地珍惜生命才能活出生命的精彩！

地球中任何的生命，都具有值得尊重的权利，而人类中的任何一员都有责任向自己的生命致谢！

人生三千事，泯然一笑间。

给生命一个微笑，生命便会还你一世喜乐。

●即事兴怀篇

　　人们在日常生活中所见所闻，一些看似微不足道的事物或生活现象，只要我们用心去感受，悉心去体验，大凡都会透视或凸现出各自的价值取向。

　　倘若我们将这点点滴滴，涓涓细流汇集于心，诉诸笔端，那喷涌而出的必将是幽谷中清洌甘甜的泉水，醇芳四溢，沁人心脾。

礼赞麦子

麦子是我们中华民族古老的农作物之一，黄河流域成为世界上最早种植小麦的地区。这是我们民族的骄傲！

儿时特喜欢电影。《上甘岭》中曾有这样一个特写镜头：由于志愿军战士实在无食果腹，为了几袋面粉而牺牲了数名战士的生命。此镜头深深地烙印在我幼小的心里。当我知道面粉的原体就是麦子时，我就与麦子结下了不解之缘，并深深地爱上了麦子。面食也就此而成了我的最爱食粮，甚至可以一日三餐口不离面食。

麦子，它的颗粒外形朴素平实，看上去还略带点柔弱平庸的憨态。但它的肉质却既十分坚硬，又洁白如雪，晶莹剔透。这种特性或许与其生长的历程有着渊源关联。

在农作物的生长周期中，小麦是唯一历经春、夏、秋、冬四季考验的农作物。

它，始于金秋。正当人们在满怀丰收的希望中，将麦子的种子播撒进了祖国广袤的千里沃野，经秋土的孕育、滋养，很快地，麦子以其巨大顽强的生命力，掀开了泥土的重压，破土而出，并不时地忙于分蘖。

它，眠于冬日。由于麦子好雪，它毫不犹豫地在冬日里选择了休眠，每每此时，它总是喜欢以大地为床，以皑皑厚厚的霜雪为被，尽情地酣睡。可聪慧的麦子于酣梦中又不忘生长，养精蓄锐，蓄势待发，静静地吸收养分。

它，长于春时。经低温的春化后，麦子纷纷在睡梦中苏醒，在乍暖还寒中缓缓起身，伸展懒腰，活动筋骨，躬身返青，历时拔节。此时它的生长速度，只要你能静下心来，侧耳细细地伏听，即可聆闻其声。那"啪啪"的生长之声仿佛大自然在农家庭院里演奏的交响乐章，清脆悦耳。

终于在肥水和阳光的滋润下，麦子开始挑旗并忽然之间蹿出麦穗，开花、灌浆，慢慢地孕育出颗粒的雏形，呈现了生命的形态。

它，成熟于夏。初夏和煦的阳光和轻轻的微风，使麦子渐渐地卸下了绿装，更换上淡淡的、灿灿的盛服。而当穗儿不断地膨胀、不断地饱满、不断地成实，它的体态就变得丰盈，沉甸，它终于渐渐地走向了成熟，人们也纷纷地忙于收获……

麦子一层一层淡黄、粗糙、开裂的外衣，见证了它历经一年四季的洗礼，饱经磨难的风雨历程：风霜雨雪的拷打，酷暑烈日的炙烤，四季交替漫长周期的锤炼，麦子净化了身上的污垢，铸就了一身的优质，提升了内在的精髓，完成了自己的使命。

有人说麦子是有生命的，倘若果真如此，那么一个历尽坎坷而仍泰然自若，默默奉献于人类的生命，必将被人类视为珍宝。一颗觉醒的鲜活麦子，她的觉醒表现在对人类生活突然有了敏锐地发现，并强烈地创造自己，适应于人类，服务于人类。哪怕是被任何的力量所淹没，所吞噬，以致粉身碎骨也心甘情愿。这时，麦子就会因自己的觉醒而感到无比的兴奋，这也就是麦子无怨无悔的生命品质。

麦子的奉献精神还表现在它的巨大的功用上。世界上所有的面食，面条、馒头、饺子、面包……只要说得上名的都离不开麦子，食品的种类似繁星点点，不可胜数，既令人眼花缭乱，又让人啧啧生叹。

麦子营养丰富，用途广泛，自古以来，被人们所称道传诵。它的茎秆切碎后可在隆冬让牲畜果腹，麦粒的外壳可制作饲料供养各类家禽；麦子碾制成面粉，制作成食品让人享尽口福；麦子发酵后可制作成可口啤酒或酿成精美的白酒，让人心花怒放……

因面食的花样不断地翻新，营造出"一面百名""一面百味"的美食丰富多彩的状态，衍生出各具特色可传承的面食文化，使大江南北出现了争相斗艳，各领风骚的面食文化的较量与竞技。

麦子不仅让人饱享食欲，还与文学艺术源远流长。古往今来有多少诗人对麦子情有独钟，挥毫写下了脍炙人口的诵麦诗篇。

白居易的"夜来南风起，小麦覆陇黄"，写出了小麦成熟的一派丰收景象。一"黄"字点出麦熟，成了全诗之眼，一切皆因麦黄而起。

宋人郑獬写麦子收获满载而归的丰收景象："芟获载满车，累累犊衔尾"，令人叹服，为之兴奋。

而陆游的"小麦绕村苗郁郁，柔桑满陌椹累累"则巧妙地写出了小麦与桑葚共生同长，和谐相处的无限情趣。

在现代诗作中也不乏赞颂麦子的妙句。韩同远的《咏麦》"三冬谁敢绿，四野我青青。莫道欺风雪，丰收万马鸣"，就生动传神地将麦子傲立霜雪，不惧寒冬的品性刻画得活灵活现、淋漓尽致……

此外，相关于小麦的民谚也数不胜数。如"今冬麦盖三层被，来年枕着馒头睡""春分麦起身""麦喜胎里富"等各有特色，朴素亲切的谚语，言简意赅，朗朗上口。

有关麦子的歌曲，如《风吹麦浪》《麦熟一晌》等都是优美动听，热情洋溢的传情之歌。

还有面粉制作而成的各类艺术精品，造型各异，惟妙惟肖，为麦子自己的成功献上了一束艺术之花……

然而，这一切的一切，都还只是从麦子的生长历程和功用上去讴歌。我想，麦子最值得我们赞美的，还是她的自我特性和品质。她那洁白无瑕，晶莹如雪的粉质不正喻合了其自身纯净高洁的秉性吗？她那经水调和后所产生的一种特异的柔韧性，不正是她那坚韧不拔、顽强不屈意志的见证吗？

尤其是想着那一颗颗麦子被压扁、挤裂、碾磨碎时的样子，以及任人摆弄的状态，我有一种不堪其痛和一丝轻轻的呻吟从胸膛升腾，以至难以承受！

试想：为了大众，甘愿在碾磨的笑声中粉身碎骨，如此悲壮的自我牺牲精神，难道不值得人们崇敬与仰慕吗？如此高洁的品质和情怀，不值得人们去赞美和讴歌吗？

我从心底里大声地疾呼：麦子，我深深地赞美你，由衷地感谢你造福于人类！

微尘飘忽

"白日不到处，青春恰自来。苔花如米小，也学牡丹开。"这是清代诗人袁枚的一首励志的小诗《苔》，就是这样一首朴实无华、平淡如水的小诗，最近被网络炒得红红火火。它之所以得到人们如此热衷地颂扬和礼赞，就是在它对自身的渺小、纤柔、微弱，而恰恰一点也不自惭形秽，不自暴自弃，安然顽强自豪地尽情绽放。

苔藓自知低微，可它依然有自己的生命本能和生活意向，即使生存于"白日不到处"，如此恶劣的环境中也没有丧失生发的勇气，这使我想起了比苔更为细小低弱的微尘。

一个秋日的晌午，和煦的阳光照进我的书房窗户，在这清亮的视线中，我清晰地见到了一粒一粒的微尘在不停地飘忽，一会儿飘悠到高处，一会儿游旋到低谷，上上下下、起起落落、左左右右、洋洋洒洒。对此，我忽然间突发奇想：这不正像婀娜多姿的少女在翩翩起舞吗？她们的舞姿是那么飘逸、洒脱；她们的舞态又是那么浪漫而富有诗意！

可我又转念一想，它们根本没有丝毫的浪漫和诗意可言。因为它们实在是渺小得可怜或无以言状，甚至一点点的轻风或吹一口气，都会让它们飘忽不定，不知去向，以致改变它们的命运走向。

其实，它们早已有定局，这个结局不容它们选择，只能是尘埃落定归为土。

然而，尽管如此，可是它们仍然是舞动得那么执着，那么尽兴，直至到了筋疲力尽的最后一刻。

人们颂扬苔的顽强生命力，以及不知自惭形秽的唯美精神，这当然是无可非议且理应赞而颂之。可是有谁关注过比苔更为弱小的微尘吗？我们见而闻之的只有对它的指责和憎恨，倘若我们能跳出微尘的本质意义，去寻找它的象征含义，就不难发现：自然界中的每一个人，每一个生命，每一棵树，每一朵花，每一株草……包括任何的万事万物，细想起来，无一不是一颗小小的微尘。

　　草木枯萎后还可以再生，花朵凋谢后还可来年绽放，可富有思想与情感的人类生命仅有一次。所以，在这永恒的时间和永恒的世界中，更是显得如一颗微尘，因我们匆匆而来，匆匆而去，在这苍茫的天地间只不过是一过客而已，有谁能逃过落尘归土的结局？因而又有谁不是一粒微尘？

　　尤其是人类与微尘更有相似的一点，那就是尘埃在已定的结局中依然不停地尽力飘忽。人类何尝不是如此？不管人生命运上演的是喜剧还是悲剧，不管人生旅程中是风光旖旎、鲜花簇拥，还是云遮月蔽、凄风苦雨，我们还不是照样地在人生的这个大舞台上，不停地旋转，左冲右突，上下求索？也不管谢幕的结局如何，我们还都是会尽情地做着自己，尽兴地绽放自己，永不放弃，永不松懈，永不停歇！

　　更有甚者，哪怕在人生的历程中，跌落低谷，历尽磨难，他们依然会在自己命运的章节里，竭尽全力地弹奏，舞之，蹈之。

　　不是吗？司马迁在遭受宫刑后写成了空前绝后的历史巨著《史记》，史铁生在他生命的终结前写成了《病隙碎笔》，不就是个有力的见证吗？

　　司马迁也好，史铁生也罢，这一古一今的人生，都是无法选择自己命运的结局，但他们都没有因预先知道结局而放弃过程。因为，他们十分清楚，过程永远比结局更具意义的魅力。

　　大千世界，茫茫苍穹；芸芸众生，生生息息，无一不是尘埃落定，归结为土。其间无一能够选择自己命运的结局，但又无一不能选择结局中的过程。只不过是具有灿烂地绽放和颓败地萎谢两种不同的选择罢了。

　　苔藓以自身成功的经验告诉人类：要学会在恶劣的环境中生存、坚守、绽放；而微尘则以明知落定为土的结局，却依然不懈地飘忽舞动，左右冲突的奋斗精神，告诫人们：要正确地认识自我，把握当下，注重生命的过程，用心去倾听大地的心跳，聆闻自然的呼吸，让生命的过程绽放出灿烂绚丽之花。

　　也许这就是微尘最值得人们赞颂的闪光之处，也是我们对它更深层次的理解和认识。

音乐与生命

是什么最容易走进耳朵的大门？是音乐！是什么最能推开心灵的窗户？是音乐！又是什么更容易激起生命的震撼？还是音乐！

音乐与生命，生命与音乐一直以来就如此千丝万缕地相依相存着。

那回荡不绝的音乐之声，或媚媚楚楚，或悲悲凄凄，或激激荡荡……这一切无不伴随着生命——灵魂的百折不挠的脚步。而它们，音乐的灵魂，生命的灵魂一同曾是脱离某一肉体悠悠而去，而又在那不断降临的生命入世，借助无数的肉体而万古传扬。就这样音乐与生命，生命与音乐缠缠绵绵，永无消损，永无终期。

或许有人会质疑，这两者真的有如此紧密关联吗？不忙，请让我们一起来走进嵇康与他的《广陵散》，真正认识一下两者的关联，你或许会消解疑虑。

在文明的历史长河中，我们中华民族不知有多少的知识分子为"竹林七贤"的魏晋风雅所折服。人们一遍又一遍地为嵇康他们扼腕、感慨、崇敬。尤其是嵇康在他生命终结时所展现出的一种特有的生命境界。

嵇康在临别之前，既无畏惧，也没任何的诀别言辞，只是泰然自若，安详平静地弹奏起那曲《广陵散》，于是刑场上响起铿锵悠婉的琴声，然而这琴声却比任何的利剑投枪更加锋利、尖锐，比淋漓尽致的诅咒痛骂更加深刻。

其实嵇康在弹奏《广陵散》时，他的灵魂已经随着悠悠的琴声悄然地飞逝了。所以当刽子手在杀戮嵇康之前，他顷刻之间随着《广陵散》，如高僧打坐人在魂去，生命奇迹般地转换。此刻，嵇康与《广陵散》融为一体，也就是聪明的嵇康已经将自己的生命注入《广陵散》之中。纯粹的生命意义已经得到了一种精神上的提升，完成了生命的极致，转为一种辉煌而纯洁的生命精神而转入永恒。如是，与其说是生命的终结，不如说是死亡的消失。正因为嵇康是如此超凡脱俗地飞逝，才使生命与乐曲交融成全了《广陵散》永恒千古的绝响，永久地回荡在历史的长空。

如是，质疑者若不能诠释疑惑，那么我们不妨再来看看田汉所作的悲壮的国歌（原名《义勇军进行曲》），它曾召唤着多少热血男儿的家国情怀；它曾激励着我们民族的多少儿女在这民族危亡之际，用自己的血肉和身躯筑起了另一座全新的长城，使我们这一古老的民族依然昂首挺立于世界强国之林。

这国歌的力量几乎令所有的国人赞誉由衷。倘若质疑者不再疑惑，那么请让我们回到前面的话题——音乐与生命的关联。其实音乐与生命有时虽不曾是唇亡齿寒的关系，但音乐对生命的昭示却潜藏着巨大的能量，比如它可以驱赶烦躁，可以释怀伤感，可以锐削忧虑，可以鼓动冲劲，甚至还可以给一个垂危的生命带来继续活下去的希望……笔者虽不懂音乐，但我却能感悟到音乐构成的意义。稍加分析，音乐中的每一音符都不容忽略，它都将与全盘的音符相关联。全盘中的所有音符反系或筹措着其中一音符的命运，这就构成全然音乐的含义。独立的音符所响怎么听也只能是一种噪响。故而，音符若无法领悟和追随音乐之要求，即便是黄钟大吕也只能是虚无的哀叹！

由此我们联想到生命。生命在音乐中既是演奏者，又是欣赏者，既是传扬者，又是聆听者。生命的一切信息犹如钟声或荒野上的呼唤，或浪浪天风，绝不同某一生命的中止或肉体的枯朽而有所消减或片刻地停滞。相反，经过"我们"不断地继续着它的脚步，前赴后继，永不止息。因而，我们为何要为一个音符的渡过而伤悲呢？为何要认为生命由此而虚幻呢？

人们殊知，一切物都会枯朽，一切物又将再生；一切动都在不停，一切动都在流变。倘若我们视一个肉体的消失而悲观哀叹，那是由肉身蒙蔽了灵魂的眼睛，只看见要回归到"无"中去，却忘掉了"我"是从"无"中来。同样，我们若以肉体的不死而追寻生命的意义，这无疑以音符的停滞而追求音乐的悠扬。今天的克隆也好，古时的炼丹也罢，都无法让肉体不死。不尽的只有那跌宕起伏苦乐相依的天音，生命也只有在这永恒的音乐中获得意义。而这永恒的音乐，理所当然永恒地要求音符的生死相继，一如既往地保持它的和美与清丽！

我想：大概这就是音乐与生命，或生命与音乐的一点所谓的关联吧！

拐点之说

"拐点"一词，是近些年来新兴起的一个词。1983年出版的《辞源》修订本还未曾收录，而在2012年第6版的《现代汉语词典》，才收录了"拐点"一词。词典对该词所做的注释是：①高等数学上指曲线上凸与下凹的分界点。②经济学上指某种经济数值持续向高后转低或持续向低后转高的转折点。若以汉语最简单的理解就是转变方向，弯曲处，也就是出现转机或转折点。

最早出现"拐点"这个词，是源于楼市。因它是一个熟悉的陌生词，从而，很快就被人们在现实生活中所接受使用，各行各业都出现了"拐点"的用词，甚至连出版社也不甘寂寞，与拐点相关的书籍纷纷而出：《历史拐点》《中国企业死亡的14个拐点》《决定战争成败的拐点》……

既然如此，那么我想人生也总该有拐点吧。其实人生的拐点不仅有，而且还有大小之分，层次之别。比如，就一生命运而言，出现的拐点就是大层次的大拐点，就人生中某一件事而言，出现的拐点就是小层次中的小拐点。不过，人生中出现拐点后，不管层次大小都得有个前置条件，那就是学会拐弯。拐点是个机遇，是转机的信号，是个方向；而拐弯则是有了这个机遇后所采取的具体措施或方法。

人生中不可能总是一帆风顺，生命往往时有挫折，假如当你遇到一件很揪心的事情，且又难以解决，以致影响到心情与生活，甚至包括整个人生。你该怎么办？是一条道走到底，在死路中坐以待毙呢？还是在黑暗中寻求光明，另辟蹊径，突出重围？当人们将希望之光投向拐弯之刻，才有望找到"光明"。只有拐了弯，才有可能真正出现拐点。

现实生活一再反复地告诫我们：当此路不通之时，那不是尽头，而只是在提醒人们，该转弯了！

从前有个老和尚问小和尚：如果你前进一步是死，后退一步则亡，你该怎么办？小和尚毫不犹豫地回答说："我往旁边走。"是啊，天无绝人之路。人生路上，遭遇进退两难的境况时，只要换个角度去思考，或许你会豁然省悟：原来在你所走路的旁边，不是另有道路吗？只要心念一转，行为上拐个弯，或许逆境也能转变为机遇，路随心转，或许就能超越自我，开创新的天地。

路不通时，可懂得拐弯；在拐弯时，要懂得取舍；在舍弃时，要学会坚强。诸如此类，古之先贤为后人做出了垂范。屈原被放逐，乃作《离骚》为真理而上下求索；司马迁遭宫刑，为"究天人之际，通古今之变，成一家之言"创作空前绝后的《史记》；贾谊被贬，为了追怀屈原，创作《吊屈原赋》；白居易遭贬，发出"同是天涯沦落人，相逢何必曾相识"的感同身受之共鸣感叹；韩愈被贬潮州时，作诗记述水患中三江百姓的苦难；苏轼贬至黄州去寻找"长江绕郭知鱼美，好竹连山觉笋香"的淡泊。

凡此种种，他们无不在自己人生的拐点中做出了正确的抉择，深得后人的赞颂敬仰。

美国曾经红极一时的影星克里斯朵夫·李维，在一次马术比赛中意外落马，成了高位截瘫者。他曾一度绝望过，准备就此结束生命。可他在挫折面前，最终还是选择了转弯，以轮椅代步，当起了导演，他所导的影片还得了金球奖。而更令世人感动的还是他内心的神定气闲，坚持用牙咬笔，写出了他的《依然是我》之人生大作。

意外的坠落，这是李维人生中的拐点。这一拐点本该毫无悬念地向下滑落，曲线呈下凹状态。而李维却给自己的人生拐点做了极致的发挥，奇迹般地让拐点成了上凸的曲线。他同样令人赞叹不已。

爱因斯坦说过："人的最高本领是适应客观条件的能力。"而达尔文却说得更为透彻："适者生存。"两位超级智者所言之"适"，用通俗的话说，那就是"拐弯"。

很多时候，走过了许多路，才知道什么叫辛苦；翻过了许多山，才知道什么是艰难；蹚过了许多河，才知道什么叫跋涉；跨过了许多坎，才知道什么是超越。

我国杰出的语言文字学家周有光先生在 105 岁时，接受了央视崔永元的访问，当问起周老的长寿秘诀时，周老说："凡事要想得开，要往前看。"崔永元开玩笑说："要是我还是想不开呢？"周老接着说："拐个弯，不就想开了嘛！"

周老最后还提醒人们说："自杀的人，就是他走到要拐弯的地方，他不能拐弯，就只好死了。"

是啊，现实总是不断地让人为难，又不断地恩赐于人。

其间，陆放翁的"山重水复疑无路，柳暗花明又一村"的神来之笔，不知荡漾开启了多少迷茫者的心智，使其重拾生活之勇气。"行至水穷路自横，坐看云起天亦高。"路内有路，心内有心。当我们在落泪前转身离去，留下的只是华丽的背影。此时，人们的心灵负荷轻松而灵动，心中留下的只是淡然。

纵观人生呈现的拐点，关键就看你愿不愿拐弯、会不会拐弯、善不善于拐弯。大凡几种情形，影响或直接导致千姿百态，千差万别人生的形成。因此中涉及两件事：一是勇气，一是智慧。勇气是指拐弯中需要学会放弃。"失之东隅，收之桑榆"，得与失，尽在一念之间。倘若人们都能意识到人生苦短，我们仅是世界上的一个匆匆过客而已，得点、失点，又有何妨呢？该失去时，就洒脱地放弃，自觉地放弃。有此勇气后，那么，如何拐弯的智慧问题就显得轻松自如了。只要让时间悄悄地滑过，感觉已然随着时间而慢慢走远，也就顺达地拐过了弯，踏上了一条新的人生之路。此时，当你回眸一望，你已远离了昨天的迷茫，迈着今天的坚实步伐，笑迎明天的美好等待之中……更为可喜的是，当你拐了弯后，你还可以清晰地见到正路在哪里，阳光大道在何处！为自己的人生拐点找准了恰到好处的时间节点，扬起风帆，继续远航！

美与丑之间

　　美与丑都是人们通过审美而产生的一种感观结果。这种感观审视的过程往往有两个层面：一是颜值，一是精神。

　　表现在容颜上的美与丑两者很容易分辨，感观上很快就可以排列出女子的如花似玉与百拙千丑的云泥之别，以及男性中的英俊潇洒与尖嘴猴腮之迥异。很多时候，男性长相的丑陋尚可得过且过，而女子容颜丑陋就并非那么简单，容易承受，她们往往总是煞费苦心，竭尽掩饰之能事，于是乎美容与整容之类的行业也就应运而生，呼之而出。这些年来，由于女性中片面追求一种所谓的"纤瘦"之美，导致一些体态丰盈肥腴的女士为了减肥，宁愿忍饥挨饿也不吃晚餐，还经常不断地吃各种不同的减肥药。为了矫正体形，真可谓是不怕苦和累，天天强行练什么蹬腿、扭腰、拉筋，做各式不等的健美之操。有些女士为了追逐美艳，不惜一切代价，直至以冒生命之险也不愿坐失良机，竟然大动干戈：隆胸、隆鼻、削下巴、拉面皮、抽腹脂……能做尽做，一点都不愿放过。

　　其实，爱美之心，凡俗人几乎人皆有之，也无可非议。只是所有的一切健美都应在科学的前提下进行，不应过甚。若以牺牲自己的健康而换取所谓的美，那就更是得不偿失了。失去了健康，哪儿还有美？

　　诚然，美与丑也是相对的，除一些特征明显或相形见绌者外，大多还是如此而已。中国不是有句"情人眼里出西施"的名言吗？不过，这可能又要涉及一个审美的问题。什么样算是美？有人注重外貌，有人注重气质，标准不一，自然会得出不同的结论。

　　况且，人之貌太美了，有时也会带来不幸。中国古代素有"四大美女"之称者，个个命运坎坷，悲惨凄凉。西施在春秋争霸中就曾被用作吴、越两国的争斗工具，功成后却被身沉太湖，魂无所归；王昭君一生嫁给父子三人，悲凄可想而知；杨贵妃被李隆基为了自保以平士兵之恨，赐以白绫命殒马嵬坡；貂蝉同样无法逃脱董卓与吕布争斗的旋涡，受尽了颠沛流离的人生之苦。即使是现代美女中不幸者，照样比比皆是，最为普遍的就是被无端地传绯闻。有多少的民企老板聘了美女而使妻子醋劲大发，闹得沸沸扬扬；而多数女性不但不为同情，反而幸灾乐祸。当然这种嫉美妒美并非中国的专利，西方一些所谓的民主国度为美女而发生决斗的丑行时有所闻。最为典型的是18世纪的意大利，为了争夺美女蒙塔波尼导致多次决斗，而死者的父母告到法院，荒唐的法官还判蒙塔波尼为脸部受罚，即用烧红的铁块去烙她的脸部，后因无人忍心执行，才改判长期戴上骷髅面罩。

本来天生丽质这是上苍的恩赐，可是这样的幸运，在现实中却成了不少人的负担，成了不幸的隐源浮头。我曾与一位长相英俊的朋友开玩笑说：你们是上帝造人时用心一个一个慢慢地捏出来，我们丑的人是上帝捏累了懒得再捏，将造人的泥坯子砸下去溅出来的。捏出来的有人管，溅出来的无人管，就此自由喽！此玩笑细想起来还真的有一定的道理。不管男女，人长相太俊了，往往容易引人注目，关注的人多了，常会招来一些不必要的麻烦。

总之，家庭的幸福与否，与人的长相美丑说有关亦无关，说无关却有关。两者之间迷迷茫茫，扑朔迷离。

至于精神层面的美与丑，那就更加复杂了。因为精神上丑陋的人比起颜值低者更容易掩饰，它可不费任何成本，仅用一些漂亮的言辞化装成正人君子后，将自己丑陋的灵魂包裹得严严实实，很难让人发现，尤其是这类人很清楚自己精神长相的丑陋，内心有愧，所以他们就越要想方设法百般地遮掩，千方百计地巩固自己装饰后的成果，不然岂不功亏一篑，丑相毕露？于是乎，他们只能别无选择地寻找救世主，以求得永久地掩饰，其手段无非是不断地以一个谎言掩盖另一个谎言，甚至包括不择手段，让周边的人，尤其是让举足轻重者迷惘困惑，昏昏然而不知所措。

其实，这种精神长相丑陋之人比起容颜丑陋者更为痛苦，因为在我们察觉不到的地方，总会有人在细心观察，而且这些被掩饰的东西终究会在一定的时间里或在更大的问题上暴露无遗，因掩饰是偶尔的，暴露是必然的。

而精神长相美、人品好的人永远自带光芒，无论走到哪里都会熠熠生辉，精神之美是一个人的宝贵财富，它构成了一个人的地位和身份，所以有人说人格和精神，是人生的通行证，颇为有理。

　　不过，有一点我们须得明确，容颜上的美丑与精神上的美丑两者不存在必然的联系。大千世界芸芸众生中，外丑内美者有之，外美内丑的也不乏其人；外丑内也丑亦有之，外美内亦美者更不乏其人。但精神上的美与丑两者之间并非静止不变，而时时互为转化。此乃是美与丑的无穷奥秘也。

取名的学问

所谓取名的学问，不管是给人取名或给机构取名抑或给物取名，首先都得考虑如何简明易懂，名副其实。这是取名中最起码也是最基本的学问。尤其是如何给人取名，更有许多的讲究。

比如由谁取名，什么时候取名，取怎么样的名字，诸如此类，都有一定的说辞和潜规则。

至于由谁取名，一般都是由父母或爷爷奶奶这些长辈们拟定，全家人觉得可以就行。当然并非全然如此，有些特意请亲戚朋友或有名望、有福气的家长取名，企求沾一点光。这在南方的江浙一带就是所谓的"拜亲爷"，即认干爹。现在还有一种比较盛行的现象，就是花钱请专业的取名行家起名。

什么时候取名，这要视不同的情况而定。有些在婴儿呱呱坠地时即取名；有些在出生时父母仅随便起个什么"毛毛""宝儿""妞妞"之类的小名临时叫唤，正名得郑重其事，择个吉日良辰再取；也有些父母太过兴奋，婴儿还在腹胎之中，便翻破字典，询遍亲友，早早地取名，以示良好的企盼。

到了怎样取名或取什么样的名，这才是取名学问中的本质内容。一般来说，在起名中都是寄寓着父母长辈浓浓深沉的爱，或美好愿望的期许。求一个好的名字，给孩子带来一生的幸福、平安和好运。所以往往启用一些褒义中的吉祥之词，如春、祥、福等。稍有常识者对男孩之名会用带阳刚之气的词而取之，而女孩之名则会以柔和亮丽的词而命之。不过，最近这些年来，大概是与世界接轨之因，外来词越来越多，过洋节也越来越频，连女孩子的取名也越来越洋，什么"露""娜""丝""妮"之类常被使用，不知是追求西学中的"朦胧之美"呢，还是为日后的出国先做准备？

不过起名当下与以往比较，变化最大的还是运用什么手段或方式来取名，以及取什么类型的名字。不言而喻，人们紧跟时代的节拍，运用电脑这一先进的工具，将《周易》中的五行，根据生辰八字的预测来排列取名。在取名的过程中，进行五行（金、木、水、火、土）的平衡调补，并注意提炼音韵，凝聚意蕴。为了便于了解，不妨举一例加以说明。如姓徐取"浩然"之名，根据取名者补水这一原则，被取名之人在五行中必属"缺水"者，故以浩然之水而补之。从音韵上则是平仄平，最后一"然"字属扬声字，读起来朗朗上口，意蕴上取《孟子》"我善养吾浩然之气"也，引经据典。如此取名，若要在电脑上查看评分，必然是高分甚至可以是满分。

然而，纵观当下的取名似乎有点过甚，大有一种"中西合璧，古为今用"太浓的味道，且有愈演愈烈之势。凡事过甚终非好事，依笔者愚拙之见，名字首先意蕴清晰明了，不能生涩拗口，不必太雅，也不可太俗，与姓氏连接后赋予一定的意义即可。在音韵上只要清新、响亮、朗朗上口就行。

其实很多时候，父母深深眷爱的良苦用心不一定能如愿以偿，或许有人还会事与愿违。历史上曾因名字而遭来横祸者时而有之，清末的才子朱汝珍可算是一则典例。当年他参加殿试，按答卷的实际水平，被考官拟为状元，后来却被慈禧太后否决，原因就是其名"朱汝珍"三字有不吉祥之感，考官们无奈中只好另选刘春霖[刘（留字谐音）春霖即春雨]之吉祥的名字来替代，而将朱汝珍降为榜眼（屈居第三）。其实，说是不吉祥，仅是掩人耳目而已，是慈禧的武断臆度，借题发挥罢了。而真实的原因还是这个"珍"字，它使这位专横的老太婆想起了内心一直耿耿于怀的珍妃。

在此附带补上一句题外之话。此珍妃乃是光绪皇帝的爱妃，因支持变法被囚，在八国联军迫近北京城时，慈禧仓皇出逃之际仍不忘怨恨，令二总管太监崔玉贵将珍妃推入井中，此井至今尚留于故宫（据故宫介绍）。

这位心狠手辣的太后，已然毁灭掉一个如花似玉的鲜活生命后，事隔数年，又要贬降一位博学多才的状元，原因竟然如此简单，实属可恶！

中华人民共和国成立后，某市的一位市委办主任仅因与市委书记同名异姓，书记觉得实有不妥，将其调任一个名不见经传的机构担任书记，将一位颇有前途之人的政治生涯就此搁浅。

取名中事实与愿景相悖是常见的现象："永福"不福，"招财"无财，"进宝"没宝……因而，我们大可不必在取名上煞费苦心，花费精力，浪费钱财，力求简单易事。

更有甚者，近些年因计划生育后独生子女多了，常为姓与名双方家长闹得不和。为了避免矛盾，又可克服名字重复过多之弊，最好是将父母之姓同贯于孩子的名中，再补上一个既有意义又响亮上口的词即可，如是岂不省事？

过犹不及

"过犹不及"最早出现在《论语·先进》里。汉贾谊在《新书·容经》里也说:"故过犹不及,有余犹不足也。"两处的"过犹不及"都是指事情做得过分了,就像做得不够一样,都是不好的。

那么,怎么样才叫好呢?中国有个词叫"恰到好处",正好非常准确地回答了这个问题。也就是恰当而不过分。老子对为人处世所谓好的标准就是:方而不割,廉而不刿,直而不肆,光而不耀。这句话的意思是:方正但不伤人;廉正而不苛刻人;正直而不放肆;有光亮而不刺眼。

圣贤的老子说得多么富有哲理,且客观又中肯。寥寥数字,既对人生提出一个极高的境界,又给"过犹不及"做了完整的诠释。

为人方正,但没有锐利的棱角去割伤他人,即使人有小过小错,我们也不要用太过的言语去割伤他们的心灵;为人清正廉洁,但处世厚道,不必疾恶太严,苛刻太甚;为人直率、正直,可是绝不能直率得过于放肆,倘若过于放肆就成了极端;表达看法,要选择对方可以接受的方式,也要有教养地去与人沟通;有了成就的光芒,但也要保持温润低调,绝不能放耀显摆,否则,就成了刺眼。一个人要有光,这光是光泽,是一种光而不耀的柔和之光。为什么人们喜欢赏月亮,而不喜欢赏太阳呢?原因很简单,因太阳过于耀眼。

其实"过犹不及"中的"不及"只作为一种参照物的陪衬,而真正所要表达或强调的只是"过"的结果,也就是"过"的后果及其危害。

不言而喻,物极必反,盛极必衰,天下之事莫不如此,只是因人、因事的表现形式不同而已。我们从历史的角度来分析,解剖观照,不管如何不可一世的超级霸主也逃脱不了这一如铁般的规律。

现实中有的领导干部到基层检查工作,对下属颐指气使,一副盛气凌人的架势,到处指手画脚,看谁不顺眼就训斥谁,把领导的架势发挥得淋漓尽致。其结果呢?穷形尽相,丑态毕露是在所难免。这自然是"过"所带来的危害。

上级一项中心工作布置，下级往往宁愿过头一点，也绝不拖人后腿；一个考核指标下达，统计申报时宁可满足一点，也绝不可少报漏报；对一项任务的表态，宁说过头的话，也不显示软弱无能……殊不知，如此这般的"过"，恰恰会给工作或决策带来损失或误导。于是乎，有人将人生中的"过"比作一场灾难，言其"过则为灾"。此言不无道理。对一个人来说，这样的"过"，有时甚至还会危及生命。战国时期的韩非，其《韩非子》一书内有大量的玩权术、耍阴谋、施诡谲，展示以敌制敌的伎俩等统治谋略，堪称专制君王权术的教科书。尤其是韩非的心理分析可谓是洞察隐微，明察秋毫，把权力者只可意会不可言传或只可做而不可言的内心隐秘都曝了光，甚至可以说是达到揣摩的极致。殊不知，如此洞察君王的五脏六腑之人，权力者岂能容得？如此分辨真伪，看透秘密的危险人物，如何晓得？所以即使没有李斯的谗言陷害，秦始皇也绝不会放过韩非。

难免为之作传的司马迁也深深为之哀叹："余独悲韩子为《说难》《韩非子》而不能自脱耳。"司马迁在哀叹中明显带有作茧自缚、授人自毙的惋惜之情。

韩非的人生悲剧，不能不说是他太过于洞察，揣摩君王的心理所致。

同样，司马迁在写韩信时说："功高震主者身危。"淮阴侯韩信就是因为自己的军功太高了，且又自不知趣，引起了刘邦的忌惮，最后兔死狗烹也是必然的结局。

从而，古人说"深爱必大费，深藏必厚亡"。意思是过分地爱惜会招致巨大的付出，过多地拥有会导致沉重损失。故而知足不辱，知止不殆，可以长久以儆效尤。

熟读史书，娴熟政治的曾国藩却与韩信全然不同，他知道自己是功高盖世的重臣，如果自己不主动削弱权力，很有可能会被卸磨杀驴，于是他主动上奏慈禧，要求裁军。慈禧当然很乐意见到这样的结果，欣然同意，从而他始终不曾引起慈禧的猜忌。曾国藩这就叫"适可而止"，也是他为人光而不耀的成功典范。

可想而知，虚心过头就成了虚伪，自信过头就要成为傲慢；原则过头就会成为僵化；开放过头就会成为放纵。所以，凡事应适可而止，把握好其中的度。

该进的时候就要毫不犹豫地进；该退的时候就要急流勇退；该显身手的时候就要大显身手；该藏敛的时候就要毫不怜惜地收敛。倘若无法把控其间的尺度，不知进退，那只能是自食其果，自怨自艾。众所周知，范蠡和文种帮助勾践灭吴，两人位极人臣，再进一步就会威胁到越王。范蠡功成身退，带着西施隐姓埋名；文种却选择身居高位，最终被越王赐死。这就是典型的进与退两种选择的不同结果。

很多时候，我们现实生活中这种过犹不及的现象比比皆是，甚至连对自己的身体也往往会出现此种"过"的现象。

年轻的时候，有些人酗酒熬夜，毫无节制地透支身体；

年老的时候，不少人盲目求保健，竭尽全力地维护身体。

透支起来始终无法节制，保养起来又完全丧失理智。

这些现象都是没有把握好适可而止这个度，现在许多人，才过不惑就开始太过挑食，什么高脂肪不能吃、高蛋白不能吃、高胆固醇也不能吃……如此这般云云，每到吃饭战战兢兢，如履薄冰，窘态可掬，令人啼笑皆非。若以如此的心态求健康，盼长寿，岂不是南辕北辙？

庄子在《养生主》里提出：人顺应天道自然，处于常态就可以了，不必刻意进补或者修炼。这完全符合科学的养生之道。可见庄子的意识，是何等的超然。倘若圣人庄老见到我们现代某些"战战兢兢，如履薄冰"进食者的如此养生之道，岂不要贻笑大方？

《周易》中对"圣人"或"先贤"有过如此的评价：功不求盈，业不求满。懂得进退，适可而止。知道什么时候进，什么时候该退。做到进退自如，我想这就是我们后人应秉持的一种人生状态。凡事客观、中肯、中庸。

于事，三思而行，勿乱；

于情，痛后而放，勿恨；

于欲，持中有弃，勿贪。

何以求神

叩求上帝或神明的保佑，可能近乎是人人皆有的心结。言其"心结"只是面上未曾行之，内心世界的暗地里却潜藏着涌动；容其"近乎"，近乎之外所遗留下的当然该属立场坚定的彻底唯物主义者。

有人说："人是被抛到这个世界上来的。"此话的出处及真实性都无从考察，但只觉得它颇有一定的道理。一个"抛"字囊括了人世间的苦难与酸楚。人来到了世间，难免会有苦弱无助之时，即便你是多么的英勇无畏，或是多么的博学多才，抑或是如何的风流倜傥，而现实还是会以其巨大的"神秘"将你置于无奈与无能的绝地。这使人一时产生了对"人定胜天"的疑惑，这疑惑我们从历来的自然灾害中得到了求证。当这狂妄肆虐的飓风奔袭而来，当这摧枯拉朽的地震海啸汹涌而至，人类是显得何等的无能为力。看来"胜天"是有点言过其实，灾后实施补救的超大能力倒属实情。

于是，在自然灾害面前，人们因束手无策，唯有将希望寄托在神的庇佑之中，从而人们往往对天与神更加敬畏，更加虔诚，也更多地增添了天与神的神秘色彩。

美国有一部反映古罗马故事的电影叫《恺撒大帝》，这是一部披露野心、诡计与政治阴谋紧紧交织的权力斗争的历史影片。其中有一个情节颇耐人寻味，这位英勇无比、威名远扬的恺撒大帝唯一倾心的女人身患重症，无论如何医治和祈告，终归不治。一天，这位意志从来未曾遭遇过抗逆的君主，涕泪纵横，仰面苍天，一声暴喊：苍天哪，把她还给我，恺撒求你了！这喊声有点近雷霆，惊魂魄的悲壮。从中可见，他依然没有忘记自己是恺撒，是帝王，但他明显感到了一种比自己更为强大的力量。他以一生的尊贵威严和狂傲不羁去垂首自哀，匍匐于神下求助，其结果是唯一不二的：剧场灯亮，恺撒时代与放映时代相去甚远，英雄与美人早已在这浩瀚的宇宙中灰飞烟灭……

　　然而，影片留给人们思考的空间却颇为宽泛，单就述题而言至少有三：一是人们该不该求上天求神明？二是以什么方法去叩求？三是求什么样的神明？

　　一是牵涉信仰问题，既有此信仰，必求无疑。此外，大凡人在苦弱无助之时，才想起了神而求之，如是也无可厚非，但其结果往往为时已晚，恺撒之求便是。

　　二是涉及方法论问题，因处置方法的不当，往往会导致或功亏一篑，或全盘皆输，或不可救药。恺撒的求神虽也可算虔诚，但他骨子底里还是透露出一股傲气，如是即便是显灵神通的神明也都不会容忍宽宥。大胆的凡夫俗子至此还敢如此的狂傲。况且他心爱的女人已经病入膏肓，无可救药，只是恺撒于心不忍罢了。人之常情，世人亦然。

　　三是求什么样的神。这是所求的对象问题，可见神也有类别与特性，也有竞争，也会静中有变。笔者住宅不远处有一孔子庙，香火旺得不可开交，求者络绎不绝，此处求的当然是如何考中"状元"或"探花"什么的。据说此庙原还是"寄居"于平水庙的，只是现代名牌意识太浓，望子成龙之心太切，与其寄人篱下，不如自立门户，故此庙变彼庙，孔子庙才有了蒸蒸日上的今天。

　　史铁生曾将神分为三类。第一类自吹自擂，好说瞎话，声称万能，其实空话，大水冲了龙王庙的事并不鲜见。第二类喜欢恶作剧（有点对神不恭，笔者加注），玩弄偶然性，让人找不着北。并以足球为例加以证明：小小的一方球场，充其量参与者不过二十来人，却有着无限的可能，让人始料不及，让人哭让人笑。第三类才是博大的仁慈与绝对的完美。言其仁慈，只要你往前走，神总是给路。因在神的字典中，行与路共享一种解释。言其完美，是以人的向善向美的心愿为证，因在人的字典中，神与完美是共用一种解释，况且向善完美本来就是神的代名词，甚至是神的化身。

　　正当人们怀着虔诚之心向此类神顶礼膜拜时，却有人发现，向善向美之路的无可企及，这是一条永远也走不完的路。你再怎么走，终究还是"月亮走我也走"。不过此种可望而不可即可以理解为：人与神总归是有一定的距离。

　　于是乎，如今唯一所剩问题的问题，我们究竟何以求神？

●人间万象篇

世界之大，万事万物，层出不穷。

人事之多，千姿百态，层见迭现。

所有的这一切，无一不是流动嬗变的，无一不在印证沧海桑田、事过境迁的社会规律。

在这熙熙攘攘的世事中，有人孜孜不倦地追求人生的真理；有人踏遍千山万水，叩问美在何方；有人面对人世的浮华，苦苦寻找生活的真谛……所有的这一切，又无一不在演绎着人间万象，折射出丝丝缕缕的希望之光。

广告的张力与消费欲望

人们的日常生活几乎每天都与广告相见，无时无刻不和广告发生着关联。于是这些明星、名人自然而然地成了广告的最佳载体，成了品牌的代言人。

影视巨星刘晓庆代言卡其乐饼干，香脆可口；影视明星朱丹代言叮当核桃露，健康每一天；海宝路霸电池携手金马影帝陈建斌，稳步前行，一路领先……这些明星们风流倜傥，美艳靓丽的外形，在精美电视画面的掩映配置下，外加颇具吸引力的画外之音的挑逗诱发，在带给人们美的享受的同时，确实也会时不时地勾起人们的消费欲望。

尤其当明星、名人的魅力投射到某个商品上时，原本让我们陌生的商品，它的关注度会骤然提升，商品的身价也陡然倍增。而这些广告在不停地诱惑着人们，不断地给人们的消费欲望推波助澜。它像魔术那样具有巨大的魔力，在它一遍又一遍的告诫诱说之下，不仅原有的欲望不断地膨胀，原来没有的欲望也会一个又一个地被激发而衍生。这也就是人们常说的"广告效应"。

由于商贾们在各自的销售、生产实验中体会感受到广告效应后，不断地扩大对广告的投入，同时不断得到了广告所产生的经济效益。于是不断地投入，不断地收益，又不断地投入，循环往复，形成了一种自然惯性；形成了一种庞大的广告网络体系；同时也形成了一种巨大的张力。这种广告的巨大张力还会产生出一种震波，波及各行各业，还堂而皇之地渗透到各个领地。

对于这样的广告效应，笔者曾亲身经历感受过。退休后因社会活动经常不断，对自己那白中带黄、黄中泛红，白、黑、黄、红相间，如此极其难看的头发曾有过不少的纠结，染发又怕伤害身体，不染发在公共场合又实在难受。从而"染"与"不染"经常在内心争论不休，苦苦地纠缠不放。也为此，对染发之类的广告尤为关注。终于有一天，我在电视上见到一个不染发，只要用梳子梳理头发，白发就能变黑发的广告。关注数次后，内心有种似乎可信，又似乎不可信，即半信半疑的想法渐渐地滋生。数天之后，打开电视，此广告再次出现在屏幕中，此刻，一种突发的激情驱使我按广告的提示，拨通了对方的电话。真是不拨不知道，一拨才知晓，电话沟通后，一半的疑虑逃遁消失得毫无踪影，而另有的半信却修补得完整无缺。因对方有一种女性所特有的极强的磁性在紧紧地吸引着你：语气之祥和，态度之挚诚，在商言商之中肯，一切都无可挑剔，让人置信无疑，尤其是给人们一种无法推辞、不可拒绝或难以摆脱之感。那结果自然是可想而知了，理所当然地做成了这笔小小的买卖。

至于商品的质量如何，则是另当别论。如果真的如广告所言，那就不必广而告之了。

其实，很多时候，我们购买某种商品，只不过是一种欲望的满足而已（除日常生活的必需品外），或者说是消费商品的象征意义，因这种象征意义往往会大于它的实际意义。

比如，我们经常见到人们手上戴的名贵手表、颈上围着比牛绳还粗的金链子，贵妇人的戴金佩玉，富二代开着法拉利名车，诸如此类之外，当然还有野味佳肴等。这一切无一不是在消费它们的象征意义，也无一不在广告张力和欲望的驱使下而选择消费。也就是说，广告的张力+人的消费欲望=商品消费。这里我想借用（日）星新一先生在《售后服务》一文中，一则有趣的消费欲望不断推演的故事，来说明消费欲望的现实意义（加引号的是引用原句）。

一天，一位手里拿着小提包的年轻人拜访了著名画家M先生（M先生因头发长得稀稀拉拉，对此他极为在意）。

"对不起，我并不想打扰您太长的时间，只不过来告诉您一件既重要又有意义的事情。"

见此，M先生以先发制人的方法，加以拒绝。其间，几经交锋后，M先生最终还是被对方的"仅在上层人物中选择顾客"的漂亮言辞击败，从而锁定了第一层次的消费，并约定一周后拜访，以见证疗效。

一周后，年轻的销售员如约而至，M先生真的奇迹般地长出一寸左右的头发。可头发是绿色的。为改变头发的颜色，年轻人很自然地说：我这里有专用的药品，可让植物头发变黑，只是价格有点贵。于是M先生还是开心地接受了第二层次的消费。

两周后，年轻人又如期而至，M 先生的头发确已变黑，但又出现了头发的方向各有不同。几经沟通，销售者又以昂贵的专用发蜡而售之；三周后，又发现头发长得特快，一两天就要理发，销售者又提供了本公司特制的自动理发器。

如此三周下来，M 先生如噩梦般地叫苦连天，因不停地染发，不停地涂发蜡，不停地理发，不仅花费了很多钱，更糟的是耗费精力时间，减少了收入，而面临破产。M 先生再也顾不了欲望的渴求，一心只想恢复原状，可试着使用了各种脱发剂均不见效。至第四周，销售者又水到渠成地推销了专利的脱发剂。

第五周后，销售的年轻人还是如期而至，而 M 先生质询对方：你对自己的产品很有信心吧？

"那是自然。"

"那你今天还来干什么？"

"不！还有必要，以前卖给您的自动理发器，如果您不用，我们可以以四分之一的原价回收。"

"原来如此！"

M 先生虽恍然大悟，但最终还是完成了第五层次的反回收生意。

这故事虽有些荒诞，但却处处逼真，处处顺理成章，又处处水到渠成，处处与消费欲望联姻，更是处处欲罢不能，处处骑虎难下。这貌似体贴、周到的背后，实则暗藏商战杀机。

倘若我们因种种广告所描绘的这个世界如何美好，且向往广告所描述的世界里的生活时，我们就会沉浸在欲望的欢愉之中，在欲望的超峰体验中获得了幸福。此时，我们却已经忘记了人世间的真实面目，忘记了要到达广告所昭示的美好人生是多么的艰难与茫然，从而也忘记了广告的昭然若揭。

我想：正当我们还沉浸在自己的虚像世界里流连忘返之时，那无序的广告及其来势凶猛的广告张力已经快要淹没我们。然而人们却始终不悔，因消费欲望是没有止境的。

选择王后和招聘

选择王后，首要的务必能母仪天下，想来这已是千年之前的旧事了。可招聘则是近代出现的选用人的一种新方法。两者似乎风马牛不相及，怎么也沾不上边的事，缘何扯在一起？

笔者之所以将封尘数千年的往事拉出来与现代的招聘混为一体，相提并论，实在是因两者极具异曲同工之妙，对我们现实生活中的重大决策有着启迪或借鉴作用，故而为之。

古埃及在 3000 多年的封建王朝中用法律规定，王子登基前必须先结婚。所以王子选择王后成为一生不可或缺和至高无上的一件大事。

公元前的 250 年，有一位埃及王子即将登基，他听从一位内臣智者的建议，召集当地所有的年轻貌美的女子，选择最佳人选。

这一消息一经发布，一场幕后的角逐悄悄地拉开了帷幕。明争暗夺风起云涌，使争夺王后的闹剧陷入了巨大而汹涌的暗流之中。

其间，一位宫廷的婢女闻讯后很是难过，因她知道自己的女儿在暗恋王子，可她却毫无希望。当婢女将消息告诉女儿后，女儿却很淡定，因她并不奢望选中王后，而是趁这个机会见王子一面就心满意足了。

当婢女的女儿抵达皇宫后，到场的佳丽云集，华服与珠宝饰品令人眼花缭乱，目不暇接。接着王子宣布要进行一场竞赛：每人领回一颗种子，六个月后，谁能将种子培育出最美丽的花朵，谁就成为未来的王后。

女儿将种子细心地种在花盆里，由于她对花卉园艺并不在行，费了很大的劲，三个月了，连芽都没长出来。后来请了农事行家，尝试过多种方法，依然是一无所获。她有些气馁了，觉得自己离梦想越来越远了。

六个月到了，她的花盆里什么也没长出来。因她爱慕王子之心真诚，这是最后一次相见的机会，不管怎么样都不能错过，于是她依然如期而至。女儿端着什么也没有的花盆，却见其他的美女捧着欣然勃发、争奇斗艳的鲜花，自觉无望，很是伤心。

期待的一刻终于降临，王子进入宫殿，仔细察看了之后，选定了自己的意中之人。当众宣布将迎娶婢女的女儿为妻，并公开了此次比赛结果的理由："这位小姐是唯一一种出了母仪天下的花朵，那就是诚实之花。我发下去的种子全部是死的，怎么也种不出东西来。"

毋庸置疑，这位选中王后的花朵是心灵之花，是人性中美好品性的绽放。她是当之无愧的。

王子采用选拔的方法实际是人品的考量。众佳丽之间的较量，也就是人品的较量。通过这一试金石，使人的良莠昭然若揭。人的品性犹如盾牌，有人盾牌如纸，不堪一击；有人不持盾牌照样无懈可击，好与差优与劣泾渭分明。从而，王子考核人品的方法也成为旷世之佳话。

说起招聘，当下的社会随处都有，可招聘的方法千姿百态，但都离不开双方的选择，往往有时的选择却决定了你的人生。

深圳一大型公司的陈总，多年来的习惯，在招聘的最后一关，必亲自把关，且每每总是问一个很奇怪的问题：

"假如你目前的收入并不是很高，但足以维持生活。现在要租房，有两种选择：一是和其他三位朋友合租高档小区，精装修、家具电器齐全，周边都是成功人士，平均每人每月要分摊400元的租金及物业水电费。二是城中村的小单间，聚居着小商贩、民工和无业人士，但房租便宜，只要每月250元，可房间很小，除了一张床外什么也放不下。你会如何选择？"

这些年来，在这么多人的回答中，归结起来主要有四种答案：

1.我选择便宜的房子，因我不在乎环境，也不在乎别人；

2.我选择高档的小区，因人生匆匆，要懂得享受；

3.大家都选择高档小区，我会考虑合租，压力会激发我赚钱的动力；

4.我会选择高档小区。因环境会影响一个人的人生观和价值观，好的环境会激发人追求更远大的目标。

面对种种答案，这位陈总通常录用的原则是：

第一种人，无论多么优秀，一概不予录用；

第二种人，可留下，但不重用，只给很普通的岗位；

第三种人，除应聘者特定的岗位要求外，一般做业务或基层的领导；

第四种人，会配置到重要岗位，给予重点培养。

陈总如此的选择用人，经常会弄得人事部门被动尴尬。一天，陈总再次拒绝了一位名牌大学的高才生，人事经理再也无法控制自己的情绪，推门入内质询，陈总说了自己的亲身经历及如此录用的理由。

陈总在深圳打工的第二年，因居住的旧小区拆迁，与三位老乡商议决定一起合租高档小区的精装修房，租金每人每月只需分摊400元，当即她们几人兴奋不已。

可第二天签约，一老乡猝然变卦，想去城中村租便宜的房子。无奈四人散了伙，各奔东西，从此再也没有见面。

七年后，陈总偶见三位老乡，共聚谈起了当年租房的那件事，而每人却都有不同的看法。

A老乡即第一种选择的人。后来她在城中村认识一位男友，婚后现实的残酷，使她全然忘却了自己是一个受过高等教育的青年，竟和常人一样，大着嗓门，有时还叉着腰和老公争吵，甚至还会打架。

B老乡即第二种选择的人，她是享乐的追求者，吃光用光，表面上风风光光，可日子过得捉襟见肘，谈的男友都被吓跑了。

C老乡即第三种选择的人，现任一家知名外企的业务经理，在深圳按揭买了一套新房，日子过得挺滋润的，正准备结婚。

D即陈总自己的选择，如今是一家大型文化企业的老总。家庭美满，生活优裕，房子、车子应有尽有，几乎所有的理想都已实现！

说到这里，人事经理终于一切都明白了！

由此看来，第一种选择的人，属于小家子气，且自私，只为自己着想，在一个合作共赢的时代，处处时时只考虑自己，势必成为孤家寡人；第二种选择的人只讲享受，不愿努力，惨败是必然无疑的；第三种选择之人明白社会和自己，且也会努力和奋斗，又具合作意识，容易得到人的帮助，成功的概率很高；第四种选择之人，具有大格局，大气派，常怀更高的眼界，凡事在远大目标的引领下，脚踏实地地践行，往往成为自己命运的主宰者。

综观上述，其实，选择王后和招聘，两者述说的都是如何选人，前者注重的是人的品性，后者强调的是人的心态和格局。它们以不同的时间、不同的目的、不同的方式完成各自不同的使命，而两者将选人发挥到极致，产生了强烈的效应，不得不令人敬佩赞叹！

两则笑话的背后

一天，我在随便翻阅中，偶见沙时新先生写的《从两则笑话看德国》一文，引起了我的兴趣。因我早有耳闻德国是个非常严谨的国度，那么，究竟严谨到何种程度，很想了解一点。自己虽也曾去过德国，但由于语言的不通，却一无所获，正好借此文来填补一下脑子空白。

看着看着，看到末尾，我幡然发觉，文章除了看德国之外，还另有一个中心要点，那就是看中国。这形似笑话，实则另有隐情。于是，我的兴趣也就从了解德国转移到寻找这两则笑话背后的真正用意之中。

因源于两则笑话，不妨先援引之。

一则是说，若是大街上遗失一元钱，英国人绝不惊慌，至多耸耸肩就依然很绅士地往前走，好像什么事都没发生一样；美国人则很可能唤来警察，报了案之后留下电话，然后嚼着口香糖扬长而去；日本人一定很痛恨自己的粗心大意，回到家中反复检讨，绝不让自己遗失第二次；唯德国人与众不同，会立即在遗失地点的 100 平方米之内，画上坐标和方格，一格一格地用放大镜去寻找。

还有一则笑话是说，如果啤酒里有一个苍蝇，美国人会马上找律师，法国人会拒不付钱，英国人会幽默几句，而德国人则会用镊子，夹出苍蝇，并郑重其事地化验啤酒里是否已经有了细菌。

笑话之后，作者详细地述说了自己作为剧作者随《东京的月亮》剧组到了德国，去参加演出的所见所闻来佐证德国人的严谨与认真，从而得出严谨是日耳曼民族的一种极为可贵的精神，以及认真的民族是最有希望的民族之观点。这种实事求是地表现客观事物，无疑是一种求实的精神，我们不管从任何一个角度去审视，都是值得赞颂的。

依笔者愚拙的理解，这仅是文章第一个层面的中心观点，作者看德国，的确是观察入微，看得深刻，看得真切，这也正是本文的亮点所在。

然而，作者并非就此作罢，而是以 40 元人民币从德国买回柏林墙上的水泥块，而遭朋友"会不会是假的"疑询感到悲哀，从而过渡到"看中国"的另一个中心要点。为了准确客观地剖析问题，我想有必要不惜笔墨地将"看中国"部分的内容完整地援引下来：

"你如果是一个中国人，他在本文开头讲的两则笑话中会是什么态度呢？其实在原笑话中是有我们中国人的角色的。但为了中国人的面子，我故意隐去了。可是将真事隐去也是一种假，为了打假，我……我就说出来吧！在第一则笑话中，是这么挖苦有些中国人的：说咱中国人在大街上遗失一元钱，不会像英国人那样若无其事，不会像美国人那样唤来警察，不会像日本人那样自我反省，也不会像德国人那样认真寻找，而是狠狠地在地上吐口唾沫，然后大骂一句：'哼，谁拾到谁就去买药吃！'于是心理上就平衡了。这种阿Q精神曾被鲁迅先生深刻地批判过，我们周围就有这样的人，不算丑化。在第二则笑话中，对啤酒里出现苍蝇一事，中国人不会像美国人那样去找律师，不会像法国人那样拒不付钱，不会像英国人那样幽默几句，也不会像德国人那样进行化验，而是……而是……而是个别人会将苍蝇从啤酒里捞起喝它一半，要求赔偿，并且再到第二家啤酒店，将苍蝇偷偷放在啤酒里，继续要求赔偿。这……这……这不是太损我们中国人了吗？可遗憾的是我在前年访问日本时确实听说有的中国就读生将蟑螂故意放在面条里要求日本老板赔偿的事。虽然我也知道这是个别。"

当我写完这段文字时，不禁掩卷喟叹，扼腕怆然而两眼湿润，并深深地自我质询：我们的国人真的堕落到这等地步了吗？尤其是文章处处与美、英、德、日等国民作比，而处处让我们的国人无地自容，实在让人痛心，令人悲怆。

我们从上述这段引文中不难看见作者对两则所谓的笑话不断加以发挥和深化。然而，我相信我们绝大部分的国人当然也包括我是难以或无法接受两则笑话及作者的观点的。

因而我也很想与作者做些就事论事的探讨。

其一，就文章的题目及其结构体量而言，作者在这结尾与过渡部分煞费苦心地用了700多文字写了中国人在笑话中的表现及性格特征。除了援引的"两则笑话"的文字外，而其他所举的美国、英国、日本等都是一笔带过，而唯独写中国人的文字体量几乎是"看德国"的一大半之多。这与其说是"从两则笑话看德国",不如说是"从两则笑话看德国与中国",我们从文后的"馨香心语"的一种提示性或归结性的文字也可得知。("馨香心语"中说一对老年的德国夫妇过马路遇到红灯,两个人静静地等着绿灯亮起才牵手走过了马路……如果换了中国人,估计要有一部分人闯红灯了。因在我们有些同胞的心里,规则在无人的情况下可以忽略不计……)

此文"看中国"的分量之重,可见隐匿于文中看中国的第二中心明显。

其二,作者将笑话中有关中国人的说辞有意抽出,特别地置放在文章的结尾部分,以引发读者的重视,又说"为了中国人的面子,我故意隐去了",又说"为了打假,我……我就说出来吧",又说"而是……而是……而是个别人",又说"这……这……这不是太损我们中国人了吗?"如此云云,实在是用心良苦。且多处频繁地使用省略号,似乎告诉人们作者是实在不能说,也实在不愿意说,这吞吞吐吐,不正是在欲盖弥彰吗?既然是"故意隐去",又何必要说?既然想要说,就直截了当地说,不就得了,只要心中无愧善意地揭示国民的劣根,为的是净化国民的心灵,有何不可?何必如此欲言又止,扭扭捏捏?如此的惺惺作态,反而更让人心生疑窦。尤其是上述所引的这段文字,处处与外族对比,处处似无形的棍棒击得我们国人难以抬头,脸面丢尽!如此的巧妙设计,精心打造,渲染效果无疑强烈,但司马昭之心还不是路人皆知吗?

其三,我想谈谈两则笑话的本身及它的背后。笔者并不知两则笑话来源的真伪,权当确有人做如此的杜撰。不管杜撰者是哪个国籍,那也是在西方列强峰巅定式思维统摄下或影响下的放大的漫画。在这种定式思维中是绝不容忍中国及其国人有一点点的好,只有中国的国民蓬头垢面,满身虱子,游手好闲,爱贪小便宜,才是符合他们的要求和标准,所以,这所谓的笑话,对于我们每位中国人来说就根本不是什么笑话。在这貌似轻松幽默、诙谐的笑话背后却藏匿着丑化国人的真正目的。

《从两则笑话看德国》一文中有"今年是东西德统一5周年"一句,如果没记错,东西德统一应是在1990年,据此作者写作此文的时间应是1995年。那时的中国虽然还不很富有,但大方的中国人根本不会如"笑话"所言的为一元钱而"狠狠"地在地上吐口唾沫，然后骂一句："哼，谁拾到谁就去买药吃！"我们暂不说杜撰者的恶意与否，至少也是被偏见蒙蔽了自己的眼睛和心智才如此瞎说一通。况且作者也认为"是这么挖苦有些中国人的"。"挖苦"一词虽没有"真"或"假"之分，至少可以理解成用尖酸刻薄的话讥笑人。"有些中国人"，有一定的宽泛性，虽不能量化，但至少不是"个别"。如此说来，还算中性，可以理解。而下面的一句就无法理解和难以苟同了，紧接着"哼……"的后面"于是心理上就平衡了。这种阿Q精神曾被鲁迅先生深刻地批判过，我们周边就有这样的人，不算丑化"，这至少说明作者是肯定这种心理不平衡，确定了中国人会"吐唾沫，然后大骂"并用"我们周边就有这样的人"加以证实。竟然还大言不惭，言之凿凿地说什么"不算丑化"。这真的"不算丑化"吗？那么请问：偌大的中国，您在哪儿见到过为丢失一元钱而既吐唾沫又大骂的中国人？您见过我们的身边有人会在有苍蝇的啤酒里将苍蝇捞起，然后喝了一半，而要求赔偿的中国人吗（主要指"然后喝了一半"）？

我想倘若鲁迅先生有幸活到1995年，他不仅可能会重写《阿Q正传》，他更会对如此的吐唾沫和大骂以及捞起苍蝇喝上一半的丑化而深感愤慨。因而，我想提醒人们千万别忘记五十几年的时间差，那个时代的国人与如今的国人之精神面貌根本不可同日而语，中世纪的欧洲远比同时代的中国更愚昧更恐怖。哪个国家的国民素质不是逐步提高？何况笑话如此的丑化国人与鲁迅先生当年的解剖国民灵魂旨在疗治更是离经背道，两者是有本质上的区别。所以，我在行文结束想敬请《两则笑话看德国》的作者别忘了自己的身份和不同的时代。或许沙先生是无意的，但在客观上的确和应了所谓两则笑话的意图。

筷子尖上，人的精神长相

筷了是我们中华民族传统饮食用餐的主要工具。它很平凡，每天默默参与着我们的生活。但它从不简单，因为它串联起了中国人的人生百态，是家的味道，是成长的印记。

筷子有许多趣谈，它的标准长度为七寸六分，代表着人有七情六欲，筷子的头圆尾方，暗合天圆地方之意。两根筷子在一起象征着双木即成林，相伴到永远。然而，就这么一双微不足道的小小筷子，却传承了我们民族伟大母爱的多少趣闻佳话和精彩绝妙的动人故事；演绎了我们民族多少让人刻骨铭心的悲痛与辛酸。也正是这双筷子尖儿却表现出一个人深沉的精神长相。有人说没那么夸张吧，筷子不就是用来吃饭夹菜，无非就是习惯的问题，有什么可大惊小怪的？假如持有此种想法的朋友，那你就真的错了。正是因为习惯，才说明了他向来就是如此或由来已久；也正是因为习惯，才证明他已然根深蒂固，不易改变；更正是因为习惯，才导致了他的自然与无意，毫不掩饰地在不经意间才流露出内心的真实。所以真正的可悲，还是在于他的习惯。有人说一双小小筷子的使用背后，是深厚的文化礼仪，此话一点也不假。

其实，很多时候，只要你稍作留意，就不难发现不管是家庭或酒店用餐，同样是一双小小的筷子，却表现出迥然各异的风格：面对佳肴，有些筷子总是畏畏缩缩，或在盆中蘸一下夹一些作料或拣些虾中小的、鱼中边角部分，由主人慢慢食之；而有些筷子仿佛是装上了眼睛似的，一下子就逮住虾中大的、肥的，鱼中最有肉的部分，鸡鸭中的大腿，任由主人狼吞虎咽，嘴巴上还不时地冒出油沫，发出喳喳的响声；有时光靠筷子还真的忙不过来，于是乎只得借助手的力量得以解决。诚然，有些筷子还真的成了习惯性的动作，每道菜上来，它总是要钻到盘子的底部把菜翻将上来，划拉几下，才夹起菜而食之。对一些主人喜欢的菜，筷子总是反反复复不停地翻炒，仿佛成了锅铲。有时筷子的眼睛似乎还不够精明，只能是夹上来放回去，又夹上又放回去，不停地挑选。尤其是一些上了年纪的长者，似乎也忘了自己的身份，同样毫无顾忌与检点，手中的筷子依然是挑而拣之，可就无法发觉旁人的生厌与反感。更有甚者一些大型聚会在酒店用餐，对一些高档价格昂贵的菜肴，如龙虾之类的分量是很有限制的，去掉头与壳外，剩下的精肉寥寥无几。可有些筷子就是不停地飞舞，不停地夹，嘴上在吃，碗里还放着一块，全然不顾及他人。不到一圈，几乎不见精肉，只剩下头尾之类的硬壳，即使有人想吃，也只能是望壳止涎。

筷子诸如此类的表现，假如生活在极度贫困、食不果腹的状态下，此等不雅，或许尚可理解。我在儿时，就不知曾有过多少次口衔着这小小的筷子尖儿发愣，久久舍不得放下它。当饿得发慌，饥不择食，狼吞虎咽是必然的，更何况面对的是如此的美味佳肴？可现在的物质条件与以往是全然不同了，能够上得起如此的酒店，更是不可同日而语。于是人们对这些全然不顾及他人感受的丑陋吃相表示了不可谅解，给予一定的谴责也是理所应当。

对于筷子尖上这种种丑态，我们只要通过生活的表层现象，深究到生活的本质结构中去，就自然地显露出一个人精神长相上的缺陷或心理上的萎缩。这至少能说明这类人自私的心理特征以及以自我为中心的内心世界的不健康。倘若如此之说有人则不以为然，仅仅认为只是习惯的不同而已，有人喜欢细嚼慢咽，有人喜欢大快朵颐，不可苛求。那么请问，当面对一份上乘的佳肴，大家都想尝一口，可你却全然不顾别人，只顾自己尽情地吃，这也能归结为习惯的不同吗？其实，这样的进餐表现，完全暴露出这个人的真实性格和内心世界。因中国人的筷子代表着一种教养。一双筷子承载着中国人千年的情结。

然而，有人将上述种种现象归结为一个人的人品人格，这也并非不可，只是有点过甚。倘若我们将其界定在人品人格的范畴，基本上就断绝了中间地带。故笔者主张尽量别从人品人格上去靠，而作为人的精神长相似乎还有中间的余地选择。这正像人的容貌一样，除了美与丑之外，毕竟还有"平平""一般"的存在。况且这样的责任也不应由其一人来承担全部，因其父母从小的教育以及从前物质的匮乏等，都有着内在的相应关联。我如此言说并非寻找借口为其开脱，只求客观地找到此种不良精神长相形成的原因，引起人们疗救时的注意。

因而，我们在任何场合用餐，一定要注意自己的吃相，千万不能独自霸占自己喜欢的菜肴，那样既会被人耻笑，还会失掉做人应有的礼节和状态。同时，不仅自身控制有度，还要从小教育好自己的子女，培养其良好的生活习惯。日常生活中，切不要小瞧一双筷子，一个小小的细节，它随时都可以看出一个人的修为和精神长相。

一个人的一生，诱惑何其多？面对诱惑有两种选择：一是任其膨胀，二是不断地加以节制。两种不同的选择，决定着两种不同的人生结果。任何时候，都应懂得分享，学会共赢共处。为传承中华民族的文化礼仪，提升人的精神长相，就让我们从一双小小筷子的节制开始吧！

路与路

——回眸 40 年改革开放家乡道路之巨变

我的故乡玉环，这是一个多么响亮的名字，它吉祥、雅洁、大气且很富有韵味，朗朗上口。所以，家乡的人民最喜欢也很自豪地以"东海的璀璨明珠"来冠誉它。其实如是之说，并不为过。因宋代的地理总志曾如此记载玉环："晨雾绕岛，形状如环；上有流水，洁白如玉。"因而"如玉似环"早已成为故乡人挥之不去的一种特有情结。

改革开放的 40 年间，勤劳、俭朴的家乡人民始终以"勇立潮头、自强不息、敢为人先"为精神力量，风雨兼程，走南闯北，艰苦创业。他们中自"斗大的字不识一箩筐"的"土八路"为第一代企业家开始，不断地传承、推演、进化，最终成长为名副其实的现代企业家。也就是这个群体将一个经济贫穷、交通不便、信息闭塞、观念落后、基础设施滞后的玉环打造成曾 13 度跻身于全国百强县行列的先进县市，这无疑是玉环发展史上一段辉煌的奇迹。

经济上的繁荣，实力的强盛，支撑承载着家乡日新月异的变化。其间，家乡道路的沧桑巨变仅是全豹中的一斑。

题中的两"路"字，初观同也，实则各异。前者为原先老路，后者则是发生变化后的现代之路。前者经过人们不断的改造演变，一步一步地向后者靠拢，最终融为一体，服务于人类。因此，笔者认为路是人类改造自然所形成的历史轨迹，这不禁使人回想起 20 世纪五六十年代家乡的道路状况。

众所周知，海岛除了海之外，见到最多的就是山。家乡的山峰虽算不上高峻峭拔，但也是山山相连，实有一种"横看成岭侧成峰，远近高低各不同"的气势。岛上因平地面积少，大部分的人居住在山上。所以玉环方言中有"垟下人"与"山头人"之分，因此也曾产生过不同的等级观念。那时的家乡，不管山路或平原的乡间小道，几乎全是前人留下的"走的人多了，便成了路"的路。

山上的纯属于原始自然山体的泥沙小道，窄得像一根根弯曲的羊肠，依着山谷，弯弯曲曲，在山林间、在峡谷中，时隐时现。行者步履艰难，稍有不慎，就会摔倒在地，甚至会跌落山谷，即使是习以为常的山头人，摔跤受伤事故也时有发生，所以每每出行，苦不堪言。即使是居住在平地的乡村居民，也并不轻松，他们每天出入的是阡陌纵横的泥泞小路，每遇雨天，行走更是困难，他们同样要饱尝道路之苦。那时的玉环连接外界的唯有三条经过修筑加工的石级路。一条是西青岭通往青马的岭脚；一条是中青岭通往沙鳝的九子岙；另一条是东岙里通往黄泥坎连接沿海村庄。这三条石级路算是贯通玉环南北的交通枢纽，也是当时玉环最好的道路。遗憾的是这三条石级路的修筑年代已无从考证，但可想而知，在当时生产力如此低下的情况下，这弯弯曲曲的山坡之道，需要多少的勇士披荆斩棘，开辟而成，这一级一级向上延伸的石级，不知凝聚了先人们的多少心血和汗水。

然而，更为苦不堪言的还是赶集或走亲访友至楚门的事。人们除了风尘仆仆地夙兴夜寐，翻山渡水外，有时还要栉风沐雨，甚至是望港兴叹。因为到楚门必经漩门港这条连接大陆的水上交通生命线，而唯一的交通工具就是一艘破旧不堪的渡轮。每遇急流或大风就得停渡。若是有急事非得过去，只得冒着生命危险雇小船涉江。这是岛上人始终无法摆脱的困境。所以，当地有民谣做了生动的描述："漩门湾、鬼门关，眼望漩涡泪斑斑。"

家乡的一位中学退休老师，诉说了年轻求学时饱尝了玉环的道路之苦。60年代他就读楚门中学，三年始终如一，隔周都得从陈屿的福山步行至楚门中学，往返得走十个小时。酷暑炎日，凛冽严寒，风雨兼程，身负衣食行囊，翻山涉江，从未停歇。其间之苦，难以言表。这是他一生中永远都无法抹去的记忆。这位饱经道路之苦的退休老师，只不过是当年玉环莘莘学子苦于道路之苦的一个小小缩影。

道路之苦实在是太苦了。于是家乡的人们兴建公路的呼声甚嚣尘上。历史将玉环人民的期许定格在1957年的5月，这是个值得纪念的特别日子，这一天泽坎线宣告通车，终于结束了玉环无公路的历史。据老人回忆，这一天数千人上街，放鞭炮，敲锣打鼓，以示庆祝。

　　然而，这鞭炮声、敲锣打鼓声在历史长空中整整地回荡了漫长的 20 年。家乡人民改变交通道路的美好愿望就在我们民族所处的料峭春寒中被幡然地画上了句号。

　　当改革的春风沐浴着家乡这个小城时，眼前的一切虽没能像呼啸而过的飓风，但人们还是真真切切地感受到整个社会生活的颤动，尤其是随着改革的不断深入，不管是社会结构的表层或深层都将发生天翻地覆的变化。在这如此的万千气象中，家乡人们生活中的交通道路究竟发生了哪些巨变呢？下面一组枯燥的数据却活脱脱地将改革开放 40 年来的成果整合在人们的眼前，唤起人们的记忆：

　　公路。家乡玉环境内省道公路各类改建工程 12 次，涉及路程百余里。改建公路最大的亮点就是结束了海岛全境内无山坡路的历史，并全线改泥结碎石路面为水泥路面，这不仅提升了道路的等级标准，更是极大地提高了安全系数。如是，不知可以避免多少因山坡弯道或沙子路面打滑而造成的交通事故。这虽然是一种臆想的揣测，但此前数十条鲜活的生命就因这山坡弯道的交通事故而命丧黄泉，昂贵的代价和血淋淋的教训就是见证和依据。因而，家乡的人民对此举无不拍手称快。

　　改革 40 年中，家乡共建县级公路 20 多条，累计路程 185 千米；乡道、村道纵横全境，总计全长达 390 千米的水泥道路绵延不断，连绵交错，并实现了村村通车。站在城区的任何一座高山上俯视任何一个方向，都会被绵亘蜿蜒又井然有序的道路所震撼，一种自豪之感油然而生。甚至连"十里崎岖半里平，一峰才送一峰迎"的山头几乎全都筑起了水泥大路。那些留守在山上的老人，无不发出深深的感叹：现在的路真好！

　　这些老人发自内心的感叹，源自老人心灵的慰藉。一则他们不离故土，漫步于任何角落，处处芳香四溢，坐视遍野绿树成荫，处处美不胜收。二则城区山上，大道入贯，各色公园，成为家乡市民游览、休闲、锻炼的胜地。这纷至沓来游人的喧闹，驱离了老人的孤独，使他们在闹静相宜的天然乐园处其乐融融、颐养天年。

　　隧道。由于玉环海岛重峦叠嶂，隧道却成了家乡道路上的一道风景。有数千米延绵深长的隧道，幽幽冥冥，身在其中，或多或少会渗结出一种追寻光明的情怀；也有数个短程连接一起的隧道，在每一份流动的光亮掠过的瞬间，捕捉着自己固有意象的美感。全线近两万米长的隧道各具特色，各呈风采。

填海建坝。堵截数十米深且又汹涌咆哮的漩门湾，对于那个年代的人来说，确实有点类似于神话传说中的"精卫填海"的伟大壮举。经过两年多的努力奋战，于 1977 年 5 月 24 日，大坝顺利合龙，连接了大陆，宣告了玉环孤岛历史的结束。无可否定，在当时的历史条件下，大坝的建成，为玉环的道路交通做出了重大的贡献，给家乡人民带来了更多的福祉。诚然，随着大坝的建成，曾堪称亚洲第一漩涡的壮观奇景已不复存在。如今玉环重绘蓝图，撤坝建桥，这仍然是时代和社会发展的需要。撤坝后，大自然原先慷慨馈赠给我们人类的这份无与伦比的厚礼，家乡的人们是多么企盼它能重放昔日的光彩。

高速公路。玉环沿海高速公路起于温岭市的城南镇，终点至乐清市清江镇的南塘枢纽互通连接甬台温高速公路，工程总投资 120 多亿元。它的建成，将会产生巨大的经济效益和社会效益，极大地方便于家乡人民的出行，结束了玉环无高速的历史。

高速通车的那一天，全市人民沉浸在无比的幸福之中，人们比任何时候都要兴奋，他们的表达方式虽不再是过去那种欢呼雀跃地奔走相告，但有关高速、大桥通车的微信却铺天盖地而来，信息的字里行间，人们那种扬眉吐气、喜不自禁的情怀表露无遗。

是的，最美的时刻并不是留住时光，而是要留住记忆。2018 年的 9 月 28 日，家乡人民永远铭记这一天。

高铁。杭绍台高铁温岭至玉环段项目业经批准，破土动工指日可待。据说高铁建成后玉环至杭州的运行时间不到一个半小时，这将是玉环道路史上的又一特大喜讯。实在令人欢欣鼓舞。

水上交通。家乡大麦屿至台湾基隆的对台直航，这是我们浙江唯一的一条海上航线。它架起了祖国大陆对台湾同胞的友谊和关爱之桥。这是家乡人民的最大骄傲和荣光。因它启航的不仅是两岸的交流，更是托起了祖国统一大业和民族复兴的希望。

机场。玉环至温州永强机场高速路程仅 40 分钟，玉环至路桥机场高速路程也不到 1 小时，如是与大城市至机场的时间并无多少差异。

如今，我们可以非常自豪地说，家乡的道路交通完全可以与大城市相媲美，甚至可以超过某些大城市。因我们的家乡，交通已然是海、陆、空完整齐备的现代大交通。倘若鲁迅先生在天有灵，能够跨越时空，或许会因道路的新概念而改写《故乡》。

不难想象，现代玉环道路交通的格局是海上、空中、陆地全覆盖。高铁、高速、公路省道、县道、乡道、村道，完全形成一个现代的系统化、网络化、层次化、立体化的大格局。星罗棋布、纵横交错且井然有序。借助"路"与"路"的强烈对比，让我们见到了家乡道路交通的大变革、大蜕变的历史壮举。想想过去，看看现在，以往连做梦也不敢想的如今——变成现实，大有物换星移、天翻地覆之感。

6 年前，习近平同志在深圳的莲花山小平同志铜像不远的地方，再次种下了一棵高山榕树，被视为中国改革开放再出发的"信心树""希望树"。习近平总书记叮嘱中国人民要砥砺前行，闯出一条可持续发展之路。我们坚信：经 40 年改革的历练，更臻成熟的家乡人民定将一如既往地不辱使命、勇立潮头，以更大的斗志、更大的智慧、更大的格局，使改革的创新之路连同我们家乡人民的幸福安详的康庄之路，在祖国的大地上流光溢彩，不断延伸。

根植农村的文化礼堂

当下我们走进浙江的各个乡镇村庄，最引人注目，也是最为热闹、红火的当数农村的文化礼堂。它是改革开放精神文明的产物。文化礼堂顾名思义即文化娱乐活动聚集的场所。它是广大村民精神文化的乐园，更是人们凝心聚力的"心家园"。

纵观文化礼堂大多是从旧学校、旧礼堂或旧祠堂改造而成。因而它承载的是几代人的记忆和故事，从中我们可以聆听到琅琅书声的童音回荡；可以摄取到先人们观看旧戏文时精神愉悦的旧影；可以追寻到先辈们艰苦创业的踪迹；可以仰视到先哲们谦卑恭让的行为举止和文明礼仪……

如今的文化礼堂尽管规模上大小不一，结构上别具一格，造型上风格各异等诸多的迥然不同，但在这许许多多乃至全国不可胜数的文化礼堂中，有一点却惊人的相同，那就是文化礼堂的"魂"。这鲜活丰盈且又神圣崇高之魂的核心，就是坚守和巩固农村的思想文化阵地，培养社会主义的核心价值观。其内容广泛而富有层次：首先把文化礼堂作为一种平台或载体，来传播现代的文明，标新立异，成风化俗，让更多的人成为文明之人、礼仪之人；其次是传承传统的文化，孕育淳朴的民风和向善的民心；最后是打造农民的精神乐园，为广大的农民提供休闲、娱乐和锻炼身体的场所。

浙江的文化礼堂在改革的浪潮中应运而生，在各级党委和政府的关爱中不断地成长。它的发展态势极像"雨后春笋"生机勃发，浙江许多乡镇的行政村已全覆盖，也有不少乡镇几乎得到普及，并且大有一种无可阻挡的雷霆之势，不断地在农村迈开了一步步坚实的步伐，使农村的思想文化也由过去的无序混沌到新的有序。并经改革开放的涤荡分化，使农村中原先那些朦胧不清、似是而非的旧有思想文化得到了澄清，去伪存真；传统旧文化中的腐朽、沉渣得到了清洗，去其糟粕，出现了一种新的局面。那种"春色满园关不住，一枝红杏出墙来"的发展势头着实令人欣喜兴奋。

笔者曾为此而深受感动，跃跃欲试，为其讴歌。还专门用了近一个月的时间，虽"走马看花"式的拜访，还是采撷到不少色彩各异的"艳丽花朵"。

绍兴柯桥兰亭村的文化礼堂，天天翰墨飘香。在书法会馆，每天都有三五成群的村民在练习书法，观赏书法，呈现出一派繁荣祥和的景象。并且凭借"兰亭"的名人效应，依据"书法元素"开展各类活动，吸引了全国各地大批的游客前来参观。举办了兰亭书法夏令营，来自四川20多个家庭与绍兴的小朋友进行结对互动，使兰亭文化礼堂自然地成为连接异地交流的桥梁与纽带。兰亭的文化礼堂已然成为全国的一张名片。

德清县的雷甸洋北村的文化礼堂投入200万元，新建了1000平方米的活动室，藏书万余册。成立了"枇杷花"艺术团，由50多位"草根明星"为当地百姓营造欢快愉悦、活跃热闹的乡村精神乐园。这一文化礼堂的重心放在乡风文明礼仪的营造上，将知心邻里、贴心婆媳、爱心家庭、好媳妇、好长辈、莘莘学子等各种榜样入馆陈列，不断激发村民参与的热情，形成树正气、讲文明的社会风尚，赢得了广泛的赞誉。

阆苑村的文化礼堂坐落在桐庐县城的近郊。这里绿村成荫，风景宜人。更是"365"模式，即全年无休，常态开放的美好文化家园。通过"六大阵地"驻堂，"五类活动"共促，并依托一年四季有主题活动，每天都有小活动的多元化活动菜单，以确保文化礼堂的活力。阆苑村先后组建了男女舞龙队、绚丽舞蹈队、乒乓球队等10支文体队，并坚持每支队伍每周都能在文化礼堂活动一次。每到晚上，文化礼堂热闹非凡，跳广场舞的大妈们不约而同地前来报到。当欢快的音乐响起，招引着本村或邻村的爱好者纷至沓来。在这里，社会的正气，正能量得到空前的高涨。

玉环市玉城街道的龟山村文化礼堂坐落在峦岩山脉向西延伸的脉端，全村背靠龟山。整个文化礼堂依山傍水，百米长廊紧临西青塘河的龟山支河，长廊的末端处有一弧形的木质拱桥横跨于龟山河的两岸，虽并不壮观，但也算得上玲珑秀气。由于河水的清澈，画廊、拱桥倒映水中，清晰铮亮。因环境的清新优美，老人们喜欢常聚于长廊中，拉家常、叙民风、回忆往事、笑谈人生，偶尔也谈论一些国事。他们乐此不疲，生活过得有滋有味。文化礼堂的前方有一个宽阔的广场，供村民们大型集会、演出或跳舞锻炼所用，百米长廊、拱桥、文化礼堂、广场融为一体。文化中心，名副其实。

龟山村文化礼堂自 2016 年建成后，先后举办了传统礼仪、邻居节、最美人物评选等多项活动高达数十场，每场的启动都让村民们激动兴奋不已。在邻居节中人们感慨万千，说得最多的一句就是"远亲不如近邻"，身在其中，还有什么怨气和私愤不能释怀？如此的互动，村民从中深受教育。洗礼净化，成效显著。龟山村文化礼堂也因此被评为台州市四星级农村文化礼堂，深受群众好评。

东西村的文化礼堂，三面群山环抱，绿树成荫。古色古香的亭阁连绕，主楼为两层的四角阁，在千年古樟的掩映下，显得尤为别致优雅。它的古典园林建筑与标志生态村、文化名村的现代建筑风格争相辉映。最为引人注目的还是文化礼堂的广场，别具匠心，中间以不规则结构的硬木条铺设，左边地面为白色瓷砖，右边以荷塘荷花为衬托。不知是巧合还是精心策划，此中的洁白纯净，出淤泥而不染的意蕴昭然若揭。

依托于灵山寺等历史古迹而建的东西村文化礼堂，已成为千年文脉传承、弘扬的新地标，然而它更多的还是显示其思想文化的内核。以净化心灵作为第一要素，将社会主义的核心价值观和现代文明渗透在生动活泼的形式之中。文艺表演、传统文化的经典传颂，不同类型的比赛，深深地吸引着广大村民。姿态优雅的"伞子舞"，"不需任何点缀的洒脱与不在意世俗的孤傲"，赢得了广泛的赞许。如今东西村的文化礼堂凭借着峻秀的山川，人杰地灵、名人辈出的社会效应及深厚的文化底蕴阔步向前，再创辉煌。

在玉城街道垟青社区的文化礼堂中，一组"好人榜""好婆婆""好媳妇"专栏很是诱人又感人至深。辖区的离退干部孙仲元、胡佩萱夫妇自 2008 年汶川地震捐款 1 万元后，与慈善结缘，每年至少捐款 1 万元，并宣称要将此善举坚守到底。而他们自己的生活却极为俭朴。一对耄耋夫妇还能为慈善事业尽情地挥洒余晖，怎不让人敬畏？

75 岁的吴凤娟是一位退休教师，祖孙四代同堂，老伴早逝，她除了照顾 97 岁高龄的老母外，还独自包揽家务，对待儿媳亲如骨肉，视为己出。小媳妇体弱，少于劳作，她毫无怨言。在她影响下，家庭妯娌间和睦相处，邻里关系融洽。

林招蓉，和婆婆共同生活几十年如一日。十年前家庭变故，失去丈夫，她单身挑起家庭重担，既当媳妇又当婆婆，仅凭着当清洁工的微薄收入，勤俭持家，对待婆婆像亲妈一样，好吃好穿的首先孝敬婆婆，照顾周到，经常陪婆婆聊天，尽量让老人活得开心。

如此的婆婆，这样的媳妇，怎不让人崇敬？

是的，榜样的力量是无穷的。我们在深受榜样震撼的时候，敬佩或愧疚之心油然而生。同理，当我们在文化礼堂的"励志栏"上见到一张张笑得甜甜蜜蜜的照片时，你还会发怒吗？还会徒生怨气吗？这就是文化礼堂的魅力，这就是文化礼堂的精神力量！

文化礼堂与绿水青山、俊秀风光结缘，与群山环抱、小桥流水为伴，并将古桥、古树、古楼、古屋、古巷、古庙等依据人文脉络穿珠连线，与传统的村落文化融为一体。坦荡、慷慨地让村民们回味故事，缅怀先人，重现历史，审视当下……

当笔者走进文化礼堂的深处，与其握手道别时，却有一个惊奇地发现：在坚守和巩固农村思想文化领地中，在接受新的文明时，女性表现尤为突出和异常的积极。可当笔者在获取第一手资料时，与家乡一老人的交谈中却得到一种惊人的负面信息。老人对现代女性的所作所为相当地不满，甚至是略带愤愤不平："疯疯癫癫，简直不像女人！""什么跳舞，勾肩搭背，成何体统"！震惊之余，略加思索：40年的改革开放，现代女性究竟怎么了？

是的，人们说她们不像女人。的确，她们不再是株守家庭以娇弱、羞怯和乞哀告怜来换取男性的保护。她们勇敢地站出来，充分展示女性的人格魅力和精神世界，承担起对危机和偏狭的回击。

人们说她们不是贤妻良母。的确，她们不再无谓地奉献和给予，她们把柔情、热情、深幽和体贴只留给那些尊重理解她们，并与她们携手并进的男性。

人们说她们只管工作，不管家庭。的确，她们正在思考要为社会的发展和民族的复兴做些什么，如何为自己的工作创造业绩。她们绝不会轻易地接受家庭妇女这种自卑的称号。

老人的指责，仅是个人的偏见，还是代表着一种旧的习惯势力？值得我们深思。

面对如此责难，人们不禁要问：难道中国的"夏娃"永远都要担当"诱惑"之罪吗？

不言而喻。文化礼堂的存在不是孤立真空的，它要受社会的制约，尤其是要经受旧的习惯势力和腐朽思想的不时挑战。倘若我们将文化礼堂放置在国家层面的思想文化这个大背景中，那么广袤农村中的文化礼堂就更彰显其不可或缺和无可替代的重要地位。

关于文化的力量，习近平同志曾形象地比喻为经济发展的"助推器"、政治文明的"导航灯"、社会和谐的"黏合剂"。历史的经验告诉我们：广大的农村思想文化这一阵地，如果正气、正义和现代文明不去占领，那么歪风邪气和旧习惯的腐朽，势必会兴风作浪，将其包围、吞噬。正邪之间不可调和。

因而，我们对文化礼堂所呈现的各种文化现象是"净化空气"还是"污染环境"要有清晰的思辨。倘若以其昏昏，何以使人昭昭？

"图难于其易，为大于其细。"天下难事，必作于易；天下大事，必作于细。凡事过去，皆为序章。文化礼堂所呈现的文化现象无疑是社会的进步，让我们翘首以待：浙江乃至全国的文化礼堂生机勃发、更上一层。

漫谈国学研究

国学研究重启于"文革"结束后的 20 世纪 80 年代的后期，至今一直延续不断，只不过期间出现了时平时高时涨时落的起伏而已。尤其是近些年显得尤为热衷，一时间各种类型的国学研究会遍布全国各地。各行各业、各界各层，都纷纷与国学结缘攀亲，正是异彩纷呈。于是乎，一些精明的商人、企业家很快捕捉住商机，什么"国学机""早教机""胎教机"相继而出。阿里巴巴也不失时机"为您找到 32 条国学经典学习机产品的详略参数"，更有荒诞的广告词"当我们 300 多万的孩子，才四五岁就记忆力惊人……识字量达到 4000 多字。语言能力达到大学水平……多才多艺……直到懂礼貌有孝心……"对此，国学热所衍生的种种现象，我们真的不知是该喜呢还是该忧？然而，有良知的人们不禁要问：国学，我们中华民族传统文化的精华，在我们这一代人的手中继续传承弘扬呢，还是要被扭曲变异呢？这是一个非常严峻的问题。在这国学热的背后，综观各种不同类型的国学研究会，它们的价值取向究竟是什么？人们到底要以什么样的标杆来衡量评判？这一切问题的问题，现实都已经到了无法回避的十字路口。

坦诚地说，在国学热的推动下，全国到处都是各种国学研究会，多得让人有些眼花缭乱。事物往往就是如此，多了会杂，杂了会乱，泥沙俱下，难免会鱼目混珠。因而，这种现象势必也会导致负面的、非健康的，甚至是陈腐的事物产生。

观照当下的国学研究，大致有如下几种状态。

研究目的明确，价值取向清晰精准。此类研究主要是官方专门设置及部分高校创设的研究机构，如陈来教授主持的清华国学研究院及杨丰源教授主持的中国国学研究院。研究的学者及前辈们，为国学的传承弘扬呕心沥血，付出了辛勤的劳动，并取得了可观的成果。它既沉淀于历史长河，又升华于现实社会；它固然依存于经典之内的知识及其体系，更是蕴含着为人处世，齐家治国的世界观、人生观和价值观。他们倡导研究国学就要让人学会"以史鉴今……以儒做人""以易启智""以兵增略""以道明德""以禅见性""以法御术",增强以儒学为主体的中华传统文化与艺术的修养。他们还孜孜不倦地追求,将国学当作既是延续传统文化的纽带,又是开创未来的阶梯。为重振国学,推动整个文化的发展,复兴中华民族文化做出积极而重要的贡献,得到了学术界和社会各界的赞同和公允,为国学的研究铺设了里程碑。

研究目的明确,但价值取向颇引争议。主要对象是高等学府内的学者,他们毫无疑问当属中国文化精英群体之列。学者们潜心研读文化历史上的经典,超越时空限制去接触探究前人的智慧;了解总结过往历史的经验和教训;寻求、发展为人处世、齐家治国之道。呼吁重振国学,为推动传统文化,复兴中华民族文化做出了大胆的践行。然而,他们对国学及国学研究中的价值取向问题却引发了争议。如原中国人民大学校长纪宝成连续发表数篇同类文章,并于 2012 年 9 月由中国人民大学出版社结集出版《重估国学价值》一书。该书在界定狭义的国学时是如此说的:"狭义的国学,则主要指意识形态层面的传统思想文化,它是国学的核心内涵,是国学本质属性的集中体现,也是我们今天所要认识并抽象继承,积极弘扬的重点之所在。"作者在《重估国学价值》阐述国学的定义时,把重心落在意识形态的层面。这很快就遭到了国学研究界不同观点的反对。作者肖雪慧在该文发表的同时于 2005 年在《随笔》的第五期中以《重估国学价值还是"弘扬"传统意识形态?》为题进行了质疑。言辞之犀利、尖刻,观点之鲜明强烈不言而喻。作者认为纪文是借弘扬传统思想文化之名而实际是在鼓吹传统的意识形态,这是对国学价值的"厚此薄彼"。

在国学研究中有关国学价值取向的争论经常会不绝于耳,连绵不断。如"德治仁政",这是传统文化中的核心内容之一。在这个并列式联合词组中前者是孔子的思想,后者是孟子的思想,两人都是一脉相承的儒家典型代表。对此,不少学者予以高度的赞扬,并呼吁在齐家治国中以史为鉴,古为今用。然而,就在这鼓噪热赞中时不时地传出了反对之音。他们认为"德治仁政"虽然为治国提供了一个评判标准,对历代统治者可能起到一定的约束作用,这仅是说得动听而已,但它却丝毫也改变不了劳苦人民的卑微地位和屈辱命运。这种赞颂只不过给这种不幸的"屈辱"抹上一层中看的油彩，谱写一曲动听的赞歌罢了。同时，也有学者认为"德治仁政"在历史上的确发挥了重要的整合作用，它在国家的意识形态中充当着专制政治结构的精神支柱，渗透在社会道德和国家法律之中，把皇权抬到了神圣至上的地位和不容置疑及不可挑战的专断地位，以致深入人们的生活细节，支配了人的观念、情感和判断。所以它在国家的稳固上起到了积极的作用。

然而，这种整合的作用自然也包括铸造甘愿匍匐于皇权之下不幸的精神奴性，这种相当普通又相当可悲的精神特性绵延不断，至今还有深厚的印记在不断地影响着后人。"德治仁政"这个典型例子正反冲突的一隅之窗所折射的是整个国学及国学研究中价值取向的论争和冲突的影子。

研究目的不甚明确，价值取向模糊不清。这个群体的对象主要是地方基层研究机构中的成员。他们中的大部分研究者也能在业余时间潜心研读传统文化的经典作品，也能积极寻觅国学中的闪光点，为国学的传承弘扬起到了一定的推波助澜作用。然而，他们由于对自身国学研究的方向是什么、怎么样去研究、研究达到怎么样的目标以及研究的价值取向如何等等重大的问题不甚明确清晰。以其昏昏，何能昭昭？所以他们的国学研究往往成果平平，收效甚微。甚至有些方面还会适得其反，误将糟粕当精华，错把该摒弃的陈腐内容反以优秀之精华加以传承点赞。如笔者曾接触一位某国学研究会成员，交谈中对方却高谈什么"阴魂不灭"、什么"神明灵验"等，诸如此类大肆赞赏。倘若这也能算得上争鸣中的一家之言，真是无奈悲哀得有点让人哭笑不得。

恕我直言，在这个群体中的确不乏一些为赶时髦、凑热闹、图炫耀效仿之而加入某某国学研究会，他们心中毫无"研究"之意，更无心研读传统文化中的经典作品，而是将研究会当成摆门面、图光环的追求。也有一些政府官员从政坛上退下后无所事事，弄个某某国学研究会的常任理事或理事的干干，即使是会员也可，过完了官瘾再过把国学研究之瘾未尝不可。可谓是政坛学坛双丰收，在自己的履历上添加一点色彩，他日荣归故里更可增加一层光环，此等何乐而不为？

说是说了。在此，笔者叩请各位千万不要对号入座，本人斗胆也不敢诋毁他人，只是在这国学热中实在不忍心如此这般缘木求鱼式地热下去，才不得不如实托出而已，敬请见谅！

现实非常理智地告诫人们，应该让国学和国学研究走向社会、服务于社会，让无效的论争回归传统文化的自然中。

国学实在是博大精深，若按国粹派邓实的概括界定而言，即"一国所有之学也"。若将国学之说产生于西学东渐即明末到近代西方学术思想向中国传播的历史过程纳入其中，那就真的与国际文化接轨了，理所当然地将中国的国学完完全全地国际化、全球化了。如是，那将是更加的无穷无尽的了。所以，也理所当然地更加难免众说纷纭、莫衷一是。

其实国学或国学研究中出现的种种不同见解及分歧是很正常的。可是不正常的是许多问题始终未能也无法做出明确结论的，人们恰恰自觉不自觉地揪着不放，进行无休止的论争。如"国学"一词定义的界定，自1925年，吴宓为首任清华国学研究院主任开始就一直争论至今，其结果是说法多多、版本多多、界定多多，绕来绕去，只能是没有结果的结果。

再如，我们以上提及的"德治仁政"颂扬也好，贬斥也罢，都会有一定的理由，从自我出发都可以找到各自的切入点，都能够自圆其说。究竟孰是孰非，何以评判作结，除了"智者见智，仁者见仁"之外，还有何高招乎？再说"德治仁政"是属于意识形态的范畴，它不同于学问客观地反映事物。意识形态具有强烈的主观意图性、偏向性，甚至还往往带有对真相的遮蔽性，所以你不管怎么辩，公说公有理，婆说婆有理，都可以找到各自相应的理论依据来为自己的观点支撑。所以这种永远也不会有结果的争论还有必要不断地延续吗？放弃争论或搁置争论就是最好选择。

在当下的国学热潮中，这种种的争议无不是今人对于传统文化，在今日中国多元文化中的重新定位。而价值判断上争议较大的文化现象，往往是优长与缺憾同在，腐土与吉金共存。那么，如何辨识鉴别呢？毛泽东同志的"取其精华，去其糟粕"既是我们对传统文化评判的最佳选择方式，又是比较简易、便捷且可操作的处置方法。笔者对国学知之甚少，更无国学研究之说。但凭自身的良知及解惑的冲动催促我斗胆前行，说出自己内心真实的想法：国学研究应结束这种无实质价值的无休止论争，否则，这样无休止绕来绕去地论争最终会绕到玄学的怪圈内难以自拔。至于何为糟粕、何为精华最好由国家级的专业研究机构来承担取舍。涉及理论性极强的研究，尽量少设机构，做到少而精，避免鱼龙混杂。这种众说纷纭、莫衷一是的现象并非百家争鸣所要的结果。

直白一点说，治理国家主要靠的是民主法治。如果真正靠道德伦理、礼仪儒学来治理国家，那必将会逆水倒行。同样，作为强国富民，主要得靠科学技术的发展。所谓的"公理战胜强权"，只不过是个美丽的神话。笔者认为，国学不管从广义上界定或从狭义上诠释都已无关紧要的了。无论如何言说，有一点可以得到公允的，即国学是中华民族数千年历史长河积淀的传统文化。在这传统文化的整合中，要么是先人对人生观、历史观、政治观的认同和肯许（意识形态）；要么是先人对社会及自然现象认知的感悟和经验的总结（社会科学）。毋庸置疑，此中必有优长的精华和闪光的吉金，当然也不乏缺憾和腐土。因而，我们必须有鉴别筛选。既不能厚此薄彼，也不能任意放大，更不能毫无鉴别地误将糟粕当精华。因此，在国学的研究中，以笔者愚拙之见，首先要选择精准的内容，社会各界、各行各业、各个层次的研究者须根据各自工作的需求，对国学的内容进行筛选，取其所长，为我所用；要积极去研发国学中未知的内容或去开采尚未被开发的宝藏，要探索新的学术视野，尤其对国学中具有积极因素的非意识形态的内容，根据自身的专业特长去挖掘研发；要尽可能地让国学研究从神圣的殿堂上下来，从所谓的精英阶层的专利中分离出来，走到平民百姓中去，走到社会的底层中去，接地气、平民化。少一点"阳春白雪"，多一点"下里巴人"；少一点虚无的，多一点实在的，使国学的研究真正地大众化、社会化，为社会大众认可接受，让其源于社会，服务社会，为社会教化传递正能量。这也是国学研究的重中之重。其次要选择正确的方法：（一）要以现代的元素去甄别传统的，尽量去寻找"传统"和"现代"之间的连接点，并使两者做到有机结合。力求做到既要用现代的先进性去审视观照传统文化，以知其不足；又要以传统文化中的积极元素之经验去借鉴现代的各种社会文化，使两者互为作用。（二）还要有一种独立的研究精神，既要敢于突破思想束缚，促进学术创新，又要"明其道不计功利"，抵挡得住现实功利的诱惑，潜心学问，做到潜心与通达结合，真正站在时代的前列，引领社会思潮。（三）要张开双臂，放开胸襟，拥抱各个学科之间的融合。既不能排他，更不能贬他，相互尊重，相互谦让，沟通交流，求得认同。以推动历史、哲学、文学各学科之间以及其他社会科学、自然科学的交叉融汇，使国学的研究经得起历史与科学的检验。总之，国学中的精华应不遗余力去传承弘扬，古人中的糟粕应毫不留情去割舍摒弃。至于国学研究中诸如此类没有实际意义的无休止的论争应回归到传统文化的自然体系中去，让国学研究真正成为既是延续传统文化的纽带，又是开创未来的阶梯。倘若果真如此，此乃是中华民族之大幸，中华民族文化之大幸。完篇之后，虽心有忐忑，但无怨无悔。同时，笔者恳请学界的同人不吝赐教。